Maarten 't Hart
Der Flieger

PIPER

Zu diesem Buch

»Mein Vater war Totengräber. Sein Arbeitstag fing um halb acht an, und um halb eins legte er seine erste Pause ein. Beim Abendbrot erzählte er mir und meiner Mutter von seinen Erlebnissen inmitten der Toten.« So eröffnet Maarten 't Hart den tragikomischen Roman um einen Jungen und seinen eigensinnigen Vater, einen protestantischen Totengräber, der sich beharrlich weigert, der Bitte seiner katholischen Nachbargemeinde nachzukommen: Die Verstorbenen sollen auf einen neuen Friedhof umgebettet werden, doch es ist keineswegs einzusehen, dass diese Aufgabe mit der Schaufel von ihm erledigt werden muss. Amüsant und mit ganz eigenem Blick erzählt »Der Flieger« die Geschichte eines Grabmachers und seines Sohnes, in deren Leben der Tod stets gegenwärtig ist.

Maarten 't Hart, geboren 1944 in Maassluis bei Rotterdam, studierte Biologie in Leiden und war dort Dozent für Tierethologie. Nach seinen Jugenderinnerungen »Ein Schwarm Regenbrachvögel« erschien 1997 auf Deutsch sein Roman »Das Wüten der ganzen Welt«, der zu einem überragenden Erfolg wurde und viele Auszeichnungen erhielt. Es folgten zahlreiche weitere Romane, zuletzt »Unterm Scheffel«. Maarten 't Hart lebt in Warmond bei Leiden.

Maarten 't Hart

Der Flieger

Roman

Aus dem Niederländischen von
Gregor Seferens

Piper München Zürich

Mehr über unsere Autoren und Bücher:
www.piper.de

Von Maarten 't Hart liegen bei Piper vor:
Ein Schwarm Regenbrachvögel
Gott fährt Fahrrad
Die schwarzen Vögel
Die Jakobsleiter
Das Wüten der ganzen Welt
Die Netzflickerin
Bach und ich (mit CD)
Das Pferd, das den Bussard jagte
Die Sonnenuhr
In unnütz toller Wut
Mozart und ich (mit CD)
Der Psalmenstreit
Der Flieger
Der Schneeflockenbaum
Unterm Scheffel

FSC
www.fsc.org
MIX
Papier aus verantwortungsvollen Quellen
FSC® C083411

Ungekürzte Taschenbuchausgabe
1. Auflage August 2010
2. Auflage Oktober 2011

Titel der niederländischen Originalausgabe:
»De vlieger«, Uitgeverij De Arbeiderspers, Amsterdam 1998

Umschlag: semper smile, München
Umschlagabbildung: Peter Griffith/Masterfile
Satz: Satz für Satz. Barbara Reischmann, Leutkirch
Gesetzt aus der Sabon
Papier: Munken Print von Arctic Paper Munkedals AB, Schweden
Druck und Bindung: CPI – Clausen & Bosse, Leck
Printed in Germany ISBN 978-3-492-25879-1

I

Mein Vater war Totengräber. Sein Arbeitstag fing um halb acht an. Von halb eins bis halb zwei durfte er Pause machen. Er machte Feierabend, »wenn von der Turmuhr der erste der Fünf-Uhr-Schläge ertönt. Dann hör ich sofort auf. Als ob ich mich bis dahin nicht schon genug abgerackert hätte!«

Fünf Minuten später knallte er sein Fahrrad gegen das Fallrohr unserer Regenrinne. Er sang. »Ach Väterchen, ach Väterchen, kommst du wieder heim.« Nach der letzten Note hörten wir seine Holzschuhe über den Granitfußboden unseres Flurs poltern.

Meistens war ich um die Zeit mit meinen Hausaufgaben fertig und las in meinem Zimmer. Sobald ich das Klappern des Fallrohrs hörte, stellte sich mir die Frage: »Bleibe ich hier, oder gehe ich runter?«

Bis meine Mutter anfing, den Tisch für das Abendbrot zu decken, erzählte mein Vater von seinen Erlebnissen inmitten der Toten. Vor allem im Winter, wenn es bereits dämmerte und das Zimmer vom Teelicht im Stövchen und der sanften roten Glut der Anthrazitkohlen beleuchtet wurde, fiel die Entscheidung nicht schwer. Zwar las ich damals begierig Antoon Coolen, Herman de Man, Felix Timmermans, Maurits Sabbe, Stijn Streuvels und Theodor Storm, aber ihre Bücher konnte ich ja hinlegen und zu jedem beliebigen Zeitpunkt weiterlesen. Das galt für die Geschichten meines Vaters nicht.

Übrigens hatte es beinahe allabendlich den Anschein, als hätte mein Vater, nachdem er es sich im Lehnstuhl beim Ofen bequem gemacht hatte, überhaupt keine Lust, uns etwas zu erzählen. Beleidigt, mürrisch vor sich hinstarrend, trommelte er mit den Knöcheln auf der Armlehne. Meine Mutter rief: »Dein Kaffee kommt sofort.«

Mein Vater tastete nach dem Päckchen Zware Van Nelle. Gemächlich machte er sich daran, eine Zigarette zu drehen. Er drapierte ein Mascotte-Zigarettenpapier auf der Lehne und strich es sorgfältig glatt. Anschließend deponierte er darauf einen dunkelbraunen Tabakbausch. Er zog den Tabak auseinander und presste die Krümel in die scharfe, schnurgerade Falte des Zigarettenpapiers. Dann wurde der Tabak angedrückt und das Zigarettenpapier mit größtmöglicher Präzision gefaltet. Anschließend wurde es so lange gerollt, bis an den Enden nur noch zwei kleine Büschel Tabak herausragten. Lange bevor mein Vater den gummierten Rand befeuchtete, erschien bereits seine erstaunlich lange Zunge, deren Spitze jedes Mal kurz in einem Nasenloch verschwand. Man hätte meinen können, er besorge sich dort eine kleine Portion Leim.

Meistens drehte er das Zigarettenpapier dreimal herum, ehe er dazu überging, es zu befeuchten. Wenn die Zigarette endlich zugeklebt war, betrachtete mein Vater sie andächtig. Anschließend wurde der Tabak, der links und rechts herausragte, mit zwei subtilen Drehbewegungen von Daumen und Zeigefinger entfernt und zurück in die dunkelblaue Tabakpackung befördert. Jetzt erst war der große Augenblick gekommen, in dem er die Säkerhets Tändstickor aus seiner Tasche zauberte. In der Zwischenzeit hatte meine Mutter den dampfenden Kaffee auf den Tischrand gestellt. Jeden Tag musste mein Vater sich entscheiden, ob er zuerst einen Zug oder einen Schluck nahm. Griff er zuerst zu seiner Tasse, wusste ich, dass ich mich wieder in mein Mansardenzimmer zurückziehen konnte. Er hatte dann selten etwas Besonderes zu erzählen. Nahm er zuerst einen Zug, musste ich zusehen, dass mir kein Wort entging.

Doch auch wenn er zuerst an seiner Zigarette zog, mussten wir ihn jedes Mal ein wenig aus der Reserve locken. Normalerweise brauchten wir dazu nach der ersten Rauchwolke nur eine einzige Frage zu stellen: »Ist Herr Rampenne heute noch vorbeigekommen?«

»Rampenne? Es ist wirklich kaum zu glauben! Der kommt jeden Tag kurz vorbei. Als wollte er sich schon mal ein bisschen dran gewöhnen, dass er bald den ganzen Tag bei mir liegen wird. Heute Morgen tauchte er tatsächlich schon vor acht am Grab auf! Wieso? Was macht so ein uralter Mann so früh auf dem Friedhof? Der Leiter des Altersheims hat ihn natürlich, weil man dort schon die Nase von ihm voll hat, einfach vor die Tür gesetzt. Und dann muss so ein Mann eben zusehen, wie er, halbwegs christlich auch noch, den Tag herumkriegt. Er denkt dann: Erst mal zum Friedhof, da kann ich um diese Zeit hin. Vor acht hängt der dann schon bei mir rum! Was soll ich so früh mit einem Taubstummen machen, der nichts lieber will, als ein Schwätzchen halten? Eine schöne Bescherung!«

Mein Vater zog kräftig an seiner Zigarette.

»Es ist verdammt schwierig, sich mit einem Taubstummen zu unterhalten. Jedes Mal hält er einem diesen kleinen verflixten Notizblock unter die Nase. Und dann holt er diesen schmutzigen Bleistiftstummel hervor, der einem beim ersten Wort, das man damit zu schreiben versucht, aus der Hand rutscht. Plumps, fällt er in ein Beet. Es dauert eine halbe Stunde, bis man das Ding zwischen den verdammt dornigen Rosen wiedergefunden hat. Wenn man den Stumpf wieder in der Hand hat, sind alle Finger blutverschmiert. Manchmal schreibt er tatsächlich zuerst was. Ein, zwei Wörter. Kannste raten, was er meint. Wenn man nicht schnell genug reagiert, reißt er den Zettel aus dem Block und wirft ihn dir einfach ins Gesicht. Wenn man eine Weile so mit ihm geschwatzt hat, fliegen überall weiße Blätter herum. Manchmal kann man nicht mal mehr lesen, was auf einem liegenden Grabstein steht, so viele Mistzettel kleben darauf fest. Und irgendwie tut er einem ja auch schrecklich leid, aber trotzdem mache ich einen Luftsprung, wenn ich ihn irgendwann ordentlich in ein Reihengrab hinablassen kann, denn es ist wahrlich ein Elend mit diesem kleinen, wütenden Kerl, der mit den Armen wedelt, wenn man nicht schnell genug auf einen dieser Zweiwörterzettel antwortet, den er dir unter die Nase gehalten hat. Und wenn er dann weg ist, muss man immer das ganze Gespräch von einem liegenden Grabstein aufsammeln oder es zwischen den Kieselsteinen hervorklauben. Und jedes Mal, wenn man sich mit ihm unterhält und endlich zu wissen meint, worauf er hinaus will, dann schreibt er plötzlich ein paar Wörter auf so einen mickrigen Zettel, mit denen man null Komma nichts anzufangen weiß. Heute Morgen auch wieder. Er kommt an, nimmt seinen Block, kramt den Bleistiftstummel hervor, leckt ihn an und schreibt: ›Heute Beerdigung?‹ Ich nehme ihm also den Block aus der Hand und schreibe: ›Ja, Frau Rabenvanger.‹ Er schreibt: ›Ist katholisch, wieso hier?‹ Ich schüttle den Kopf und bedeute ihm, dass ich keine Ahnung habe, ich rufe – denn auch wenn er taubstumm ist, man spricht doch, schließlich redet man auch mit einem Pferd, obwohl man genau weiß, dass so ein Tier kein Wort versteht –, ich rufe also: ›Ich weiß es nicht, keine Ahnung!‹ Du schaust ihn an und denkst: Das versteht er, und dann nimmt er seinen Block und schreibt: ›Dort vielleicht der Boden zu heiß unter den Füßen?‹ Tja, darauf wusste ich absolut nichts mehr zu erwidern. Was sollte schon mit dem katholischen Friedhof sein? Boden zu heiß unter den Füßen? Soweit ich weiß, hat man nicht vor, dort ein Krematorium zu bauen. Wenn man katholisch ist, darf man sich nach dem Tod nicht mal verbrennen lassen. Ist man aber protestantisch, dann darf man sogar vor dem Tod verbrannt werden. Wie nett, dass sie uns schon vor dem Tod gönnen, was sie ihren eigenen Leuten nicht mal danach zugestehen.«

2

Mein Vater zog an seiner Zigarette und sagte: »Kommt heute Morgen gleich nach der Pause Ai van Leeuwen aufs Grab. ›Junge‹, sagt er, ›mach mal das große Tor auf, ich habe eine hübsche Lieferung für dich.‹

›Einen Grabstein?‹, frage ich.

›Nein, soweit ich weiß, ist es kein Grabstein.‹

›Was ist es denn?‹

›Keine Ahnung. Es ist eingepackt, als wäre es aus Porzellan, aber es ist nicht besonders schwer. Es ist für das Grab von Frau Rabenvanger, und das ist auch schon alles, was ich weiß.‹

Ich gehe also mit ihm an den Gräbern der ersten Klasse entlang, mache das große Tor für ihn auf, und da kommt er auch schon mit seinem Schlitten und dem Anhänger. Und darauf liegt ein riesiges Ding. Schön eingepackt, mit hellbraunem Papier. Als wir das abgewickelt haben – sehr feines, leichtes Papier, schön dünn und geschmeidig, wie die Haut eines frisch geschlachteten Kaninchens –, kommt ein Gitter aus Brettern und dünnen Eschenholzlatten zum Vorschein. Und darin, perfekt aufgebahrt zwischen weißen Holzwollebäuschen, liegt ein riesiges Kreuz.

›Soll das auf dem Grab von Frau Rabenvanger stehen?‹, frage ich.

›Offenbar. Ich versteh nur nicht, wieso man sich dafür an mich gewandt hat. Es ist komplett aus Holz. Bin ich dafür etwa Steinmetz geworden?‹

Wir heben das Kreuz aus der Holzwolle, und es ist doch schwerer, als wir gedacht hatten: tropisches Hartholz, schätze ich. Ai sagt zu mir: ›Mann, Mann, was für ein Ding, da könnte man ja einen groß gewachsenen Burschen drannageln.‹ Ich erwidere nichts, denn ich habe schon gesehen, dass …«

Mein Vater trommelte mit den Fingern auf der Armlehne seines Stuhls, zog gierig an seiner Zigarette, sodass sie zwischen seinen Lippen feuerrot aufglühte, und zischte zwischen seinen Zähnen und der im Mundwinkel hängenden Zigarette hindurch: »Da hing … da hing … ratet mal, was da an dem Kreuz hing.«

»Eine Plakette mit dem Namen und den Daten von Frau Rabenvanger«, sagte meine Schwester.

»Von wegen«, erwiderte mein Vater, »nein, das wäre nicht so ein Problem gewesen, nein, die Plakette muss noch montiert werden, hat Ai mir gesagt, nein, da hing … da hing zum Kuckuck noch mal ein Jesus dran.«

»Unglaublich«, sagte meine Mutter.

»›Ai‹, sage ich zu van Leeuwen, ›bist du dir sicher, dass das Kreuz hier stehen soll? Hättest du damit nicht zum katholischen Friedhof fahren müssen?‹

›Nein, es ist wirklich für das Grab von Frau Rabenvanger bestimmt, ich kann es dir zeigen, ich hab die Papiere.‹

›Ai‹, sage ich zu ihm, ›jetzt hör mir mal gut zu. Das hier ist ein ordentlicher, anständiger Friedhof, du kannst dir hier alle Klassen anschauen, die Erbgräber der ersten Klasse, die Familiengräber und die normalen Reihengräber der zweiten Klasse, die Reihengräber der dritten Klasse und meinetwegen auch die Armengräber der vierten Klasse, und nirgendwo, aber auch wirklich nirgendwo wirst du ein Kreuz entdecken mit so einem jämmerlichen Jesus dran. Haben unsere Vorfahren vielleicht dafür achtzig Jahre lang gekämpft? So eine Missgestalt gehört hier nicht hin, die ist noch katholischer als der Papst selbst, und so was wollen wir hier nicht haben.‹

›Nun mach mal nicht gleich eine Staatsaffäre draus‹, sagt er, ›lass uns erst mal nachsehen, wie dieser Jesus befestigt ist.‹

Er schaut sich das Kreuz also genau an und sagt dann: ›Schrauben oder Nägel kann ich nirgends entdecken, ich wette zehn zu eins, dass man billigen Holzleim benutzt hat, um den Wicht zu kreuzigen. Wenn du also mal zufällig mit dem Rasenmäher dagegen fährst oder mit der Harke dran stößt …‹

Nun ja, da hab ich ihm eben geholfen, das Kreuz aufzustellen. Das war ganz schön viel Arbeit. Es musste ziemlich tief eingegraben werden, damit es aufrecht stehen blieb. Wie hat man das damals auf Golgatha nur gemacht? Dieses Kreuz reicht mir bis zum Kinn. Ein echtes Kreuz ist also noch viel größer und schwerer, wie stellt man das bloß auf? Was ich nicht verstehe, ist, dass die an ein so irre großes Kreuz einen so winzigen Jesus hängen … jeder Frosch ist größer. Wer hängt denn ein so mageres Männlein an ein so großes Kreuz? Und wie er da hängt! Als hätte er sein letztes Hemd ins Pfandhaus gebracht! Dafür dann aber mit einem hölzernen Tuch um den Unterleib, das fünfmal so groß wie der ganze Jesus ist. Und auf dem Kopf eine riesige Dornenkrone mit herausgearbeiteten hochstehenden Rändern! Ai van Leeuwen hat gemeint: ›Du wirst sehen, in null Komma nichts hat eine Meise ihr Nest in die Krone gebaut.‹

Wie recht er hat. Und ich habe dann wieder die Arbeit damit! Jeden Tag muss ich die Krone kurz kontrollieren, um nachzusehen, ob vielleicht schon ein paar trockene Halme darin liegen. Die kann man zwar wegpusten, aber wenn man am Montag wiederkommt, wird man feststellen, dass die Bauarbeiter am Sonntag ein komplettes Nest gebaut haben, und mit etwas Glück liegen auch schon zwei dieser kleinen himmelblauen Eier drin. Und was macht man dann? Nein, dieser Jesus muss so schnell wie möglich weg. Ich locke Rampenne zu dem Kreuz, und wenn er wieder mal wütend mit seinen Armen rudert, ist er ruck, zuck ab.«

»Dann bekommst du aber Ärger mit der Familie Rabenvanger«, meinte meine Mutter.

»Soweit ich weiß, sind die einzigen Hinterbliebenen eine gefleckte Katze und ein roter Kater.«

»Wer hat denn das Kreuz aufstellen lassen?«

»Darum hat sie sich selbst noch gekümmert.«

Mein Vater trommelte wieder kurz auf der Armlehne und murmelte grimmig: »Als Ai weggegangen ist, habe ich zu ihm gesagt: ›Du wirst sehen, wenn ich in der Mittagspause zum Essen nach Hause gehe, wird der Jesus gleich vollgeschissen.‹ Und tatsächlich, als ich kurz vor fünf noch mal vorbeigeschlendert bin, stand da nicht nur mein zahmer Grabreiher und hat ihn sich aus zwei Meter Entfernung regungslos angeschaut, sondern es tropfte ihm auch schon ordentlich Taubenscheiße vom Holzschurz. Die Tiere denken auch: He, was soll das? Ich verstehe die Katholen nicht. Was man sich damit auf den Hals holt, mit so einem Jesus … so einem Wicht … so einem Frosch … Gott sei es wahrhaft geklagt.«

Eine Weile saß er da und starrte mit fest aufeinandergepressten Lippen vor sich hin. Und dann verschwand auf einmal sein grimmiger Gesichtsausdruck. Seine sämtlichen Falten gerieten in Bewegung. Fröhlich lächelnd sah er mich an und sagte: »Das schöne, dünne, glatte, geschmeidige Packpapier und die Lättchen aus Eschenholz, weißt du, was wir damit machen?«

»Hast du das alles aufbewahrt?«, wollte meine Mutter wissen.

»Natürlich! Ich habe den ganzen Krempel ordentlich im Bahrhäuschen verstaut, ich habe ja gleich gesehen ... Wir werden ihn mal von seinen Büchern wegzerren. Ich weiß, wo im Lager der Gemeinde eine hübsche Rolle dünnes Tau liegt, für das niemand Verwendung hat, und zu dem werde ich einfach sagen: Gehst du freiwillig, oder muss ich dich mitnehmen ... Ja, morgen machen wir uns gleich an die Arbeit.«

Vergnügt rieb er sich die Hände. »Morgen basteln wir einen Flieger.«

»Einen Flieger?«, fragte meine Schwester.

»Ja, einen Drachen! Für deinen Bruder! Damit er endlich mal seine Lesebücher beiseite legt. Wenn das Wetter einigermaßen ist, kann er dann seinen Flieger steigen lassen.«

3

»Glaub ja nicht«, sagte mein Vater, »man könnte einfach so, mir nichts dir nichts, einen Flieger zusammenbauen. Man muss sehr genau arbeiten.«

Er sah mich an, als hätte ich die kleinen Latten aus Eschenholz schon falsch gesägt und das weiche Packpapier zerschnitten.

»Auf deiner Stirn habe ich gesehen, was du gedacht hast: Ich mache aus zwei Latten ein Kreuz, spanne zwischen die vier Enden eine Schnur, schneide das Papier zurecht, falte es um die Schnur und leime es mit Tapetenkleister fest.«

»Das habe ich überhaupt nicht gedacht«, protestierte ich.

»Darauf lief es aber hinaus«, sagte er, »aber das Kreuz ...«

Er rieb über die Narbe an seinem Kinn, die nach einem Sturz aufs Eis zurückgeblieben war.

»Du kannst die Latten zusammenbinden«, sagte er, »oder mit ein paar kleinen Nägeln befestigen, aber am besten ist es, mit einem kleinen Stecheisen in der Mitte eine Kreuzverbindung zu schneiden, sodass du die Längsstrebe und die Querstrebe ineinander verschränken kannst. Wenn du es wirklich gut machst, brauchst du weder Schnur noch Nägel, sondern klemmst sie einfach fest aneinander ... eventuell noch mit ein wenig Holzleim ... vielleicht ein kleines Schräubchen ... na, Latten hast du genug, du kannst also anfangen ...«

Er schwieg, fuhr mit dem Zeigefinger über die Narbe und murmelte: »Wie sie wohl auf Golgatha das Kreuz gemacht haben? Haben sie den Querbalken einfach auf den senkrechten Balken genagelt? Oder haben sie vorher auch in der Mitte eine Kreuzverbindung gemacht? Das wäre viel fachmännischer.«

Jemand klopfte kräftig an die Tür des Bahrhäuschens.

»Wer kommt denn da jetzt auf den bescheuerten Gedanken, uns hier zu stören?«, rief mein Vater entrüstet. Er ging zur Tür, öffnete sie vorsichtig und sagte: »Ach, du schon wieder. Was willst du? Was soll das?«

Auf dem weißen Kies stand bewegungslos ein großer blaugrauer Vogel.

Mein Vater sagte: »Wenn ich ab und zu auf einem Geburtstagsfest erzähle, dass hier bei mir auf dem Grab ein zahmer Reiher herumläuft, der dann und wann mit dem Schnabel an die Tür des Bahrhäuschens klopft, wenn er sich nach Unterhaltung sehnt, weil er kränkelt, dann sieht man sie denken: Schwager, du bist auch nicht an deiner ersten Lüge erstickt. Tja, du weißt ja, wie das ist: Du kannst lügen, dass sich die Balken biegen, und die Menschen glauben dir nicht nur, sondern sie fühlen auch mit dir mit, aber sag die Wahrheit, und sie zischen hinter deinem Rücken: Schwindler.«

Er wandte sich an den Reiher und sagte gutmütig: »Such dir doch ein handfestes Weibchen … es gibt genug … du kannst hier ein Nest bauen, wo du willst, Bäume im Überfluss, keiner stört dich, denn außer mir sind ja alle tot, tja, was willst du noch mehr … ja, ja, gut, ich weiß … Rampenne … der kann dich nicht ausstehen … aber der hat auch nicht das ewige Leben, hat heute oder morgen seinen letzten Satz gesagt … der wird bald ins Himmelreich berufen.«

Der Reiher hob seinen rechten Fuß und stellte ihn wieder auf den Boden. Dann hob er seinen linken Fuß und stellte auch den wieder auf den Boden.

»Ich mache mich gleich an die Arbeit«, sagte mein Vater, »gedulde dich noch einen Moment, ich wollte noch kurz mit meinem Sohn über seinen Flieger sprechen … ich muss ihm doch beibringen, wie man so ein Ding bastelt, das ist auch in deinem Interesse … bald steht hier ein Kamerad für dich am Himmel.«

Der Reiher schüttelte den Kopf, mein Vater sagte: »Oder setz dich doch einfach zu uns … nein, das willst du nicht, was … wie du meinst, ich lass einfach die Tür offen, dann kannst du hören, was wir sagen. Wir werden zuerst über die Bespannung sprechen.«

Er gab dem Reiher einen freundschaftlichen Klaps auf die linke Schulter und wandte sich dann wieder an mich.

»Glaub nicht, du könntest für die Bespannung das schöne Packpapier einfach mal schnell zurechtschneiden. Drachenpapier … am besten wäre es, wenn du das Papier erst einmal zerknüllen und dann wieder glattstreichen würdest. Aber es täte mir in der Seele weh, derart schönes Papier zu zerknüllen. Nun ja, was auch ganz gut funktioniert, ist, das Papier über Nacht zwischen zwei feuchte Handtücher zu legen. Das Problem ist nur: Ich habe hier keine feuchten Handtücher.«

Wieder fuhr er vorsichtig mit dem Finger über die Narbe.

»Ich glaube, wir kriegen schlechteres Wetter, mein Zierstreifen macht sich unangenehm bemerkbar … Handtücher … warte mal, ich hatte hier doch noch ein großes, altes Bahrtuch herumliegen. Wenn ich das kurz in den Friedhofsgraben tauche und auswringe, dann können wir es doppelt falten und das Papier darin übernachten lassen.«

Er öffnete einen hellblauen Schrank und nahm ein schwarzes Tuch vom untersten Brett. Obwohl er dabei behutsam zu Werke ging, wurde so viel Staub aufgewirbelt, dass er heftig zu husten begann. Der Reiher richtete sich auf, öffnete den Schnabel, schloss ihn wieder und trampelte ein paarmal mit den Füßen auf den Kies. Mein Vater ging an dem Vogel vorbei zu dem Graben, der an den Gleisen entlang führte. Er tauchte das Tuch ins Wasser, wrang es wieder aus und kam zurück ins Bahrhaus. Seine Augen tränten noch von dem Hustenanfall.

»Als ich das Tuch eingetaucht habe«, sagte mein Vater, »musste ich auf einmal an König Benhadad denken.«

»König Benhadad?«, fragte ich erstaunt.

»Ja, aus 2 Könige, Vers 8. Elisa verkündet ihm, dass er König von Syrien sein wird. Und was folgt dann? ›Des anderen Tages aber nahm er die Bettdecke und tauchte sie in Wasser und breitete sie über sein Angesicht; da starb er.‹ Er erfährt, dass er König werden wird, und bringt sich anschließend um! Verstehst du das? Und welch eine seltsame Methode, sich um die Ecke zu bringen. Ob man wirklich stirbt, wenn man sich eine nasse Decke übers Gesicht zieht? Und wie war das mit dem Propheten Elisa? Sagt was voraus, das am nächsten Tag schon nicht mehr stimmt. Was für eine verrückte Geschichte!«

Während seines Monologs hielt ich die eine Hälfte des Tuchs in die Höhe. Mein Vater drapierte das Papier auf der anderen Hälfte, die auf dem Boden des Bahrhäuschens lag. Dann deckte ich meine Hälfte darüber. Mein Vater sagte: »So, das hätten wir, und nun zuerst die beiden Latten. Wie groß sollen sie deiner Ansicht nach sein? Einen Meter zwanzig die senkrechte Strebe und die waagerechte neunzig Zentimeter? Ist das in Ordnung?«

»Ja, prima«, sagte ich auf gut Glück.

»Na, na, ein bisschen groß für dich, aber gut, es ist dein Flieger, und wenn du ihn so groß haben willst …«

»Er kann ruhig auch kleiner sein.«

»Nein, nein, wir haben hier eine perfekte Latte von einem Meter zwanzig Länge; es wäre Sünde, davon ein Stück abzusägen.«

Er nahm eine der Latten und bog vorsichtig das Holz.

»Schau nur«, sagte er, »wir haben es hier mit der allerbesten französischen Esche zu tun, die ist fast so geschmeidig wie eine Kranzschleife. Sollen wir die Querstrebe mit einer kräftigen Spannschnur etwas biegen? Dann steht der Flieger gleich ein wenig stabiler.«

»Meinetwegen«, erwiderte ich.

»Wenn ich schon mal schnell mit meinem Stecheisen für dich einen Anfang an der mittigen Kreuzverbindung mache, dann kannst du inzwischen zum großen Tor laufen und nachsehen, ob Rampenne zufällig angestiefelt kommt. Ich will nicht, dass er uns hier überrascht. Selbst wenn er dich mit eigenen Augen mit einem Stecheisen hantieren sieht, weiß morgen die ganze Stadt, dass der Grabmacher während der Arbeitszeit im Bahrhäuschen sitzt und Flieger bastelt.«

Als ich von meinem Gang zurückkam und berichten konnte, dass Rampenne weit und breit nicht zu sehen war, zeigte sich, dass die Arbeit an der Kreuzverbindung schon ziemlich weit fortgeschritten war.

»Mensch«, sagte ich, »du bist schon fast fertig.«

»Ja, ja, das könnte man meinen, aber worauf es ankommt, ist, dass die linke und die rechte Seite genau im Gleichgewicht sind. Wenn die Querstrebe auf der einen Seite auch nur ein bisschen schwerer ist als auf der anderen, dann steht der Flieger nicht gut in der Luft. Wie finden wir heraus, ob er links ebenso schwer ist wie rechts? … Am besten wäre es, wenn wir die Enden der Querstrebe irgendwo so auflegen könnten, dass sich das Kreuz um diese Achse drehen kann … dann würden wir sehen, ob die

Querstrebe an einer Seite nach unten sinkt … wie machen wir das? … Warte … wenn ich den Deckel von dem Reihengrab in der zweiten Klasse abnehme und zwei Schnüre darüber spanne … ja, das ist eine Bombenidee.«

Mit dem Kreuz schlenderten wir über den stillen Friedhof zu den Reihengräbern der zweiten Klasse. Zusammen hoben wir den Deckel von dem halb gefüllten Grab. Mithilfe von vier Stöckchen spannte mein Vater zwei Schnüre über die tiefe Grube. Währenddessen kam der zahme Reiher angeflogen und landete auf einer schwarzen Marmorplatte. Ganz langsam, immer wieder kleine Schritte machend, kam er näher, bis er das offene Grab erreicht hatte. Andächtig schaute er in die Tiefe.

»Das ist seine ganze Lust und Seligkeit«, sagte mein Vater, »wie ein Standbild am Rande eines Grabes zu stehen und hineinzuschauen. Das kann er stundenlang. Er denkt dann: Ach, wenn ich doch später auch so ein schönes Menschengrab bekommen könnte.«

Mein Vater nickte dem Vogel zu.

»Sei unbesorgt, Reiher, wenn du stirbst, sorge ich dafür, dass du dein Grab kriegst. Mit etwas Glück gelingt es mir, dich in ein Familiengrab erster Klasse zu schmuggeln, das verspreche ich dir.«

Mein Vater legte das Lattenkreuz so auf die straff gespannten Schnüre, dass die Querstrebe sich frei bewegen konnte. Nachdem das Kreuz eine Weile friedlich auf den Schnüren hin und her geschaukelt hatte, kam es zum Stillstand.

»Siehst du«, sagte mein Vater, »auf der rechten Seite hängt es etwas herab. Die beiden Hälften sind nicht genau gleich schwer, auch wenn der Unterschied nur winzig ist. Du musst die rechte Seite ein wenig nacharbeiten. Manchmal muss man nur eine Kleinigkeit abschmirgeln. Ich wäre dir allerdings sehr dankbar, wenn du zuerst noch mal zum Tor gehen würdest, weil ich Bammel vor Rampenne habe … es ist Viertel vor neun … er ist immer noch nicht hiergewesen … es kommt zwar gelegentlich vor, dass er seinen Besuch ausfallen lässt, aber nur wenn er ernsthaft krank ist, nein, der kommt bestimmt noch vorbei.«

Zwischen den Gräbern der dritten Klasse hindurch ging ich zum Tor. Ich warf einen Blick in die Straßen und Wege, die zum Friedhof führten. Kein Lüftchen regte sich. Totenstill standen die Bäume unter den regungslosen Wolken. Es war keine Menschenseele zu sehen, und es schien fast, als würde nie wieder jemand auf diesen Straßen und Wegen gehen. Nichts deutete darauf hin, dass jenseits dieser Straßen die übrige Welt lag.

Als ich wieder zurückkam, hatte mein Vater schon mit dem Schmirgeln begonnen. Kurz darauf hing das Lattenkreuz in vollkommenem Gleichgewicht auf den beiden Schnüren.

»Denk dran«, sagte mein Vater, »wenn du die Bespannung befestigt hast, musst du noch mal kontrollieren, ob beide Hälften genau gleich schwer sind. Du hast jetzt gesehen, wie du das machen musst. Zwei Schnüre und …«

»Wenn er dann aber auf einer Seite zu schwer ist, was soll ich dann tun? Ich kann doch nicht einfach ein Stück von dem Papier abschneiden?«

»Nein, da hast du recht, nein, du musst ihn dann auf der anderen Seite ein klein wenig schwerer machen, mit ein bisschen Fensterkitt zum Beispiel. Oder du streichst auf der einen Seite ein wenig Kleister auf das Papier. Wichtig ist, dass die linke und die rechte Seite bis aufs Milligramm gleich schwer sind. Glaub mir, es ist sehr viel einfacher, ein Kreuz zu machen, um jemanden festzunageln. Wie dem auch sei, wir kriegen das bestimmt hin … Gütiger Himmel, wenn das nicht Rampenne ist, der da kommt, schleich mit dem Kreuz hinter den Rhododendren entlang, dann halte ich ihn so lange in der vierten Klasse beim Grab von Frau Poot auf.«

4

Eine Woche lang ging ich jeden Tag nach der Schule zum Friedhof, um dort an meinem Drachen zu arbeiten. Sobald ich kam, holte mein Vater die Sachen aus dem Leichenhäuschen. Er sagte mir, was zu tun war, und schickte mich dann los, um nachzusehen, »ob keine Topfgucker im Anmarsch sind«. Während ich unterwegs war, bastelte er im Bahrhäuschen schon mal gemütlich weiter. Hin und wieder streckte ich meine Hand nach dem Papier oder der Spannschnur aus, doch dann fragte er besorgt: »Was hast du vor? Viel ist jetzt nicht mehr zu tun, überlass deinem alten Vater ruhig den Rest, du hast schon genug gemacht.«

Eines Freitagnachmittags lehnte er den großen braunen Drachen an die Kinderbahre und sagte: »Das sieht doch schon sehr gut aus, ich glaube, du bist jetzt wirklich fertig, sogar eine Kielschnur und eine bewegliche Lenköse hat er schon. Jetzt nur noch der Schwanz. Denn einen Schwanz muss er haben, sonst wird er, auch wenn du die Querstrebe sehr schön gebogen hast, nur mit Mühe in der Luft stehen.«

Er sah sich im Bahrhäuschen um.

»Wie wäre es, wenn du von dem alten Bahrtuch die Fransen abschneiden und sie säuberlich aneinanderknoten würdest ...«

Er nahm das alte Tuch, musterte die Fransen und sagte dann: »Nein, die taugen nicht.«

Er sah mich an.

»Was könnten wir für den Schwanz nehmen?«

»Wir haben zu Hause noch so lange Strickschnüre ... von früher ...«, sagte ich.

»Als ihr noch mit der Strickliesel gespielt habt, meinst du, ja, das … das ist gar kein so schlechter Gedanke. Vielleicht muss man alle zwanzig Zentimeter einen Knoten hineinmachen, oder man muss, um ihn am Ende schwerer zu machen, ein paar Glieder von einer Grabsteinkette anhängen. Das könnten wir ausprobieren.«

Noch am selben Abend sagte er gleich nach dem Abendessen: »Und? Was meinst du? Sollen wir mal ausprobieren, ob er auch fliegen will?«

»Ich lese gerade so ein schönes Buch, *Scheepswerf de Kroonprinses* von Herman de Man«, sagte ich.

»Schönes Buch«, sagte er höhnisch, »nun, das läuft dir ja nicht weg. Warum willst du nicht mal probieren, ob du ihn steigen lassen kannst? Ich schlendre hinter dir her, damit ich dir, sollte es nötig sein, helfen kann.«

Als wir den Sluispolder erreichten, sagte er: »Ich glaube nicht, dass wir genug Wind haben, um deinen Flieger steigen zu lassen.«

Wir konnten überall hingehen, weil der Polder mit einer Schicht aus aschgrauem Sand bedeckt war, um ihn bebaubar zu machen, bis weit jenseits der Ecke, wo mein Vater früher einmal einen Schrebergarten besessen hatte. Wochenlang waren riesige Lastwagen durch die engen Straßen gepoltert. Der Polder war in eine Miniwüste mit feinem hellgrauem Sand, die wie gebleicht aussah, verwandelt worden. Hier und da ragten kleine schiefergraue Muscheln heraus. Manchmal hörte man, wie eine dieser Muscheln unter der Schuhsohle zersplitterte, und dann sagte mein Vater entschuldigend: »Das verwüstete Land soll wieder gepflügt werden, dafür dass es verheert war, dass es sehen sollen alle, die dadurch gehen, und sagen: Dies Land war verheert, und jetzt ist's wie der Garten Eden.«

Er blieb immer wieder stehen, schnüffelte wie ein Windhund und sagte: »Du brauchst allerdings eine ordentliche Brise, und ich bin mir nicht sicher, ob wir es mit diesem sanften Abendlüftchen schaffen werden … na ja, versuchen können wir es ja mal, vielleicht gibt's weiter oben noch einen tüchtigen Luftzug.«

Wir setzten unseren Weg über den leichenblassen Sand fort und gelangten zur Rückseite der katholischen Enklave, die vom Zuidvliet aus mit einem Kirchlein, einem Pastorat, einem ummauerten Garten und einem Friedhof tief in den Polder hineinragte. Im siebzehnten Jahrhundert hatte man den Katholiken das Grundstück, das möglichst weit vom Dorfkern entfernt lag, widerwillig zugewiesen.

»Wenn hier jetzt gebaut wird«, sagte mein Vater, »dann können sie den ganzen verdammten katholischen Plunder in einem Mal mit aufräumen. Wie sähe das denn aus, wenn hier eine ganz neue Wohnsiedlung aus dem Boden gestampft wird, und mittendrin steht noch so eine heruntergekommene katholische Schrottkirche. Das darf nicht sein.«

Gleich hinter dem katholischen Friedhof unternahmen wir unseren ersten Versuch, den Drachen steigen zu lassen. Ich entfernte mich mit dem braunen Ding ein Stück von meinem Vater. Er rief: »Los!« und fing an zu rennen. Der Drachen stieg zunächst gravitätisch in die Höhe, taumelte dann zweimal um seine Achse und schlug anschließend kopfüber im schiefergrauen Sand auf. Ich lief hin, zog ihn heraus, drehte ihn um, und wieder rief mein Vater: »Los!« Er rannte rückwärts über den glitzernden Sand auf den katholischen Friedhof zu.

Schon bald wurde deutlich, dass es uns an diesem Tag nicht gelingen würde, den Drachen steigen zu lassen.

»Das hatte ich bereits befürchtet«, sagte mein Vater. »Eine tüchtige Brise, das ist das Mindeste, was du brauchst. Komm, lass uns nach Hause gehen.«

Er schaute zu dem katholischen Friedhof hinüber. Im Licht der tiefstehenden Abendsonne ähnelte der von einem tiefen Wassergraben umgebene hoch gelegene Kirchhof eher einem unzugänglichen Garten als einem Gottesacker. Pappeln, die so dicht nebeneinander am Rand des Wassergrabens standen, dass ihre Äste ineinander griffen, entzogen die Gräber fast vollständig dem Blick. Mein Vater starrte auf all das Grün und sagte: »Was hindert mich eigentlich dran, mich dort drüben mal umzusehen und mich zu informieren. Ich wette, da hinten stehen Dutzende von Kreuzen aus Hartholz mit so einem mickrigen Jesus dran. Ich würde zu gern wissen, wie sie die bloß sauber halten. Oder sind die auch ganz voller Taubendreck? Die Frage ist nur: Wie komme ich über den Wassergraben? Moment, habe ich nicht vorhin, als wir herkamen, ein hübsches Brett aus dem Sand ragen sehen? Wenn wir das jetzt kurz …«

Und er ging schon los, während ich sagte: »Darf man denn einfach so auf den Friedhof gehen?«

»Danach fragen wir nicht«, erwiderte er, »wir tun es einfach. Man rennt da höchstens dem Herrn Pastor über den Weg, und den kenne ich. Der war erst vor Kurzem mit seinem Weihwassersprenkler bei mir und hat geurbit und georbit, als Frau Rabenvanger beerdigt wurde … tja, warum die wohl hier nicht liegen wollte oder nicht liegen durfte oder nicht liegen konnte …?«

Er zog die Planke aus dem Sand. Zusammen gingen wir damit zurück, und er legte das Brett über den breiten Graben.

»Ich geh schnell allein«, sagte er. »Bleib du einen Moment hier und warte mit unserem Flieger.«

Mein Vater ging über das Brett. Es war ein kleines bisschen zu kurz, um den ganzen Graben zu überbrücken, sodass er einen Sprung machen musste. Er kletterte hinauf in das unstetige Zittergras, das auf dem hohen, steilen Ufer wuchs. In aller Seelenruhe schlenderte er anschließend über den Friedhof, wobei seine Holzschuhe laut auf den Kieselsteinen knirschten; die Hände hatte er lässig in die Taschen seiner Arbeitscordhose gesteckt. Ab und zu tauchte er zwischen den Pappeln auf, doch die meiste Zeit konnte ich ihn nicht sehen. Regelmäßig, wenn er stehenblieb, um sich ein Grabdenkmal näher anzusehen, erstarb in der kühlen Abendluft das Geräusch der knirschenden Kieselsteine. Nach etwa zwanzig Minuten überquerte er wieder den Wassergraben und sagte feierlich: »Ja, ja, der Herr stellte mich auf ein weites Feld, das voller Totengebeine lag. Und er führte mich allenthalben dadurch. Und siehe, des Gebeins lag sehr viel auf dem Feld; und siehe, sie waren sehr verdorrt.«

Und als wir eine Weile später genau auf die tief stehende Sonne zu nach Hause gingen, sagte er: »Was für ein Sauladen. Da steht überall Unkraut. Mehr als mannshohe Brennnesseln. Und genug Glaskraut, um eine Pferdezucht damit zu betreiben. Sogar zwischen den Kieselsteinen auf den Wegen wächst Unkraut. Sie lassen alles aus dem Boden schießen, wie es Gott gefällt. Und erst die Grabsteine! Von Pflege haben die offenbar noch nie was gehört. Und wie ich es mir schon gedacht habe: All die Jesusse an den hölzernen und steinernen Kreuzen sehen schrecklich schmuddelig aus. Dass sie alle voller Taubendreck sind, ist nicht das Schlimmste; ein ordentlicher Regenschauer, und die Scheiße wird wieder abgespült; aber die ganze Vogelkacke ist sauer wie verdorbene Milch, die ätzt alles weg. Die Jesusse werden also … ach, wie sie nur alle aussehen. Manchmal sind sie bis auf die Knochen weggefressen, es ist wirklich schrecklich, man kann die Rippen zählen.«

5

Als der Wind im Frühjahr kräftiger wehte, sagte mein Vater gleich nach dem Dankgebet, mit dem er das Abendessen zu beenden pflegte: »Los, komm, wir versuchen es noch mal.«

Wir gingen über den jungfräulichen Sand, der immer wieder die Farbe des Himmels darüber annahm. Mal war er bleigrau, dann leuchtete er weiß auf, als wollte er die Wolken widerspiegeln, die in der Höhe trieben. Schritt der Abend voran und die Sonne sank, sah es so aus, als würde der schiefergraue Himmel mit der Erde verschmelzen. Wäre der Sand nicht so locker gewesen, hätte man meinen können, man liefe über Eis.

Wir gingen immer bis zum katholischen Friedhof. Ich hielt den Drachen hoch, und mein Vater rollte ein Dutzend Meter Gemeindeschnur ab, rief »los« und rannte rückwärts über den chamäleonartigen Sand. Ganz gleich, wie stark der Wind war, man konnte nie vorhersagen, ob der Drachen auch tatsächlich fliegen würde. Manchmal traf ihn in etwa zehn Meter Höhe ein tückischer Fallwind, der ihn wild torkelnd in den Sand stürzen ließ.

Meistens schien am Boden jedoch kaum ein Lüftchen zu wehen. Erst wenn der Drachen einmal über die Pappeln des katholischen Friedhofs hinausgeklettert war, konnte er stetig, ohne sich auch nur einmal um die eigene Achse zu drehen, in die höheren Luftschichten aufsteigen, wo – wenn die Gemeindeschnur es zuließ – stetigere Winde ihn trugen. Schließlich verschmolz er, nahezu unbeweglich, mit dem immer dunkler werdenden Abendhimmel. Dann hielten mein Vater und ich ihn abwechselnd fest und spürten, wie er ab und zu neckisch an der Schnur zog. Um uns einen Schrecken einzujagen, drehte er sich gelegentlich um die eigene Achse oder schwenkte schwungvoll nach links oder rechts. Aber je höher er stieg, desto weniger grillenhaft verhielt er sich. Wenn er sich fast regungslos vom tiefblauen Himmel abhob, kam der Moment, in dem mein Vater ihm an der Leine entlang Nachrichten hinaufschicken wollte.

Ehe es so weit war, überfiel mich immer, nachdem wir den Drachen bereits zwanzig Minuten lang abwechselnd gehalten hatten, ein Gefühl der Unzufriedenheit. Und was jetzt? Einfach nur herumstehen und zum Drachen hochschauen, der inzwischen kaum noch zu erkennen war? Der Gang über den heimtückischen Sand war beklemmend, das Steigenlassen des Drachens entnervend, aber wenn er einmal hoch am Himmel stand, ja, dann stand er da, dann passierte eigentlich nichts mehr, man konnte höchstens noch den Drachen in der Luft lassen, bis es so dunkel war, dass man ihn nicht mehr sehen konnte. Das war dann wieder spannend: Würde er zum Vorschein kommen, wenn wir die Schnur aufrollten?

Mein Vater litt offenbar nicht unter dieser seltsamen Unzufriedenheit. Er hätte, glaube ich, bis zum Morgengrauen den Drachen halten können. Oder bekämpfte er dieses Gefühl vielleicht, indem er Nachrichten schrieb? Man hätte fast meinen können, er glaubte wirklich, damit etwas erreichen oder sogar jemanden – Gott? – mürbe machen zu können. Auf die Rückseiten von gebrauchten Briefumschlägen schrieb er seine Schnurgebete. Anschließend hängte er die Umschläge an die Schnur, gab ihnen einen Schubs und sah, meist erst nach mehreren erfolglosen Versuchen, vergnügt zu, wie der Umschlag zaghaft und zögernd die Schnur hinaufknisterte. »Gib, dass ich meinen Bruder Klaas beim Damespiel schlage«, schrieb er auf einen. »Sorge dafür, dass

Rampenne mich endlich in Frieden lässt, zur Not, indem du machst, dass ich ihn anständig begraben darf«, kritzelte er auf einen anderen. »Lass Herrn Alders, Chef des Grünflächenamtes und damit mein direkter Vorgesetzter, bitte bis zum Hals in der Scheiße versinken.« »Sorge dafür, dass mein zahmer Reiher ein Weibchen findet.« Seine kürzeste Bitte passte auf die Rückseite eines Kalenderblatts: »Gib mir hunderttausend Gulden.«

Wenn er fünf Nachrichten verschickt hatte, drängte er auch mich, eine in die Höhe zu senden. Ich schreckte aber davor zurück, meine Wünsche auf der Rückseite eines Umschlags preiszugeben, ganz zu schweigen davon, dass ich gewillt gewesen wäre, sie an einer Schnur gen Himmel zu schicken. Um meinem Vater entgegenzukommen, notierte ich hin und wieder eine harmlose Bitte: »Gib, dass ich *De vrouw met de zes slapers* von Antoon Coolen in die Finger bekomme.« Und selbst dann rief ich, wenn mein Vater Anstalten machte, meine Bitte in die Höhe zu senden: »Nicht lesen, was ich geschrieben habe.« Aber er las es dennoch und meinte anschließend: »Fällt dir nichts anderes ein? Warum muss es immer um Bücher gehen?«

»Das schadet doch niemandem.«

»Nein, und ich finde es auch gar nicht schlimm, dass du gern liest, aber du machst nichts anderes mehr, du verliest dein ganzes Leben, und du liest so merkwürdige Bücher. Lies doch mal *Moeder Geerte* oder *Huis van licht en schaduw* von Nijnatten-Doffegnies. Oder *Lydia en de erven Neuteboom* von Ooms, das sind prächtige Bücher. Aber dieser Coolen und dieser Timmermans, das sind schreckliche Papisten, versteh das doch endlich.«

Wenn man den Drachen einholte, stellte sich oft heraus, dass die Nachrichten unterwegs gestrandet waren. Auf halber Strecke hingen sie an einem Knoten in der Schnur.

Manchmal waren sie auch ganz verschwunden, oder man fand nur noch ein Stück des Umschlags. Nur selten waren sie tatsächlich an der Kielschnur des Drachens angekommen. Wenn dem allerdings so war, vollführte mein Vater einen Freudentanz, denn dann hatte er das Gefühl, dass seine Bitte erhört werden würde.

Allabendlich, wenn es beinahe dunkel war, legte er die Planke über den Graben beim katholischen Friedhof und machte einen Kontrollgang an den Gräbern entlang. Jedes Mal kam er vergnügt murrend wieder und sagte: »Tja, wenn die Leute zuerst hier waren und dann bei mir vorbeischauen, wissen sie nicht, wie ihnen geschieht. Nicht auszudenken, wenn man hier katholisch begraben wird. Allmählich verstehe ich auch, warum Frau Rabenvanger bei mir liegen wollte.«

6

In jenen Jahren fuhr ich jede Woche zwölf Kilometer weit mit dem Fahrrad zur öffentlichen Bibliothek am Lange Haven, um Bücher zurückzugeben und neue auszuleihen. Manchmal machte ich dabei einen kleinen Umweg durch die in Hafennähe gelegene Hoogstraat, weil man sagte, dass dort immer besonders hübsche Mädchen unterwegs seien. Auffällige Schönheiten hatte ich dort noch nie gesehen, wohl aber erstaunt festgestellt, dass es in der Hoogstraat, in der Nähe des öffentlichen Lesesaals zudem, noch eine zweite Bibliothek gab. Jedes Mal, wenn ich daran vorbeifuhr, dachte ich: Es wäre doch sehr praktisch, wenn ich dort auch Mitglied würde. Dann muss ich nur eine lange Fahrt mit dem Rad machen und kann zwei Bibliotheken besuchen. Und bestimmt gibt es in dieser katholischen Bibliothek Bücher von Autoren, die man sonst nirgendwo findet. Dennoch traute ich mich zunächst nicht, die katholische Bücherei zu betreten; zum einen, weil man mich von frühester Kindheit an vor der »Hure von Babylon«, die man auch katholische Kirche nennt, gewarnt hatte, zum anderen, weil ich damals schon so viel über die Inquisition, über Hexenverbrennungen, über die gnadenlose Verfolgung von Waldensern, Albigensern, Hussiten, Hugenotten und nicht zuletzt Juden gelesen hatte, dass es mich bereits schauderte, wenn mir irgendwas unter die Augen kam, dass an den Katholizismus erinnerte. Andererseits faszinierte die Welt des Weihrauchs und der Priester mich. Und so unvorstellbar verbrecherisch die katholische Kirche auch war, sie hatte den Dichter hervorgebracht, der *Als de ziele luistert* und

Ego Flos geschaffen hatte. Dennoch erschien es mir unmöglich, jemals einen Blick in die katholische Bibliothek in der Hoogstraat zu werfen.

Als aber auf dem Friedhof, wo mein Vater arbeitete, ein Kreuz mit einem geschmacklosen Jesus daran auftauchte und er es, obwohl er großspurig verkündet hatte, dass es demnächst einen Unfall mit einer Harke oder einem Rasenmäher geben würde, vorerst verschonte und zudem noch jedes Mal, wenn wir den Drachen steigen ließen, seelenruhig den Graben überquerte, um den katholischen Friedhof kurz zu inspizieren, da erschien es mir immer weniger undenkbar, die Schwelle der katholischen Bibliothek zu überschreiten.

An einem warmen, hellen Sommerabend im August fuhr ich zu der Bibliothek am Lange Haven. Anschließend schob ich, bereits mit fünf neuen Büchern ausgestattet, mein Fahrrad über die Brücke zum Deichaufgang. An der Handelsbörse vorbei ging ich zur Hoogstraat hinauf. Vorsichtig stellte ich mein Rad an die Fassade der katholischen Bücherei. Ich schluckte ein paarmal, nahm meinen ganzen Mut zusammen und öffnete so behutsam wie möglich die Tür. Als ich eintrat, befand ich mich in einem kleinen Vorraum, der ungeachtet des schönen Wetters mit dicken Zugvorhängen von der eigentlichen Bibliothek abgetrennt war. Vorsichtig unternahm ich den Versuch, einen der Vorhänge zur Seite zu bewegen, aber wohin ich den Stoff auch schob, immer wieder hinderten riesige Falten mich am Eintritt. Es war, als würde ich nie weiterkommen, als würde ich dort für immer im Fegefeuer der widerspenstigen Falten versuchen müssen, zum Heiligtum vorzudringen, in dem die Bücher aufbewahrt wurden. Tastend, schiebend, drückend bemühte ich mich weiter, einen Durchgang zu schaffen. Schließlich bemerkte ich aus dem Augenwinkel, dass ich mich gleich beim Reinkommen scharf nach rechts hätte wenden müssen, wo ein schwacher Lichtstreifen schimmerte. Und tatsächlich konnte ich dort den Vorhang problemlos zur Seite schlagen, woraufhin es mir endlich vergönnt war, durch den engen Spalt das Heiligtum zu betreten. Ich erschrak ob der Dunkelheit in dem Raum. Alles Licht schien von einer einzigen flackernden Kerze auszugehen, die vor einer Marienfigur brannte. Eine Mädchenstimme rief: »Vorhang zu, sonst wird die Kerze ausgeweht!«

Hastig zog ich den Vorhang hinter mir zu. Die Kerzenflamme wurde von einem Windstoß erfasst, der sie beinahe erlöschen ließ. In ihrem Licht, das von dem bläulichen Schimmer, der durch die hohen Fenster ins Innere fiel, verstärkt wurde, entdeckte ich am Schalter die Erscheinung, die zu mir gesprochen hatte. Ansonsten schien sich auf den ersten Blick niemand in dem Raum aufzuhalten, kein Leser, kein Ausleiher, niemand, der ziellos herumstöberte. Ich hoffte nur, dass die Besucher hinter den Regalen hockten.

Ich ging auf die Erscheinung zu, wollte den Satz aufsagen, den ich auf dem Weg zur Hoogstraat auswendig gelernt hatte – »Darf ich mich ein wenig umschauen, um festzustellen, ob es hier genug zu lesen gibt und sich eine Mitgliedschaft lohnt« –, aber die Erscheinung hinter dem Schalter raubte mir den Atem.

Dort saß ein Mädchen meines Alters. Vielleicht ein wenig älter. Ihr sehr üppiges blondes Haar hatte sie erschreckend hoch aufgesteckt, und es schimmerte etwas Glänzendes daraus hervor, das große Ähnlichkeit mit einem Stück Hühnerdraht hatte. Unter dem Haar, das offenbar dank des Hühnerdrahts der Schwerkraft widerstand, spähten zwei schwarz umrandete Augen zu mir herüber. Sowohl über als auch unter dem breiten schwarzen Rand, der beide

Augen vollständig umgab, war auf verschwenderische Weise lila-blauer Lidschatten aufgetragen. Darunter glänzten feuchte, feuerrot angemalte, fast negroide Lippen. Aber die ganze Erscheinung hätte mich eher erstaunt als bestürzt, wenn ihre kräftigen Hände nicht mit den längsten Fingernägeln ausgestattet gewesen wären, die ich je gesehen hatte. Auch die Fingernägel waren feuerrot.

»Wenn ich mich nicht irre, bist du noch nie hiergewesen«, lispelte die Erscheinung.

»Nein«, erwiderte ich.

»Willst du Mitglied werden?«

»Wenn es genug Bücher gibt, die ich noch nicht gelesen habe. Darf ich mich kurz umsehen?«

»Nur zu«, sagte sie.

»Hier ist sonst niemand«, sagte ich heiser.

»Du bist doch hier«, sagte sie, »wir sind doch hier.«

Mit pochendem Herzen ging ich durch die Regalreihen. Überall entdeckte ich Bücher, die ich vorher noch nie gesehen hatte. Und in der Reihe der Bücher von Antoon Coolen stand tatsächlich – mein Drachengebet wurde erhört – *De vrouw met de zes slapers*.

Ich ging zum Schalter zurück. Dahinter sah ich nur den Rücken von jemandem, der sich bückte. Ich holte tief Luft und sagte: »Ich möchte gern Mitglied werden.«

Der Rücken richtete sich auf. Langsam erhob sich eine Gestalt, die, was den Haarschopf anging, dem Mädchen, das mir eben Rede und Antwort gestanden hatte, ähnelte wie ein Ei dem anderen. Aber alle Farben schienen sich plötzlich geändert zu haben. Giftgrüner Lidschatten, dunkelrote Lippen, dunkelrote Fingernägel – es war, als hätte das Mädchen von vorhin blitzschnell ihre Kriegsbemalung erneuert. Ich stotterte noch einmal: »Ich möchte gern Mitglied werden.«

»Kein Problem«, sagte die Erscheinung mürrisch, »Name, Adresse?«

Sie nahm meine Personalien auf, kassierte den Beitrag, und während der ganzen Zeit stand ich da und begriff nichts, starrte sie nur verdattert an und glaubte noch immer, es mit demselben Mädchen zu tun zu haben. Dann öffnete sich neben der Marienfigur eine Tür, und das erste Mädchen tauchte wieder auf.

»Nicht viel los hier«, sagte ich, um einfach irgendwas zu sagen.

»Nein«, kicherte das erste Mädchen, »nein, es ist nicht viel los; es ist nie viel los, es kommt fast nie jemand.«

»Zum Glück nicht«, sagte das zweite Mädchen.

»Aber du kommst jetzt regelmäßig«, sagte das erste Mädchen, »in Zukunft kommst du. Sehr schön, endlich mal ein Leser. Komm ruhig, so oft du kannst. Du darfst zwei Romane und drei Sachbücher ausleihen. Willst du einen Zettel mit den Öffnungszeiten?«

Ehe ich antworten konnte, drückte sie mir schon ein schmuddeliges Blatt in die Hand. Ihre Fingernägel fuhren kurz über meine Knöchel.

Ich verschwand wieder zwischen die Regale. Die beiden Mädchen postierten sich jeweils an den gegenüberliegenden Enden des Gangs, durch den ich gerade ging. Es sah so aus, als würden sie mich gefangen halten. Lässig nahmen sie Bücher aus den Regalen, bliesen den Staub herunter und stellten sie wieder zurück. Regelmäßig spähten sie kurz in meine Richtung und lächelten einander anschließend zu.

Nachdem ich etwa zwanzig Minuten gesucht hatte, ging ich mit fünf Büchern zum Leihschalter. Ehe das erste Mädchen sie auch nur genommen oder sie angeschaut hatte, sagte es: »Das Buch von Antoon Coolen darfst du nicht ausleihen.«

»Woher weißt du … warum nicht?«

»Da ist ein roter Punkt drauf. Hast du das nicht gesehen? Wenn ein roter Punkt drauf ist, darf man es nur mit Erlaubnis des Pastors mitnehmen.«

7

An einem sonnigen, aber windigen Sommertag las ich einen Roman, der mich so stark berührte, dass ich mich, als ich ihn im Laufe des Nachmittags ausgelesen hatte, nicht dazu überwinden konnte, ein anderes Buch anzufangen. Ich hörte das Rauschen des Windes und suchte in dem Prisma-Taschenbuch die Passage, die ich mit einem dünnen Bleistiftstrich markiert hatte: »Er sagte, die angenehmste Art, einen heißen Julitag zu verbringen, sei, von morgens bis abends mitten in der Heide auf einem Hügel zu liegen, während die Bienen zwischen den Blumen summen, die Lerchen hoch über einem singen, der Himmel wolkenlos blau ist und die Sonne hell scheint. Das war seine Idealvorstellung von himmlischer Seligkeit. Die meine war, bei Westwind in einem rauschenden grünen Baum hin und her gewiegt zu werden, während die schneeweißen Wolken rasch vorübertreiben.«

»Meine auch«, murmelte ich, schaute hinaus und sah, wie die schneeweißen Wolken, von einem kräftigen Ostwind fortgetrieben, an diesem warmen Julitag hinter den Dächern verschwanden. Was nun?, dachte ich.

Kurze Zeit später zog ich mich, wobei meine Augen jedes Mal wieder feucht wurden, mit meinem Drachen in die aufgeschüttete Steppe des Sluispolder zurück. Die Pappeln auf dem katholischen Friedhof rauschten herzzerreißend. Der Himmel leuchtete hellblau, weiße Wolken jagten hintereinander her. Der Sand unter meinen Füßen sah aus, als sei er mit dem Waschblau bedeckt, das meine Mutter immer beim Spülen der Wäsche benutzte.

Es zeigte sich, dass es ein wahres Kunststück war, mutterseelenallein einen Drachen steigen zu lassen. Nachdem ich etwas Schnur abgewickelt hatte, versuchte ich ein paarmal, den Drachen im Laufen aus der Hand steigen zu lassen. Leider stürzte er dabei jedes Mal zu Boden. Als bessere Methode erwies sich, ihn aufrecht in den Sand zu stecken und dann die Schnur abzuwickeln. Mit einem Ruck zog ich ihn aus dem Sand und rannte gleichzeitig los. Der Drachen stieg vielversprechend in die Höhe, fiel dann aber vornüber. Trotzdem schien dies die einzige Methode zu sein, ihn überhaupt in die Luft zu bekommen, auch wenn er immer wieder torkelnd, sich drehend und schwankend abstürzte.

Nach jedem Gegenschlag knotete ich, aus dem großen Vorrat an Strickwürsten schöpfend – reiche Strickliesel-ernte aus der Kindergartenzeit meiner Schwester –, noch ein Stückchen Schwanz an den Drachen. Es kostete mich fast meinen gesamten Vorrat an bunten Würsten, dem Drachen das Drehen und Torkeln abzugewöhnen. Und schließlich kam tatsächlich der Augenblick, in dem er sich plötzlich so stetig aus dem blauen Sand erhob, dass alle erfolglosen Versuche sofort vergessen waren. Mit seinem prächtigen bunten Schwanz stieg er über die Pappeln hinaus und segelte, von der gleichmäßigen kräftigen Brise aus dem Osten getragen, zu den fernen, hohen Luftschichten im Westen.

Obwohl der Schwanz die richtige Länge zu haben schien, war der Drachen weiterhin launenhaft. Wenn die Leine ein wenig schlaffer wurde, tauchte er hin und wieder ein-, zweimal in die Tiefe, um anschließend rasch an Höhe zu gewinnen. Als ich die ganze Schnur von der Haspel abgerollt hatte und mich eine prachtvolle Parabel mit dem Drachen verband, ruckte er immer noch an der Leine und verlangte meine ganze Aufmerksamkeit, indem er ab und zu beängstigend nach links und rechts schwankte. Manchmal sah es so aus, als machte er Anstalten, in die Tiefe zu stürzen, und dann ging ich rasch ein paar Schritte zurück, um ihn davon abzuhalten.

Es war, als wollte der Drachen an diesem Nachmittag verhindern, dass sich erneut die Unzufriedenheit einstellte. Ich musste die ganze Zeit aufpassen und durfte keinen Moment dösen. Auf jedes kleine Rucken musste ich achten, und an das Hinaufschicken von Botschaften war gar nicht zu denken. Auch irgendwelche Tagträume, in denen die beiden Bibliothekarinnen der katholischen Bücherei vorkamen, waren mir nicht vergönnt. Oder lag das an dem unglaublichen Buch, das ich mir in der Prisma-Taschenbuchausgabe gekauft hatte, weil ich es nicht hatte ausleihen dürfen?

Aus einer Gasse zwischen den trostlosen halb verfallenen Schuppen, welche die Grenze zwischen der Konijnenbuurt und dem mit frischem Sand bedeckten Sluispolder bildeten, traten zwei Gestalten. Zunächst sah es so aus, als schlenderten sie ziellos über die sandige Ebene, doch schon bald deutete alles darauf hin, dass sie sich in meine Richtung bewegten. Da ich in die Sonne schaute und der Drachen über mir meine ganze Konzentration erforderte, hatte ich kaum Zeit, mir Gedanken über die Frage zu machen, wer da auf mich zukam. Entsetzlich langsam näherten sich die beiden Gestalten. In dem lockeren Sand, in dem ihre Schuhe tief versanken, hatte ihr Gang etwas Unsicheres. Es sah so aus, als schwankten sie. Wie seltsam, dass dieser schwankende, unsichere, gemächliche Gang trotzdem so angsteinflößend war. Lange Zeit erlaubte ich mir zu denken, dass sie in größerem Abstand an mir vorübergehen würden. Je näher sie aber kamen, desto klarer wurde, dass sie, so langsam sie auch gingen, zielsicher Kurs auf die rauschenden Espen genommen hatten.

Dann waren sie plötzlich so nahe, dass ich ihre munter geröteten, sonnenverbrannten Gesichter sehen und das Gemurmel ihrer Stimmen hören konnte.

»Sein Vadder is heut nicht dabei«, sagte der Beleibtere der beiden.

»Nee, er lässt ganz allein seinen Flieger steigen«, sagte sein magerer Kumpel.

Sie gingen langsam weiter und kamen so nahe, dass sie, wenn sie nicht an mir vorbeigehen wollten, stehen bleiben mussten.

»Na? Hasse deinen Vadder zu Hause gelassen?«

»Nein«, sagte ich, »der ist dahinten. Arbeitet auf dem katholischen Friedhof.«

»Ach ja? Da is aber keine Menschenseele zu sehen.«

»Dein Flieger?«, wollte der Dickere wissen.

»Von wem sonst?«, erwiderte ich.

»Könnte doch geliehen sein.«

»Er steht schön hoch«, sagte der hagere Junge.

»Ja, man kann ihn kaum sehen. Könnste ihn nicht 'n Stückchen runterholen? Ich würd ihn mir gern mal von nahbei angucken.«

»Nein«, sagte ich, »dann fängt er an zu torkeln.«

»Bestimmt nicht, also mach, hol ihn ein Stück runter.«

»Nein«, sagte ich

»Dann helfen wir dir.«

Der Kräftigere der beiden legte seine rechte Hand auf die Schnur und ging dann, die Schnur hinunterdrückend, in Richtung des Drachens. Der sank schwindelerregend schnell tiefer und vollführte dabei schon bald angsteinflößende Pirouetten. Rasch näherte er sich den Kronen der Espen.

»Lass das!«, schrie ich. »Gleich landet er in den Bäumen oder knallt auf den Boden.«

»Bestimmt nicht«, sagte der hagere Junge.

Der korpulente Bursche ließ plötzlich die Schnur los. Sofort richtete der Drachen sich auf, schoss empor, verlor aber sogleich wieder an Höhe, weil er verzweifelt schwankend nach einem neuen Gleichgewicht suchte.

Ohne ein Wort zu sagen, standen die beiden Jungen breitbeinig da und beobachteten das panische Torkeln des Drachens. Als er wieder zur Ruhe gekommen war und stolz in höhere Luftschichten stieg, legte der hagere Junge seine Rechte flach auf die Schnur und rannte, die Hand immer in derselben Höhe haltend, an der herabkommenden Schnur entlang. Erneut fing der Drachen wie wild an zu torkeln. Trotzdem rannte der Junge weiter, sodass der Drachen rasch an Höhe verlor.

»Mein Vater kommt!«, rief ich und zog zugleich kräftig an der Schnur.

Der Junge ließ die Leine los, schaute sich erschrocken zu dem katholischen Friedhof um, grinste dann übers ganze Gesicht und wollte die Schnur wieder fassen. Der Drachen stieg jedoch zu den vorüberfliegenden weißen Wolken hinauf, die über den wogenden Baumkronen aus dem Blickfeld entschwanden. Die beiden Jungen schlenderten zu dem breiten Graben am Rande des katholischen Friedhofs und spähten lange durch das Grün, das die Sicht auf die Grabsteine, die Kreuze und die Jesusfiguren so zweckmäßig behinderte.

»Dass sein Vadder dort drüben ist, das ist erstunken und erlogen«, sagte der Dicke schließlich triumphierend.

Der Hagere sagte nichts, sondern leckte nur seine Handfläche. Dann murmelte er: »Ich blute.«

»Da ist er schuld«, sagte sein Freund, »er hat plötzlich an der Schnur gezogen, als deine Hand noch drauf lag. Da ist er schuld.«

Gemessenen Schrittes näherten sie sich wieder.

»Er blutet«, sagte der Fettsack, »und du bist schuld.«

»Ich bin überhaupt nicht schuld«, sagte ich, »er hätte eben die Finger von der Schnur lassen sollen.«

»Wir wollten nur den Flieger aus der Nähe sehen. Was ist daran so schlimm?«

Der Hagere öffnete die Faust. Ein feuerroter Strich lief über die Handfläche.

»Deine Schuld«, sagte er, »und außerdem tut es auch noch verdammt weh.«

Sein Freund holte einen Gegenstand aus der Hosentasche, den er vorerst noch in der geballten Faust versteckt hielt. Er kam näher und sagte: »Du hast Cor wehgetan, du verdammter Drecksack.«

Er öffnete die Faust. In seiner Hand hatte er ein verrostetes Taschenmesser. Cor trat mir halbherzig gegen den Knöchel. Seelenruhig klappte der andere das Messer auf und sägte dann mit gemächlichen Bewegungen der offenbar ziemlich stumpfen Klinge die Schnur durch. Er brauchte ziemlich lange dafür, und während er schnitt, trat Cor mir immer wieder unentschlossen gegen den Knöchel. Ich stand da, die Haspel, an der die Gemeindeschnur befestigt war, in der Hand, und wusste nicht, was ich tun sollte.

Es erstaunte mich, dass der dicke Junge keuchend und schwitzend weiterschnitt. Warum riss er mir nicht die Haspel aus den Händen? Warum musste er unbedingt die Schnur durchschneiden? Es schien ewig zu dauern. So viel Arbeit, um etwas zu erreichen, das er auch sehr viel einfacher hätte haben können.

Als die Schnur durchgeschnitten war, schien es, als hätte jemand dem Drachen einen Schlag verpasst. Von dem kräftigen Ostwind fortgeweht, flog er in westliche Richtung. Er sank dabei tiefer, aber nicht sonderlich schnell, er torkelte auch nicht, sondern flog lange Zeit in derselben

Höhe über die Dächer der Konijnenbuurt dahin. Er bewegte sich auf einer fließenden, schräg nach unten führenden Linie. Schließlich verschwand er zwischen den Dächern. Weil es dort einen regelrechten Wald aus Schornsteinen und Fernsehantennen gab, war es unmöglich zu erkennen, wo er zu Boden fiel.

Der dicke Junge klappte das rostige Taschenmesser zu, steckte es in die Hosentasche, sah mich kurz lakonisch an, nickte entschieden und schwankte dann, gefolgt von seinem hageren Kumpel, in Richtung Konijnenbuurt davon. Die Haspel, auf der noch fünf Meter Schnur waren, in der verkrampften Hand, ließ ich mich in den warmen Sand fallen.

Da saß ich und machte mir vor allem Sorgen darüber, wie mein Vater reagieren würde. Zweifellos würde er aus der Haut fahren, wenn ich ihm wahrheitsgemäß berichtete, was geschehen war. »Zwei Jungs? Mit denen hättest du doch leicht fertig werden können? Und du hast es einfach zugelassen, dass sie die Schnur durchschneiden? Was bist du nur für einer? Bist du mein Sohn oder nicht? Man lässt sich doch nicht einfach so niedermachen.«

Im Sand sitzend, der meinen Hintern so tröstlich wärmte, überlegte ich mir, dass ich die Zahl der Quälgeister aus der Konijnenbuurt verdreifachen musste. Und aus dem rostigen Messer musste ich ein nagelneues, rasiermesserscharfes Taschenmesser machen. Trotzdem lauschte ich lange den Pappeln, bis ich mich dazu aufraffen konnte, mit meiner Haspel den Heimweg anzutreten.

8

In der dunkelsten Zeit des Jahres, um Weihnachten herum, ging ich im feinen Nieselregen, der kein Nebel mehr war, aber auch noch kein Sprühregen, durch die Gassen jenseits des Zuidvliet, in denen die für unbewohnbar erklärten Häuser standen. Die Gaslaternen brannten bereits. Die buckligen nassen Pflastersteine glänzten in dem schwachen Licht. Bei der Hoekerdwaarsstraat angekommen, bog ich in das Stronikaadje ein. Dort hindurch zu gehen, zwischen den seltsamen Häuschen, die ihre Rückseite der Straße zuwandten – die niedrigen Küchen bildeten die Fluchtlinie –, war jedes Mal eine Herausforderung. Es hatte etwas Beklemmendes, dieses erstaunlich enge Sträßchen, und darum zeigte man Mut, wenn man sich traute, summend hindurchzuschlendern. Jeden Augenblick konnte aus einer der niedrigen Küchen ein grob gebauter, schnurrbärtiger Baggerführer oder Reepschläger auftauchen. Oder schlimmer noch: zwei ihrer hoch aufgeschossenen Söhne! Was dann passieren würde, wagte ich mir nicht einmal vorzustellen. Ich würde ins Haus geschleift werden, und mein Los würde schrecklich sein.

Früher hatte ein Klassenkamerad von mir in so einem niedrigen Häuschen gewohnt. Er war krank geworden, so krank, dass man um sein Leben fürchtete. Um störende Geräusche zu dämpfen, hatten die Nachbarn die Gasse mit einer dicken Strohschicht bedeckt. Verächtlich hatte ich damals zu meinen Mitschülern gesagt: Lächerlich, durch das Sträßchen fährt sowieso nie ein Auto; man kommt kaum mit einer Solex oder einer Mobylette durch. Muss man dafür Stroh auf das Pflaster streuen? Der Pfarrer hatte meinen Klassenkameraden regelmäßig besucht, und jeden Sonntag war in der Kirche für ihn gebetet worden. Diese ganze Aufmerksamkeit hatte mich neidisch gemacht. Selbst sein Tod hatte meine Missgunst nicht aus der Welt schaffen können.

Um meine Angst vor den Reepschlägern und ihren Söhnen zu bezwingen, ging ich so langsam wie möglich durch das Stronikaadje. Ich schlenderte an den Küchen vorüber, ich schaute zu den schmalen Fenstern der Wohnzimmer, die ein wenig hinter der Fluchtlinie lagen. Ich kam an dem Haus vorbei, in dem mein Mitschüler gestorben war. Ein Stückchen weiter brannte flackernd eine Gaslaterne. In ihrem Lichtkreis angekommen, blieb ich stehen, um die vielen geheimnisvollen feuchten Schatten zu beobachten, deren Form sich jeden Moment änderte, weil die Laterne nicht gleichmäßig brannte. Andächtig lauschte ich dem seltsamen leisen Knattern des Glühstrumpfs in der Laterne. Nachdem ich mich mit halb geschlossenen Augen eine Weile vom gespenstischen Flackern hatte betäuben lassen, öffnete ich die Augen wieder und sah zunächst den Widerschein der Gaslaterne in einer Fensterscheibe. Deshalb erkannte ich nicht gleich, was direkt hinter der Scheibe, von weiß blühenden Begonien umrahmt, an das Glas gelehnt stand: ein Drachen.

Weil es schon so dunkel war und die Gaslaterne nicht gleichmäßig brannte – manchmal wurde das Licht so schwach, dass es zappenduster war, bis die Flamme wieder lautstark aufloderte –, dauerte es eine Weile, bis ich mir den Drachen genauer ansehen konnte. Aber dennoch war ich mir schon beim ersten Blick sicher: Das war unser Drachen. Mein erster Impuls war, nach Hause zu laufen und meinen Vater zu holen. Zusammen würden wir wiederkommen und unseren Drachen zurückfordern.

Kurz loderte die Gaslaterne hell auf. Neben dem Drachen entdeckte ich eine riesige Begonie, und zwischen der Pflanze und der Fensterscheibe steckte ein weißer Karton. In großen, offenbar aus Zeitungsschlagzeilen ausgeschnittenen Buchstaben stand darauf: »Drachen gelandet«.

Das war alles. Die Hände sicher in den Hosentaschen versteckt, überlegte ich, ob ich an der Tür klingeln sollte. Ich traute mich nicht, noch nicht. Ich studierte die Buchstaben auf dem weißen Karton, doch die Bedeutung der einfachen Mitteilung konnte ich nicht entschlüsseln. War »Drachen gelandet« wirklich als Ermunterung gedacht, ihn sich wiederzuholen? Warum stand das dann nicht da? Oder war es eher als Herausforderung gedacht? Schau, hier ist ein Drachen gelandet, und den kriegst du nie wieder.

War der Drachen an jenem warmen, windigen Julitag hier gelandet? Hatte er seitdem hier im Fenster gestanden? Das schien undenkbar, doch noch viel unwahrscheinlicher war, dass der Finder ihn erst vor Kurzem dort hingestellt hatte. Oder hatte er ihn während der Hundstage und im Herbst selbst steigen lassen?

Dann fasste ich mir ein Herz. Schließlich war das unser Drachen. Mein Vater hatte ihn aus weichem Packpapier und biegsamen Eschenlatten gebaut. Der Drachen musste uns, musste mir wiedergegeben werden. Wenn ich ihn im Triumph nach Hause brachte, würde ich in der Achtung meines Vater bestimmt wieder steigen. Als ich damals im Juli ohne Drachen nach Hause gekommen war, war er nicht »aus der Haut gefahren«. Er hatte überhaupt nichts gesagt, sondern mich nur kurz angesehen. Doch jedes Mal, wenn mir sein Blick plötzlich wieder in den Sinn kam, ging ein Gefühl von Übelkeit wie eine Welle durch meinen Körper.

Die Gaslaterne hörte auf zu spucken und gab ein summendes, liebliches Geräusch von sich, das man sehr leicht als Ermunterung auffassen konnte. An der Küche vorbei ging ich zu der farblosen Haustür. Über der Tür hing wie an jedem Haus in der Straße das Schild, das dieses Haus seit Jahren für unbewohnbar erklärte, aber nicht viel zu bedeuten hatte: Alle Häuser im Stronikaadje wurden noch bewohnt.

An der Stelle, wo die Klingel hätte sein müssen, befand sich nur ein Namensschild: G. van Diepenburch. Vorsichtig klopfte ich auf die obere Türfüllung. Mein leises Pochen wurde natürlich nicht gehört. Ich klopfte kräftiger, hörte leises Poltern, eine Stimme, Schritte und wartete. Die Tür öffnete sich einen Spaltbreit. Offenbar klemmte sie. Von der anderen Seite versuchte jemand, sie weiter aufzumachen, doch das gelang kaum. Erst als ich mithalf, öffnete die Tür sich so weit, dass man in den Spalt hineinschauen konnte. Einen kurzen Moment lang war ein Mädchengesicht zu sehen. Es war wieder verschwunden, ehe ich etwas sagen konnte, aber beim Anblick der roten Wangen, der großen, dunklen Augen und der schwarzen Haare war mir, als bekäme ich einen Schlag ins Gesicht. Noch bevor ich über die Frage nachdenken konnte, warum das Mädchengesicht mich so berührte, erschien bereits ein anderes Gesicht im sanften Licht der Gaslaterne. Die Ähnlichkeit mit dem Mädchengesicht war verblüffend, obwohl ich nun einen Mann von etwa fünfunddreißig Jahren vor mir sah. Er hatte das gleiche pechschwarze Haar, die gleichen großen, dunklen Augen, unter denen die hohen Wangenknochen rot aufflammten. Soweit es die dunklen Augen zuließen, sah er mich freundlich an, sagte aber nichts.

»Mein Drachen«, stotterte ich.

»Ist das dein Flieger?«

»Ja«, erwiderte ich.

»Komm kurz rein«, sagte der Mann.

Er versuchte, die Tür weiter zu öffnen, was aber nicht gelang.

»Die Tür klemmt«, sagte er, »ich zieh noch mal daran, aber Drücken ist besser. Wenn du also drücken würdest …«

Ich drückte. Der Spalt wurde ein wenig größer.

»Da passt du bestimmt durch«, sagte der Mann.

Es war mir unheimlich, mich durch so einen engen Spalt zwängen zu müssen. Ich hatte das Gefühl, als könnte die Tür gleich hinter mir zuschlagen, um sich dann nie wieder zu öffnen. Darum zögerte ich, aber der Mann sagte freundlich: »Komm ruhig rein, hier wohnen brave Christen.«

Es gelang ihm sogar, die Öffnung noch ein wenig zu vergrößern. Ich betrat die Finsternis, und der Mann ging vor mir her ins Wohnzimmer. Das Mädchen war nicht dort. Zwar hörte ich Schritte und Stimmen, aber ich konnte nicht feststellen, woher die Geräusche kamen. Während ich da stand und meine Augen sich an die Dunkelheit gewöhnten, fühlte ich plötzlich – und ich starb beinahe vor Schreck –, wie etwas an meiner rechten Hand leckte.

»Nicht erschrecken«, sagte der Mann, »das ist der Hund. Beug dich runter, dann kann er dir kurz übers Gesicht lecken und ist für immer dein Freund.«

Ich bückte mich, der Hund leckte mir die Wange, ich streichelte ihm über den Kopf und erhob mich wieder. Der Mann sagte: »So, du behauptest also, dass das dein Flieger ist.«

»Ja.«

»Flatterte eines Sommernachmittags einfach in unseren Hof. Steht nun schon seit Monaten im Fenster.«

Er schaute mir tief in die Augen.

»Kannst du beweisen, dass er dir gehört?«

»Das ist mein Flieger«, sagte ich entrüstet.

»Ja, ja, das kann jeder sagen. Seit der Flieger dort im

Fenster steht – zum großen Kummer meiner Frau, denn er nimmt das ganze Licht weg –, waren schon ein paar Jungs hier, die alle ihren Flieger wiederhaben wollten. Das ist mein Flieger, haben sie alle behauptet, mein Flieger, und dann sind sie ganz dreist zum Fenster gegangen, um ihn sich zu holen.«

Auf seinem Gesicht erschien ein Lächeln, das seine recht strengen Züge etwas sanfter machte. Dadurch sah er dem Jesus auf den Abbildungen in der Kinderbibel noch ähnlicher. Er fuhr mit seiner schmalen Hand und den langen, weißen Fingern durch sein welliges schwarzes Haar, deutete dann auf einen Stuhl und sagte: »Nimm Platz.«

Gehorsam setzte ich mich hin, und er tat das gleiche.

»Wie finden wir nun heraus, ob der Flieger wirklich dir gehört?«, sagte er. »Du verstehst bestimmt, dass jeder hier anklopfen und behaupten kann, der Flieger gehöre ihm, und dass ich nie mit Sicherheit weiß, ob das stimmt, es sei denn ...«

Die Wohnzimmertür öffnete sich. Ein Frau trat ein und sagte: »Warum sitzt du hier im Dunkeln ... oh, ich seh schon, du hast Besuch.« Sie zog sich zurück und schloss die Tür.

»Es sei denn ...«, wiederholte er.

»Mein Vater hat den Flieger aus Packpapier gemacht«, sagte ich, »aus braunem Packpapier. Ein Kreuz war darin eingepackt ...«

»Ein Kreuz?«

»Ja, ein Kreuz, das jetzt bei meinem Vater auf dem Grab steht.«

»Ach, du Ärmster ... ist dein Vater tot?«

»Nein, nein, mein Vater arbeitet auf dem Grab.«

»Dein Vater arbeitet auf dem Grab?«, fragte er erstaunt.

»Er arbeitet auf dem Friedhof«, erklärte ich, »aber bei uns zu Hause nennen wir den Friedhof immer ›das Grab‹.«

»An der Boonersluis?«

»Ja.«

»Ah, allmählich verstehe ich, was du sagen willst. Dein Vater hat einen Grabstein geliefert bekommen, der ziemlich sorgfältig eingepackt war. Und aus dem Packpapier habt ihr einen Flieger gebaut.«

»Ja, und aus Eschenlatten.«

»Eschenlatten. Woher hattet ihr die denn?«

»Die gehörten auch zu der Verpackung.«

»Was für ein Glück!«

»Da sehen Sie, dass es unser Flieger ist.«

»Das sehe ich überhaupt nicht«, sagte er. »Du hättest die anderen Jungs mal hören müssen. Die haben mir noch sehr viel schönere Geschichten erzählt als du. Der Vater des einen arbeitete angeblich auf der Schiffswerft De Haas, und daher hatte er auch das Papier, die Latten und die Schnur; ein anderer erzählte mir, sein Vater sei bei der Böttcherei van Gelderen beschäftigt. Auch da gab es offenbar Packpapier und Latten im Überfluss. Und ein dritter ... ja, ja, was für herrliche Geschichten ich während der letzten Monate gehört habe, aber einen Vater, der als Totengräber an der Boonersluis arbeitet ...«

»Mein Vater ist Grabmacher, er will nicht, dass man ihn einen Totengräber nennt. Ich grabe keine Leute tot, sagt er immer.«

»Schon gut, Grabmacher dann eben, mir ist das gleich, aber ich weiß immer noch nicht, ob der Flieger wirklich dir gehört.«

»Soll ich meinen Vater holen?«, fragte ich verzweifelt.

»Nein, das ist nicht nötig, wir finden es auch ohne ihn heraus. Wie kam es eigentlich, dass der Flieger einfach so in unserem Hof gelandet ist?«

»Ich habe ihn drüben beim katholischen Friedhof steigen lassen. Und dann kamen ein paar Jungs, die immer wieder die Schnur hinuntergezogen und sie schließlich durchgeschnitten haben.«

»Die Schnur hat er offenbar unterwegs verloren. Er kam ohne viel Schnur vom Himmel herab.«

Vollkommen perplex schaute ich in das strenge Jesus-Gesicht. Um die großen, dunklen Augen des Mannes herum erschienen kleine Lachfalten, und er sagte: »Ich wünschte, es käme noch ein Junge und würde seinen Flieger zurückfordern. Dann könnte ich sagen: ›Ich schneide den Flieger in der Mitte durch, dann bekommt jeder eine Hälfte.‹ Was würdest du dann sagen?«

»Dann würde ich sagen: ›Tun Sie das nicht, geben Sie dem anderen Jungen den Flieger, aber schneiden Sie ihn bitte nicht kaputt.‹«

»So, so«, sagte er, »in der Sonntagsschule hast du also gut aufgepasst. Zu welcher Konfession gehört ihr zu Hause?«

»Orthodox-reformiert«, sagte ich.

»Das sind wir auch«, erwiderte er, »aber eigentlich bin ich christlich-reformiert. Meine Braut war allerdings orthodox-reformiert, und sie hat sich so gewünscht, dass ich … ach ja, warum nicht, schließlich wird überall dasselbe Evangelium gepredigt, und man gelangt nicht nur durch ein Tor nach Jerusalem, aber … nein, reden wir lieber von etwas anderem. Schließlich geht es um die Frage, ob der Flieger auf der Fensterbank dir gehört oder ob du mich anlügst.«

Er stand auf, ging zu dem Flieger hin, nahm ihn, trug ihn in das finstere Wohnzimmerchen, hob ihn in die Höhe, sodass das Licht der Gaslaterne darauffiel, und fragte: »Ist er vollständig?«

»Sein Schwanz ist weg.«

»Den hab ich abgemacht«, sagte er, »den hab ich extra abgemacht, um fragen zu können: Wie sah der Schwanz aus? Keiner der anderen Jungs hat mir eine Beschreibung liefern können, die auch nur im Entferntesten Ähnlichkeit mit dem Schwanz gehabt hätte. Na los, sag schon, wie sah der Schwanz aus?«

»Ich habe den Schwanz sehr lang gemacht, denn es wehte ein kräftiger Wind, als ich den Flieger steigen ließ.«

»Tja, lang, das kann jeder sagen.«

»Er bestand aus aneinandergeknoteten Strickwürsten, die … meine Schwester hat sie gemacht … mit der Strickliesel …«

»Farben?«, fragte er streng.

»Erst Grau, dann Blau und dann Weiß«, sagte ich, »und dann ein langes gelbes Stück, das waren lauter Wollreste, und danach kam Rot, Dunkelrot und Braun und Grün und …«

Der Mann ging zum Schrank, öffnete die Tür, holte den Schwanz heraus und sagte: »Nein, falsch, zuerst kommt ein winziges Stückchen Schwarz. Danach erst Grau, Blau und Weiß. Ansonsten stimmt aber alles. Nur … du wirst mir zustimmen, wenn ich sage, dass auch jetzt noch nicht bewiesen ist, dass du der Eigentümer dieses Fliegers bist. Du könntest sehr genau hingesehen haben, als ein anderer Junge ihn steigen gelassen hat. Überaus genau hingesehen. Du scheinst mir ein Junge zu sein, der überaus genau hinsehen kann. Auf welche Schule gehst du?«

»Ich gehe aufs Gymnasium.«

»Soso«, sagte er, und augenblicklich verschwanden sämtliche Lachfältchen aus seinem Gesicht. »Soso, du darfst also die weiterführende Schule besuchen. Ich wäre auch gern weiter zur Schule gegangen, unglaublich gern, oh, wie gern wäre ich weiter zur Schule gegangen, ich hätte alles dafür gegeben.«

Seine Lippen wurden schmal, er murmelte etwas, das ich nicht verstehen konnte. Dann seufzte er tief und ging mit dem Drachen ein paar Schritte durchs Zimmer. Der Hund, der in seinem Korb lag, richtete sich auf und knurrte kurz. Dann drückte mir der Mann den Drachen an die Brust, und sollte er nicht umfallen, musste ich ihn wohl oder übel festhalten.

»Seltsam«, sagte der Mann, »als ich dich vorhin an der Tür stehen sah, wusste ich sofort, noch ehe du auch nur ein Wort gesagt hattest, dass da endlich der tatsächliche Eigentümer des Fliegers vor mir stand ... weiterlernen ... weiterlernen ... was will man mit einem Flieger, wenn man weiterlernen kann, weiterlernen darf? Dann braucht man doch überhaupt keinen Flieger? Bist du gut in der Schule?«

»Einigermaßen«, sagte ich schüchtern.

»Ich war gut in der Schule, sehr gut, wirklich, Zeugnisse mit lauter Einsen und Zweien, aber damals, vor dem Krieg, da war an einen längeren Schulbesuch gar nicht zu denken, absolut nicht, gleich nach der Volksschule musste man arbeiten gehen. Die Zeiten haben sich inzwischen geändert, ach, ach, ich ... tja, vielleicht könnte man sagen, dass aus mir noch was geworden ist, aber weiterlernen ... wie gern wäre ich weiter zur Schule gegangen ... wir kommen aus dem Nieuw Huys ter Lugt, die Diepenburchs kommen aus Nieuw Huys ter Lugt ... weißt du, dass Nieuw Huys ter Lugt bereits 866 im Blafferd erwähnt wird?«

»Im Blafferd?«, fragte ich.

»Weißt du nicht, was ein Blafferd ist?«, fragte er. »Wieso weißt du das nicht, du darfst doch weiterlernen?«

»Das haben wir noch nicht gehabt«, antwortete ich.

»Das haben wir noch nicht gehabt«, wiederholte er höhnisch. »Und so was darf weiterlernen ... weiß nicht mal, was ein Blafferd ist ... Wie dem auch sei, ein Blafferd ist eine Steuerliste der geistlichen Güter. Eines der Güter auf der Liste der Sint-Maartenskerk in Utrecht war die Herrlichkeit Nieuw Huys ter Lugt. Im Jahr 1373 erhielt Ghijseken van Diepenburch zu Nieuw Huys ter Lugt von Albrecht von Bayern einen Hof zum Lehen. Ghijseken hatte Familie … den Ritter Gilkinus van Diepenburch. Nach ihm bin ich benannt … tja, wenn man aus einer solchen Familie stammt, wenn einer der Vorfahren noch Ritter war, dann ist es doch wahrhaft nicht verwunderlich, wenn man davon träumt, weiterlernen zu dürfen.«

Die Wohnzimmertür öffnete sich. Für einen kurzen Moment erschien der Kopf des Mädchens, das ich vorhin schon gesehen hatte.

»Ich geh noch kurz zu Janke«, sagte es.

»Wir essen um sechs Uhr«, sagte Gilkinus van Diepenburch.

»Dann bin ich bestimmt wieder da.«

Ihr Kopf verschwand. Sie hatte mich nicht einmal angesehen oder auch nur einen Blick in meine Richtung geworfen. Gilkinus sagte: »Meine Tochter. Ist auch gut in der Schule, sehr gut. Hat aber gar keine Lust, weiter zur Schule zu gehen. Verstehst du das? Hat absolut keine Lust. Ein so guter Kopf, und was will sie? Geld verdienen, Kleider kaufen, offene Schuhe tragen, ausgehen.«

Düster sah er mich an, schwieg eine Weile und sagte dann: »Es geht mir zu Herzen, dass der Flieger nun das Haus verlässt. Ich wollte im nächsten Frühjahr … im nächsten Sommer damit angeln gehen.«

»Angeln gehen?«, fragte ich verdutzt.

»Ja«, sagte er, »schon als kleiner Junge habe ich davon geträumt. Bei ablandigem Wind lässt man den Flieger auf dem Strand steigen. An seinem langen Schwanz befestigt man einen Haken. Der taucht weit hinter der Brandung ins

Wasser. Weil so ein Flieger niemals ganz stillsteht, bewegt auch der Schwanz den Köder im Wasser hin und her. Ich könnte mir vorstellen, dass man auf diese Weise die größten Kabeljaue, Schellfische, Knurrhähne und Rochen anlockt und fängt.«

»Aber so ein Flieger steht doch viel zu hoch am Himmel, um …«

»Natürlich«, sagte er, mir ins Wort fallend, »aber das kann man offenbar ändern. Er muss niedrig, aber ein Stück von der Küste entfernt über dem Meer stehen. Je weiter draußen, umso besser. Selbst mit der besten Angel kann man im Meer nicht jenseits der Brandung fischen. Mit einem niedrig stehenden Flieger wäre das problemlos möglich.«

»Aber ein Flieger steigt doch immer in die Höhe?«

»Das kommt darauf an«, sagte er, »offenbar kann man die Bespannung so anpassen, dass er in geringer Höhe stehen bleibt. Ach, ich hätte es im Frühjahr gerne ausprobiert. Gilkinus van Diepenburch, der Erfinder des ersten niederländischen Angelfliegers.«

Die Lachfältchen kehrten zurück.

»Nimm du dein Eigentum ruhig mit, lass es einen schönen Traum bleiben … meinen Angelflieger.«

9

Im Triumph trug ich den Drachen und seinen abgetrennten Schwanz durch die dunklen Straßen nach Hause. Als ich damit ins Wohnzimmer trat und berichtete, sagte mein Vater, wobei er mich anerkennend musterte: »Matthäus 25, Vers 21.«

Während der Wintermonate ergab sich keine Gelegenheit mehr, den Drachen steigen zu lassen. Er wurde auf dem Spitzboden gelagert. Als die Zeit anbrach, in der eine verheißungsvolle Frühlingsbrise Zwergwölkchen über den Himmel jagte, wurden die Steppen hinter dem katholischen Friedhof endgültig bebauungsfertig gemacht. Im Eiltempo wurde die Kanalisation angelegt. Vom einen auf den anderen Tag standen überall Bordsteine. An ihnen entlang sollten offenbar Straßen gebaut werden. Vor dem eigentlichen Baubeginn wurden Rammen eingesetzt, und sehr bald fanden wir heraus, weswegen die Behelmten so eifrig und lautstark rammten, dass sogar das regelmäßig ertönende Rattern der Ankerketten im Außenhafen übertönt wurde: Laubenganghäuser. Obwohl niemand genau wusste, wie man sich solche Wohnungen vorzustellen hatte, erschien die Bezeichnung so verlockend, dass fast alle Bewohner unserer Straße und der Pieter Schimstraat sich im Rathaus für ein Laubenganghausappartement einschreiben ließen. Mein Vater wollte zwar auch gern umziehen, aber das Wort »Appartement« klang aus seinem Munde wie ein Fluch.

»Ein Appartement! Deine Zimmerdecke ist der Fußboden der Nachbarn. Dein Fußboden ist ihre Zimmerdecke. Und ab und an gibt es ein Stückchen Himmel zwischen

Mauerstücken. Nein, nie im Leben will ich in einem Appartement wohnen.«

»Aber dort werden Laubengangappartements gebaut«, sagte meine Mutter. »Wie man hört, haben diese Wohnungen eine Außengalerie und sind sehr leicht sauber zu halten.«

»Sauber«, sagte mein Vater, »sauber, als ob Sauberkeit das Allerwichtigste wäre! Feudeln, bohnern, putzen, wischen, alles an die Seite stellen, kehren, Spinnweben wegmachen, Fenster putzen, Staub wischen, mit einem Schwamm in jeder Hand. Polier die Scheiben, schrubb den Rinnstein, sonst kacken dort die Hunde rein, putz die Platten, klopf die Matten … ohoh … Frauen, es scheint, als zählte im Leben nur eines: dass alles lupenrein sauber ist. Darum wollen Frauen so gern in den Himmel. Dort ist alles blitzeblank, dort singt man dem Herrn zum Dank.«

»Trotzdem könnte ich mir vorstellen, da zu wohnen, in so einem Galerieappartement«, sagte meine Mutter unerschütterlich.

»In der Kirche sitzen die Verstoßenen auch auf der Galerie«, sagte mein Vater schnippisch.

»Das heißt Empore«, erwiderte meine Mutter.

»Als machte das einen Unterschied.«

Wegen solcher Diskussionen kam es nicht dazu, dass wir uns für ein solches Laubengangappartement einschreiben ließen. Fast alle unsere Nachbarn bekamen sehr bald eine der noch zu bauenden Wohnungen zugewiesen, und kurze Zeit später erfasste die Aufregung über die bevorstehende Völkerwanderung auch den Kirchenrat. Wenn in absehbarer Zeit ein nagelneues Wohnviertel entstand, dann würde dort auch ein neuer Stadtteilpfarrer die Arbeit aufnehmen müssen. Der Kirchenrat ernannte eine Berufungskommission. Die Kommission schwärmte sonntags mit einem Tonband durchs Land, nahm überall Predigten auf und präsentierte schließlich den Namen eines Kandidaten: Pastor H. J. Hindervoet aus Vorden.

Doch schon sehr bald, nachdem ernsthaft davon die Rede war, dass er berufen werden würde, bekamen wir zu hören: »Jaja, er ist natürlich ein guter Pastor ... über seine Predigten lässt sich nichts Schlechtes sagen ... in der Gemeinde ein Hirte, Tröster und Lehrer ... zur Seite steht ihm eine liebe Frau ... und auch er trägt sein Kreuz: Er hat keine Kinder ... darum ist er, wie unser Heiland, schrecklich lieb zu anderer Leute Lendenfrucht ... aber, ja, es gibt ein einziges Aber: Der Mann trägt einen Mittelscheitel.«

»Dann geh ich nicht zu ihm in den Gottesdienst. Den Anblick erspare ich mir lieber«, hörte man schon nach kurzer Zeit etliche Gemeindemitglieder sagen.

Und selten bekam ein bekennendes Mitglied, das dergleichen äußerte, etwas anderes zu hören als: »Wie recht du hast. Einen Mittelscheitel, wie schrecklich. Wie das bloß aussieht!«

Es dauerte nicht lange, bis um den Mittelscheitel von H. J. Hindervoet aus Vorden ein solches Trara gemacht wurde, dass der Kirchenrat sich veranlasst sah, an einem Mittwochabend eine außerordentliche Gemeindeversammlung in der Jabbokkerk einzuberufen. Der Kirchenrat wollte sich einen Eindruck »von den Gefühlen hinsichtlich des Mittelscheitels« verschaffen, wie es im *Kirchenkompass* hieß. Dennoch behielt sich der Rat das Recht vor, Hindervoet trotz allem zu berufen, wenn die Gemeinde ihm nur wegen seines Mittelscheitels ablehnend gegenüberstand.

An einem stillen Mittwochabend im März ging ich mit meinem Vater zur Jabbokkerk. Die Kirche war brechend voll. Ein Presbyter betete vor, wir sangen Psalm 17, Vers 6: »Kein Löwe ist eifriger bei der Jagd, kein junger Löwe kann sich mit größerer List in seinen Höhlen dem Blick entziehen als er, der mich zur Beute will.«

Auf dem Pult der Kanzel stand ein Tonbandgerät auf der aufgeschlagenen Bibel. Ein technisch versierter Diakon schaltete den Apparat ein. In der Kirche war das Geräusch von Wind in totem Schilf zu hören. Mein Vater murmelte: »Sollen wir ›Dort rauscht durch die Wolken‹ singen?« Hier und da murrten die Kirchenbesucher. Nervös machte sich der Diakon an dem Tonbandgerät zu schaffen. Es half nichts. Das tote Schilf knisterte schauerlich. In größter Verzweiflung schaltete der Diakon, wobei sein Schweiß auf die Bibel tropfte, das Gerät wieder aus. Anschließend durfte jeder seine Meinung über die unverständliche Predigt und den bisher noch nicht gesehenen Mittelscheitel äußern. Meine Sorge war, dass mein Vater aufstehen und auf die Kanzel steigen könnte. Vorerst tat er das nicht, sondern wartete in Ruhe ab, was die anderen sagen wollten.

Bruder Zevenhuizen war der Erste, der die Kanzel bestieg. »Brüder und Schwestern«, sagte er, »leider habe ich nicht sonderlich viel von der Predigt verstehen können, aber das, was ich verstanden habe, gefiel mir gut. Ich wäre sehr dafür, den Pastor zu berufen. Wie man hört, tragen die Leute in Vorden ihn auf Händen, und was den Mittelscheitel angeht … ach, wenn man unten im Mittelschiff sitzt und zur Kanzel hinaufschaut, dann sieht man den Mittelscheitel nicht einmal. Nur wenn man auf der Empore sitzt, schaut man darauf hinab, und dann … aber wenn wir das Problem einfach dadurch lösen … dass die Brüder … und vor allem die Schwestern, denn die beklagen sich noch am lautesten über den Mittelscheitel …«

Es ging ein Rauschen durch die Kirche, ein Geräusch, das noch am ehesten an entrüstetes Murmeln erinnerte. Mein Vater flüsterte: »Das Volk Israels murrt.«

Zevenhuizen sagte unsicher: »Das stimmt doch, oder? Es sind doch in erster Linie unsere Schwestern, die …«

»Nie im Leben«, rief ein wettergegerbter Fahrensmann, »so ein Mittelscheitel, das ist unheimlich.«

»Nun ja«, sagte Zevenhuizen, »ob es nun tatsächlich vor allem unsere Schwestern sind … meinetwegen, vielleicht irre ich mich, aber was ich sagen wollte … wenn nun alle Gemeindemitglieder, die sich nicht an dem Mittelscheitel stören, auf der Empore Platz nehmen würden, und alle andern unten, dann wäre das Problem doch gelöst?«

Bruder Quack schnellte nach vorn. Wie eine Bergziege bestieg er die Kanzel und sagte: »Ich habe immer schon auf der Empore gesessen, und da will ich auch bleiben. Ich lasse mich doch nicht von einem Mittelscheitel vertreiben. Eine solche Frisur ist in meinen Augen allerdings schlimmer als die Pest. Und darum … nun, haben wir etwa keinen guten reformierten Friseur in unserer Mitte, der die Schrift aus dem Effeff kennt? Bruder Molensteen, wie ich sehe, sitzt er tatsächlich dort. Zweite Reihe links vom Mittelgang. Wenn es jemanden gibt, der in Sachen Mittelscheitel Rat weiß, dann doch er. Dem macht er doch ruck, zuck den Garaus. Das ist doch eine Sache von fünf Minuten. Leute, worüber machen wir uns eigentlich Sorgen, wir haben doch Bruder Molensteen in unserer Mitte.«

Während der Ausführungen von Bruder Quack war Bruder Wijnhorst bereits zur Kanzel geschlichen. Er stieg hinauf, noch ehe sein Vorredner zu Ende gesprochen hatte, und sagte, als Quack gegangen war: »Brüder, als Gemüsehändler weiß ich aus Erfahrung nur allzu gut, dass der eine gern Spinat isst und der andere Endivien. Man kann es nicht allen recht machen. Und so kommt es, dass der eine Mittelscheitel mag und der andere …«

»Blumenkohl!«, rief einer der Gläubigen, doch Wijnhorst ließ sich nicht aus dem Konzept bringen, sondern beendete in aller Ruhe seinen Satz: »… einen schönen, dichten Lockenkopf.«

Dann reckte Wijnhorst sich wie ein Prophet in die Höhe, breitete die Arme aus, als wollte er den Segen erteilen, und sprach mit Donnerstimme: »Wahrlich, ich sage euch: Vergesst den Mittelscheitel, schließt notfalls die Augen, wenn er euch stört, bestimmt hört ihr dann besser hin, und die Gnadengaben fließen reichlicher.«

Bruder Scharloo stiefelte nach vorn. Wijnhorst stieg mit erhobenen Armen und geschlossenen Augen von der Kanzel herab. Scharloo nahm seinen Platz ein. Drohend sah er uns an, dann erschallte seine Stimme: »Gemeinde in unserem Herrn Jesus Christus! Ist Pastor Hindervoet ein begnadeter Prediger oder nicht? Das ist die Frage, um die es geht. Ich habe mir schon diverse Tonbänder anhören dürfen, und ich kann nur sagen: Bei dem Mann wachsen an allen Knospen Johannisbeeren, aber auch wirklich an allen Knospen. Reichlich werden wir gesegnet werden, denn alle Knospen haben Johannisbeeren, doppelte Johannisbeeren.«

Dann eilten mehrere Brüder zugleich nach vorn. Auch mein Vater rutschte unruhig auf seinem Platz hin und her. Der Presbyter Vermaat griff ein: »Brüder, vielleicht haben wir genug gehört.« Erneut murrte das Volk Israels.

»Nun denn«, sagte der Presbyter Vermaat, »ein Bruder noch, aber danach muss es genug sein.«

Mein Vater erhob sich, doch aus der Gruppe der nach vorn geeilten Gemeindemitglieder hatte sich bereits ein Mann gelöst, der auf die Kanzel stieg, als sei er der Pastor. Als er im Lichtkreis des Lämpchens erschien, das auf der Kanzel brannte, fuhr ich hoch.

»Das ist … das ist der Mann, der unseren Flieger in seinem Hof gefunden hat.«

Mein Vater beugte sich vor, um besser sehen zu können. Gilkinus van Diepenburch holte tief Luft, schaute sich lange im Kirchenschiff um und sagte dann: »Ist es nicht unglaublich, dass wir hier zusammenkommen und uns wegen eines Mittelscheitels streiten? Ist das nicht unglaublich? Würde man dort draußen«, er deutete auf die dunklen Fenster, »würde man in der Welt, würden die Ungläubigen, wenn sie davon erführen, nicht in schallendes Gelächter ausbrechen? Vielleicht hatte ja unser Heiland und Erlöser auch einen Mittelscheitel. Würde ihm deshalb der Zugang zur Kanzel der orthodox-reformierten Jabbokkerk verwehrt werden? Das ist doch undenkbar. Es sieht so aus, als wäre uns der Verstand abhanden gekommen. Wir sind hier zusammengekommen, um ... ist das wirklich wahr, sitzen wir deshalb an einem Abend hier zusammen, an dem man draußen schon ein wenig spüren kann, dass der Frühling naht? Leute, Leute, was soll aus uns werden? Geht es uns noch um das ewige Heil, oder geht es uns um den Anblick eines Mittelscheitels? Was sagt das Wort des Herrn uns über die Haartracht? Ehe ich meine Schritte hierher gelenkt habe, habe ich daraufhin noch einmal die Heilige Schrift durchgesehen. Die Heilige Schrift sagt uns bitter wenig über die Haare auf unserem Kopf, die, Matthäus 10, Vers 30, vom Herrn der Heerscharen alle gezählt sind. Lediglich in ein paar Texten des Alten Testaments wird unser Haupthaar erwähnt, im Hohelied Salomos, Kapitel 7, Vers 5, bei Jesaja, Kapitel 3, Vers 24, im Buch der Richter, Kapitel 16, Vers 13. Im Neuen Testament kommt unser Haupthaar dann zwar öfter vor, aber die einzige Stelle, die ich euch heute in dieser Frage vorlegen will, findet sich im ersten Brief des Paulus an Timotheus, im 6. Kapitel, Vers 4: ›Der ist aufgeblasen und weiß nichts, sondern hat die Seuche der Fragen und Haarspaltereien, aus welchen entspringt Neid,

Hader, Lästerung, böser Argwohn, Schulgezänke solcher Menschen, die zerrüttete Sinne haben und der Wahrheit beraubt sind.‹ Hört ihr es, Brüder und Schwestern, Haarspaltereien, sagt der Apostel, sind eine Quelle des Neids, des Haders und der Lästerung. Und womit beschäftigen wir uns heute Abend, im buchstäblichen Sinne des Wortes? Mit Haarspaltereien. Ach, ach, ach, lasst uns den Streit auf der Stelle beenden und Pastor Hindervoet berufen.«

»Hört, hört«, sagte mein Vater, »der versteht es aber zu reden.«

»Ja«, sagte ich stolz.

»Womit verdient er sein Geld?«, fragte er mich.

»Keine Ahnung.«

»Das weißt du nicht? Du bist doch bei ihm zu Hause gewesen«, sagte mein Vater erstaunt, »das ist doch immer das Erste, was man in Erfahrung bringen muss. Und als Zweites muss man herauskriegen, ob er beerdigt oder eingeäschert werden will. Angenommen, er will beerdigt werden … ich kenne doch fast alle hier, aber dieser Mann ist mir vollkommen unbekannt. Was, wenn man einen solchen Überflieger unter die Erde bringen muss? Man muss doch wissen, wer da im Sarg liegt.«

»Zum Abschluss dieser Versammlung singen wir Psalm 22, Vers 11«, verkündete Presbyter Vermaat.

Und wir sangen: »Erlös mich von dem Löwen, der gierig nach mir beißt, errett mich vor dem Untier, das mich mit starkem Horn umkreist.«

»Ich habe gar nicht gewusst, dass Löwen Hörner haben«, flüsterte mein Vater.

10

Pastor H. J. Hindervoet wurde berufen. Nachdem er, wie uns versichert wurde, oft und lange gebetet hatte, folgte er dem Ruf. Allerdings sollte es noch einige Monate dauern, bis er tatsächlich kam, und während dieser Zeit vollzog sich die Völkerwanderung. Nur die Taubenzüchter und Hochbetagten blieben in unserem Viertel zurück. Fast alle anderen Familien zogen in die nagelneuen Laubenganghäuser. Auch aus der Nachbarstraße, die nach dem berühmten Dichter Pieter Schim benannt war, verschwanden fast alle Bewohner. In die frei gewordenen Häuschen zogen frisch verheiratete Paare ein, die jahrelang als Wohnungssuchende eingeschrieben gewesen waren. Auch in unserem Nachbarhaus wohnten nun ein etwa dreißigjähriger Mann und eine gleichaltrige Frau, die den zehnten Jahrestag ihrer Verlobung bereits gefeiert hatten und die während all der Jahre zunächst geduldig, später verbittert auf die Zuweisung einer Wohnung gewartet hatten. Die Frau hatte eine wirre Frisur, Modell Windhose, für die sehr viel Wasserstoffperoxyd verwendet worden war. Die Hochbetagten nannten sie eine Schlampe, meine Mutter rümpfte bei ihrem Anblick die Nase, aber die Taubenzüchter und mein Vater bezeichneten sie als »süße Biene«. Ihr Mann, schnurrbärtig, braungebrannt und mit lauter Ankern auf den stark behaarten Armen, war mürrisch und schweigsam.

Wenn ich in meinem Mansardenzimmer auf dem Bett lag, konnte ich jedoch sein dröhnendes Lachen im benachbarten Zimmer hören. Nach dem schallenden Lachen erklangen allerlei Schreie, die von Kichern und lautem Reden unterbrochen wurden. Merkwürdige, undefinierbare Geräusche folgten, die schließlich in keuchendes Schluchzen oder in ein unheimliches, unergründliches Jammern übergingen. Als die Geräusche zum wiederholten Mal zu hören waren, sprang ich zutiefst erschrocken aus dem Bett und holte meinen Vater.

»Ob die beiden plötzlich krank geworden sind?«, fragte ich.

Mein Vater hatte, das Ohr an die Wand gedrückt, eine Weile gelauscht. In seinen Augen erschien ein maliziöses Funkeln.

»Mach dir keine Sorgen«, sagte er, »dort drüben ist alles in Ordnung. Die springen und hopsen nur ein bisschen herum; schließlich haben sie zehn Jahre darauf warten müssen, und darum sind sie jetzt ein wenig außer Rand und Band. Sie müssen einiges nachholen, aber mit der Zeit wird der Lärm schon weniger werden.«

»Aber das Jammern und Stöhnen, woher kommt das?«, wollte ich wissen.

»Denk an das Wort des Herrn«, antwortete er, »Jesaja 47, Vers 8: ›Höre nun dies, die du in Wollust lebst und so sicher sitzest.‹«

Weil er bemerkte, dass die Bibelpassage mir das rätselhafte Stöhnen nicht verständlicher machte, fügte er tröstend und gutmütig hinzu: »Kommt Zeit, kommt Rat. Leg dich jetzt wieder schlafen.«

Ich kroch unter die Decke, er machte das Licht aus und verließ leise summend meine Mansarde. Auf der anderen Seite der Mauer war es inzwischen ruhig.

Am nächsten Tag sagte meine Mutter, sie fände es besser, wenn ich in dem Mansardenzimmer auf der Rückseite unseres Hauses schliefe. Das Doppelbett meiner Eltern käme dann in meinem derzeitigen Zimmer zu stehen. Noch am selben Abend schweifte mein Blick über die winzigen Innenhöfe hinter unseren Häusern, und ich konnte, wenn ich mich an meinen Schreibtisch setzte, in das Wohnzimmer des angrenzenden Hauses in der Pieter Schimstraat schauen.

Eines Nachmittags im Mai bemerkte ich, als ich geistesabwesend von meinen Physikaufgaben hochsah, einen blauen Schatten in dem Zimmer. Kurze Zeit später erschien ebendieser blaue Schatten für einen Moment in dem kleinen Hof hinter dem Haus, um einen Teppich auszuklopfen. Weil der Schatten hinter dem Teppich versteckt war, konnte ich kaum etwas erkennen. Und obwohl ich nur das pechschwarze Haar über den Teppich hatte hinausragen sehen und auch den eisvogelblauen Pullover nur für einen Moment erblickt hatte, war ich mir trotzdem sofort sicher, dass dort auf dem Hof niemand anders erschienen war als das Mädchen, das im Stronikaadje versucht hatte, mir die Tür zu öffnen. Ob die Familie in die Pieter Schimstraat umgezogen war? Das war nicht unwahrscheinlich, schließlich zogen aus den für unbewohnbar erklärten Häusern ständig Leute in die frei gewordenen Wohnungen in unserem Viertel.

Ich klappte mein Physikbuch zu, ging die Treppe hinunter und spazierte einmal um den Block. In der Pieter Schimstraat wurden vollgepackte Handkarren und Transportfahrräder abgeladen. Auch vor dem Häuschen, in dessen Hof das Eisvogelmädchen erschienen war, stand ein turmhoch beladenes Lastenfahrrad. Die Haustür stand weit offen. Im Flur erschien Gilkinus van Diepenburch. Als er mich sah, leuchteten seine Augen auf.

»Ach? Zufällig in der Gegend?«

»Ich mache nur einen kleinen Spaziergang, ich wohne in der Straße hinter den Häusern.«

»Dann sind wir jetzt ja Nachbarn. Wie geht es deinem Flieger? Hast du schon damit geangelt?«

»Nein«, sagte ich, »leider habe ich jetzt keine Zeit mehr, um Drachen steigen zu lassen. Ich habe jeden Tag sehr viele Hausarbeiten ...«

»Ach ja, du lernst ja weiter ... ja, ja, lernen ist was Schönes, aber weiterlernen ... noch viel schöner ... wie bist du nur privilegiert ... ach, wie gern hätte ich weitergelernt. Aber vielleicht kannst du mir ja das eine oder andere beibringen, jetzt, wo wir so nah beieinander wohnen ... das ohmsche Gesetz ... das Periodensystem der Elemente ... ich würde über alles gern sehr viel mehr erfahren ... Radioaktivität ... ich dürste nach Wissen ... und ich würde so gern verstehen ... das ist es, was ich will: verstehen, es gibt so viel, das ich nicht verstehe.«

Er zog vorsichtig an einem Tisch, der verkehrt herum auf dem Transportrad lag.

»Könntest du bitte kurz mit anpacken?«, bat er mich.

Ich nickte artig.

»Wir tragen ihn mit den Beinen nach oben ins Haus.«

Der Flur war jedoch so schmal, dass wir den Tisch draußen kippen mussten, ehe wir ihn hineintragen konnten. Während wir behutsam manövrierten, fragte er mich: »Glaubst du, dass sich die Erde dreht?«

»Ja«, sagte ich, »natürlich.«

»Ach, findest du das so natürlich? Aber hast du jemals gesehen, dass sich die Erde dreht? Nein, das hast du nicht, ebenso wenig wie ich. Dass sich die Erde dreht, weißt du nur vom Hörensagen. Einverstanden, die Erde dreht sich, sie bewegt sich, und zwar sehr schnell, dreißig Kilometer pro Minute, habe ich mir sagen lassen. Aber warum spüren wir davon nichts? Wenn man im Zug sitzt, spürt man doch, ob er stillsteht oder sich bewegt. Der Moment, in dem der

Zug sich in Bewegung setzt ... jedes Mal bemerkt man ihn. Man spürt jede kleinste Bewegung. Warum spürt man dann nicht, dass sich die Erde dreht, obwohl sie sich doch sechzig Mal so schnell bewegt wie ein Zug, der mit dreißig Stundenkilometern aus dem Bahnhof fährt?«

»Weil sich alles um uns herum mitbewegt«, sagte ich.

»Aber in einem Zug bewegt sich doch auch alles um einen herum mit?«

»Das schon, aber wenn man nach draußen schaut ...«

»... sieht man, wie der Bahnsteig langsam vorbeigleitet. Einverstanden. Aber wenn man mit fest geschlossenen Augen in einem stehenden Zug sitzt, dann spürt man doch sofort, wenn er sich in Bewegung setzt. Auch wenn man überhaupt nichts sieht.«

Wir kamen mit dem gekippten Tisch ins Wohnzimmer.

»Gut so, jetzt vorsichtig die Seite mit der Tischplatte nach oben und die Beine nach unten ... ach ja, die Erde bewegt sich schneller als ein fahrender Zug bei Höchstgeschwindigkeit, und trotzdem spürt man davon nichts.«

Durch die halb geöffnete Küchentür sah ich den Eisvogelpullover. Mit erstaunlich schnellen und dennoch zielsicheren Bewegungen räumte das Mädchen die Anrichte ab. Weil ich sie im Profil sah und das Mädchen folglich nicht wusste, dass ich sie beobachtete, starrte ich sie weiter an. Wie sehr sie, auch von der Seite, ihrem Vater ähnelte! Es hatte beinahe etwas Gespenstisches, es war, als müsste sie, weil sie ihm so ähnlich sah, ein Junge sein. Aber trotzdem war sie ein Mädchen, und nicht irgendein Mädchen, sondern das allerschönste Mädchen, das ich je gesehen hatte. Und ihr Vater? War er schön? Während er damit beschäftigt war, den Tisch in die Mitte des Zimmers zu schieben, betrachtete ich sein Profil. Er schaute auf, sah zu mir, sah zu seiner Tochter, lächelte kurz, und ich wusste, dass er bemerkt hatte, dass ich sie mir aufmerksam angesehen hatte.

»Sie sieht Ihnen so ähnlich«, sagte ich, um mein langes Starren zu rechtfertigen.

Er nickte und sagte: »Ja, das sagen viele. Und dann sagen sie noch: Wie kann sie so blendend schön sein und dir gleichzeitig so ähnlich sehen?«

Hörte sie, was im Wohnzimmer gesprochen wurde? Sie schaute ganz kurz zu uns herüber, mürrisch und unnahbar. An ihrem raschen Blick konnte ich nicht erkennen, ob sie mich gesehen hatte. Während sie zum Wohnzimmer hinüberschaute, fuhren ihre Hände fort, die gleichen Tätigkeiten zu verrichten, die ich meine Mutter schon so oft hatte tun sehen. Aber mir kam es so vor, als sähe ich jetzt zum ersten Mal, wie eine Anrichte abgeräumt wurde.

»Elektrizität«, sagte ihr Vater, »Strom, auch so etwas Wunderbares, worüber ich alles wissen will.«

Er nahm einen Stecker, steckte ihn in die Steckdose, und sogleich leuchtete eine Stehlampe auf.

»Schau«, sagte er, »die Lampe brennt. Und jetzt ziehe ich den Stecker wieder raus und stecke ihn andersherum in die Steckdose. Und was passiert? Auch jetzt brennt die Lampe. Warum ist es egal, wie man einen Stecker in die Steckdose steckt? Kannst du mir das erklären?«

Verdutzt sah ich ihn an. Ich hatte nie daran gedacht, dass man einen Stecker auf zwei Arten in die Steckdose stecken kann.

»Habt ihr auf dem Gymnasium die Elektrizität noch nicht durchgenommen?«

Ich schüttelte den Kopf.

»Wenn ihr sie schon gehabt hättet«, fuhr er fort, »dann könntest du mir nur das über Elektrizität sagen, was man euch darüber weisgemacht hat. Ach, all unser Wissen haben wir nur aus zweiter Hand, all unsere Kenntnisse beruhen auf Hörensagen, von ein paar Gelehrten mal abgesehen. Und selbst ihr Wissen beruht zu einem gut Teil auf Hörensagen. Warum also sollte ich sie beneiden? Warum in Gottes Namen?«

II

Hätte ich in jenen berühmten Tagen der Völkerwanderung nur gewusst, dass Mädchen sich ausschließlich für Jungen interessieren, die älter als sie selbst sind. Vielleicht wäre ich dann leichter darüber hinweggekommen, dass sie mich nicht beachtete. Wenn ich ihr unten am Deich begegnete, schaute sie, wie ich es damals formuliert hätte, an mir vorbei, »als wäre ich Luft für sie«. Selbst wenn ich die schmale Deichtreppe neben dem Pumpenhaus hinaufging und sie zufällig gerade herunterkam und unsere Mäntel sich auf halber Treppe kurz berührten, schien es, als würde sie mich einfach übersehen. Es war, als existierte ich nicht. Gut, sie war drei Jahre älter, aber ein kurzer Gruß hätte doch drin sein müssen? Ein einfaches Kopfnicken, zur Not nur ein kurzer Blickkontakt, war das zu viel verlangt? An mehr dachte ich auch gar nicht, denn ich schaute ehrfurchtsvoll zu ihr auf. Ich verehrte sie, und es kam mir so vor, als fürchtete ich sie so, wie ich Gott fürchtete. Vielleicht hatte sie das bereits an meinem ersten Blick bei Gaslicht gesehen und wollte von jeglicher Form biblischer Furcht verschont bleiben. Sah ich sie also in Begleitung des Hundes, der einfach so neben ihr herlaufen durfte, dann wusste ich schon, was kam: Keines Blickes wurde ich für wert befunden; mehr noch, sogar wenn ich mit ihr zusammenstieß, ging sie ungerührt weiter.

Wenn ich abends noch einen kleinen Spaziergang machte, begegnete ich oft dem Hund. Schon nach kurzer Zeit wedelte er eifrig mit dem Schwanz, wenn er mich sah. Beim Metzger, für den ich früher einmal Bestellungen ausgefahren hatte, bat ich um die Knochen, die nach dem Ausbeinen übrig blieben. Damit gelang es mir, den Hund so weit zu kriegen, dass er mich begleitete, wenn ich meinen Spaziergang machte. Sehr bald schon kam er freudig bellend angelaufen, sobald er mich erblickte. Er sprang an mir hoch, legte mir vertraulich die Pfoten auf die Brust und leckte meine Hände. Er tat das auch, als er mir in ihrer Gesellschaft einmal oben auf dem Deich begegnete. Während der Hund mich stürmisch begrüßte, ging sie einfach weiter. Sie schaute sich nicht einmal um und rief ihn nicht; sie ließ ihn, jetzt, da er sich so schamlos auf meine Seite schlug, einfach fallen. Den Weg nach Hause würde er auch ohne sie bestimmt finden.

Ihren Namen hörte ich zum ersten Mal, als ihre Eltern eines Abends einen Höflichkeitsbesuch bei uns machten. Natürlich stellte mein Vater auch ihnen, kaum dass sie am Tisch bei einer Tasse Kaffee saßen, die Frage, ob sie beerdigt oder eingeäschert werden wollten.

»Beides ist Verschwendung von wertvollen Stoffen«, sagte der neue Nachbar ernst. »Das Beste wäre es, eine Leiche zu kompostieren.«

»Das fängt an zu stinken«, sagte mein Vater.

»Richtig, aber das könnte man verhindern, indem man die Leiche in einem riesigen Fleischwolf zerkleinert und sie erst dann auf den Kompost bringt. Anschließend bedeckt man sie mit Pferde- oder Kuhmist oder mit einer dicken Schicht aus abgemähtem Gras. Dann riecht man fast nichts mehr.«

»Ginus ist immer sehr unkonventionell«, sagte seine Frau entschuldigend, »er will immer etwas anderes als die anderen Leute, lasst euch dadurch bitte nicht stören.«

»Oh, aber das war doch sehr interessant«, sagte mein Vater. »Endlich mal jemand, der wirklich darüber nachgedacht hat, was nach dem Tod mit den sterblichen Überresten geschehen soll. Ich finde, der Fleischwolf ist keine so schlechte Idee. Man zerkleinert die Leiche und bedeckt sie anschließend mit einem großen Laubhaufen. Man muss nicht mehr graben, die Pflege der Grabsteine fällt weg, und man kann Blumen- und Gemüsezüchter mit dem allerbesten Kompost beliefern. Und was das Beste ist, man muss nie wieder Gräber räumen. Das ist nämlich eine ganz schreckliche Arbeit. Zerschneiden, kleinhacken, was für eine prächtige Idee!«

»Ich ziehe es dennoch vor, begraben zu werden«, sagte Ginus' Frau.

»Einäschern ist schöner«, entgegnete mein Vater.

»Wieso?«, wollte sie wissen.

»Dann hat man noch einen warmen Tag vor sich.«

»Das muss für mich nicht sein«, mischte Ginus sich ins Gespräch. »Ich werde jeden Tag auf der Arbeit gegart.«

»Womit verdienst du denn dein Geld?«, fragte mein Vater.

»Teer gießen bei Key & Kramer.«

»Irgendwo drinnen?«

»Ja, meistens in einem Schuppen.«

»Das scheint mir nicht die schönste Arbeit zu sein.«

»Wird aber gut bezahlt«, sagte Ginus kurz angebunden, »aber ... ach, ach, wie gern hätte ich ...«

»Sag es nicht«, rief seine Frau, und kopfschüttelnd fügte sie an uns gewandt hinzu: »Immer liegt es ihm auf den Lippen.«

»Tja, ich hätte eben wirklich gern weitergelernt.«

»Da, da hast du es schon wieder gesagt, immer dieselbe Leier! Hättest du es getan, dann würdest du heute jeden Tag mit gestärktem weißem Kragen im Büro sitzen. Als ob das so schön wäre.«

»Mit gestärktem Kragen im Büro? Wer sagt das? Vielleicht wäre ich jetzt Arzt oder Pastor, Anwalt oder Notar.«

»Ach was, solche Berufe sind für Leute wie uns sowieso unerreichbar. Sei doch zufrieden mit dem, was du hast.«

»Ich bin durchaus zufrieden, und uns geht es zusammen sehr gut, aber ... aber ...«

»Nein, nein, das ist es nicht, unser einziges Problem ist ...« Sie brach den Satz ab und streckte die Hand nach ihrer Kaffeetasse aus.

Mein Vater fragte leichthin: »Und euer einziges Problem ist?«

»Ich habe mich gerade ein wenig verplappert«, sagte sie, »das ist eine Sache zwischen Ginus und mir ... ein Problem, ach, Problem ist so ein großes Wort, wir haben keine Probleme, nicht wahr, Ginus?«

»Wir haben sehr wohl ein Problem«, erwiderte dieser ernst, »ein riesengroßes Problem. Wir sind machtlos, Jesaja 30, Vers 1. Ihr habt nicht weniger als drei Kinder. Jemals Schwierigkeiten gehabt?«

»Nicht zu knapp«, erwiderte mein Vater. »Siehst du dort meinen Ältesten sitzen?«

»Na und ob«, sagte Ginus, »Jesaja 8, Vers 8, seine Flügel haben die Breite unseres Fensters gefüllt.«

»Tut nichts anderes als lesen, hört und sieht nichts mehr, ist vollkommen in einer anderen Welt. Sobald er morgens aufgestanden ist, fängt er an, man kriegt ihn nicht an die frische Luft. Selbst wenn die Sonne wie verrückt scheint und die allerschönsten Mädchen vor dem Fenster flanieren, liest er seelenruhig den lieben langen Tag von morgens sechs bis abends um zehn. Ich lese auch gern, ich hab immer schon gern gelesen, Dogmatik, Quellen, Texterläuterungen, Heimatromane, Jan Mens, Willem Schippers, Ooms, aber das ist ...«

»Wenn ich mich nicht irre«, sagte Ginus, »so hat er im vorigen Jahr noch seinen Flieger steigen lassen.«

»Ein einziges Mal wohlgemerkt. Und dabei ist ihm der Flieger dann auch gleich abhanden gekommen. Vielen Dank übrigens dafür, dass du ihn gefunden und aufbewahrt hast. Man unternimmt alles Mögliche, um ihn dazu zu bringen, mal was anderes zu unternehmen, aber nein, immer nur lesen, lesen, lesen. Neulich hatte er ein Buch mit nicht weniger als tausend Seiten, von einem gewissen Theun de Vries, *De geslachte Wiarda's* oder so ähnlich. Kaum aufgestanden, legt er los, und lange bevor es Zeit ist, ins Bett zu gehen, hat er es aus, ein Buch, das mindestens für zwei Lesestoff bieten könnte! Als wäre es nichts! Zum Glück hat er alle Bibliotheken in der näheren Umgebung bereits geplündert, sodass er jetzt eine ziemliche Strecke fahren muss, um Bücher zu finden, die er noch nicht gelesen hat. So kommt er gottlob doch ein bisschen an die frische Luft und steckt für eine Weile nicht mit der Nase in den Büchern.«

»Und deine anderen Kinder?«, fragte Ginus

»Meine Tochter ist ein sehr liebes Kind«, sagte mein Vater, »die macht uns keine Mühen, und mein Jüngster: ganz der Vater, ein Prachtkerl also.«

»Tja, ich wünschte, unsere Machteld würde auch den ganzen Tag lesen«, sagte Ginus' Frau.

»Ich auch«, sagte Ginus, »das wäre großartig! Meinetwegen könnte sie Abenteuercomics lesen. Oder irgendwelchen anderen Schund. Ein Kind, das liest, hat man jedenfalls den ganzen Tag im Blick.«

»Wie alt ist eure Machteld?«, fragte meine Mutter.

»Sie wird nächste Woche siebzehn. Schwieriges Alter, sehr schwieriges Alter, keine sechzehn mehr, dann ist man noch jung, und keine achtzehn, dann ist man bereits ein wenig weiser. Sie lässt sich nichts mehr sagen. Siebzehn, das ist so eine Zahl … wie nennt man die auch gleich wieder … man kann sie durch nichts teilen.«

»Eine Primzahl«, sagte ich leise.

»Genau, eine Primzahl. Da war doch irgendwas, mit diesen Primzahlen, aber was war das bloß? Warum weiß ich das jetzt nicht? Dafür muss man natürlich …«

»Sag es nicht«, rief seine Frau, »warum musst du immer quertreiben?«

»Ich und quertreiben? Das wird ja immer schöner!«

»Ihr habt also nur eine Tochter«, machte mein Vater den offensichtlichen Versuch, das Thema zu wechseln.

»Ja, und das ist wirklich mehr als genug.«

»Hat es später nicht mehr geklappt, oder reichte euch ein Kind?«, wollte mein Vater wissen.

»Meine Frau hat die Geburt nur knapp überlebt«, berichtete Ginus, »und der Arzt meinte damals: Noch ein Kind, und sie ist tot. Also …«

»… hast du mit Moses gesagt: Ich kann nicht mehr aus und ein gehen; tja, solange man noch Dame spielen kann, sage ich dann immer.«

»Dame spielen? Darin bin ich ziemlich gut«, sagte Ginus.

»Na, das passt ja«, sagte mein Vater freudig und griff mit der Linken nach dem Damebrett, das neben dem Büfett stand. Gleichzeitig zog er mit der Rechten die Schachtel mit den Spielsteinen hinter der Hochzeitsbibel auf dem Kaminsims hervor.

Kurz darauf war das behutsame Schieben der Steine zu hören. Ginus' Frau sah sich das Ganze eine Weile an und sagte dann: »Na, mein Mann ist hier vorläufig nicht wegzukriegen. Wenn ihr nichts dagegen habt, geh ich schon mal nach Hause.«

Später am Abend, nachdem auch Ginus gegangen war, sagte mein Vater: »Ich hab es lange nicht mehr so schwer gehabt! Trotzdem habe ich drei Spiele gewonnen und nur eins verloren. Was für nette Leute! Dürfen, was mich angeht, morgen wiederkommen. Mit den beiden haben wir Glück. Wenn ich sie irgendwann mal beerdigen muss, werde ich sie auf Watte betten!«

12

Mein Vater rührte seinen Kaffee nicht an, nahm einen Zug, blies eine riesige Rauchwolke in unsere Gesichter und sagte erregt: »Wisst ihr, was heute Nachmittag passiert ist? Auf einmal entdecke ich so einen Schwarzrock mit umgeschlagenem Kragen zwischen den Gräbern! Ich war gerade dabei, Rampenne klarzumachen, dass es für ihn höchste Zeit sei, ins Altersheim zurückzugehen. Erstaunt sage ich zu Rampenne: ›Was hat der Papist hier zu suchen?‹ Tja, Rampenne war auch ganz sprachlos. Als ich auf den Papisten zugehe, bemerke ich, dass dort der Pfarrer steht, der bei der Beerdigung von Frau Rabenvanger mit seinem Weihwasserquast geurbit und georbit hat. Er kommt auf mich zu und sagt: ›Herr Totengräber‹, und ich sage: ›Ich grabe keine Menschen tot, ich bin Grabmacher.‹ Also sagt er freundlich, denn freundlich ist er, das muss man ihm lassen, auch wenn er ein Pfarrer ist: ›Herr Grabmacher, dürfte ich Sie kurz in einer delikaten Angelegenheit sprechen?‹ Dabei schaut er mit einem schiefen Blick auf Rampenne, der hinter mir hergewackelt war.

›Tja‹, sage ich, ›ich weiß nicht, womit ich das verdient habe, aber meinetwegen können wir über alles sprechen, am besten über ein Geschenk von einhunderttausend Gulden.‹

›Um so viel Geld geht es nicht‹, sagt er und wirft erneut einen schiefen Blick auf Rampenne. Darum sage ich zu ihm: ›An Rampenne müssen Sie sich nicht weiter stören, Jesaja 43, Vers 8 …‹

Er schaut mich erstaunt an, und ich sage: ›Ich hoffe, Sie

wissen, was dort steht‹, und er sagt: ›Tut mir leid, aber das weiß ich nicht.‹ Ich fahre also fort: ›Nun, Herr Pfarrer, dann werde ich Ihre Bibelkenntnisse mal ein wenig auffrischen. Dort steht: die Tauben, die doch Ohren haben. Sie verstehen? Wir können offen reden, sagen Sie mir also einfach, was Sie auf dem Herzen haben.‹

›Sie werden das ganz bestimmt nicht umsonst tun müssen‹, sagt er.

›Was?‹

›Tja‹, sagt er, ›ich weiß nicht so recht, wie ich anfangen oder wie ich diese Bitte einpacken soll. Wie könnte ich Ihnen diese delikate Angelegenheit am besten erläutern? Bestimmt haben Sie schon gehört, dass der Polder hinter unserer Kirche bebaut wird und dass unser Friedhof in absehbarer Zeit umziehen muss.‹

›Das weiß ich.‹

›Und Sie wissen auch, wie unser Friedhof im Hinblick auf den Neubau liegt?‹

›Das weiß ich nur allzu gut‹, sage ich, ›denn ich war neulich erst, als ich mit meinem Sohn den Flieger steigen ließ, so frei, einen Blick auf Ihren Friedhof zu werfen. Besonders schön sieht es dort nicht aus. Neben und sogar auf den Wegen wächst die ein oder andere Pflanze, die hier weggeharkt wird, noch ehe sie richtig aus dem Boden sprießen kann.‹

›Ja, es sieht hier erstaunlich gepflegt aus‹, erwidert er, ›das ist mir schon bei der Beerdigung von Frau Rabenvanger aufgefallen, aber Sie müssen bedenken: Wir haben keinen hauptamtlichen Toten … äh … keinen Grabgrä… Grabpfleger … wie hieß das doch gleich wieder, oh ja, Grabmacher. Wenn jemand stirbt, dann gräbt ein Freiwilliger aus der Gemeinde, und ansonsten … tja, eigentlich gibt es da niemanden, der sich um den Friedhof kümmert.‹

›Das ist deutlich zu sehen‹, sage ich.

›Verwahrlost oder nicht‹, fährt er fort, ›unseren geliebten Friedhof hat es die längste Zeit gegeben, er muss verlegt werden, dort, zwischen all den neuen Häusern, kann er nicht bleiben.‹

Er sieht mich an, als wollte er sagen: Du verstehst schon, was ich meine, ich muss also weiter nichts sagen. Also sage ich zu ihm: ›Ich habe bereits die ganze Zeit den Eindruck, dass Sie hier an der falschen Adresse sind‹, und er erwidert, während er erneut einen schiefen Blick auf Rampenne wirft, der ganz gespannt zuschaut: ›Sie müssen jetzt gar nichts sagen oder sonstwas tun, ich schildere Ihnen nur den Sachverhalt, wir haben noch alle Zeit der Welt, aber ich dachte: Ich kümmere mich so früh wie möglich darum, dann können wir die Sache in aller Ruhe regeln. Denn davon können Sie ausgehen: Das wird ziemlich viel Arbeit.‹

›Nicht, wenn wir es mit einem Klein-Seilbagger machen‹, entgegne ich.

›Ja, aber das ist nicht Sinn der Sache‹, sagt er.

›Tja, dann sage ich Ihnen aber gleich: Wenn Sie hierhergekommen sind, um bei mir mal vorsichtig auf den Busch zu klopfen, ob ich bereit bin, mit meinen zwei Händen und einer Schaufel den ganzen Friedhof zu räumen, dann sage ich: Herr Pfarrer, es ist völlig ausgeschlossen, dass ich das mit der Hand mache. Wenn ein Klein-Seilbagger eingesetzt werden darf, würde ich vielleicht darüber nachdenken.‹

›Das geht wirklich nicht‹, sagt er, ›es geht wirklich darum, alle sterblichen Überreste Stück für Stück ordentlich auszugraben und auf den neuen Friedhof zu bringen.‹

›Das ist unmöglich. Sie müssen doch unglaublich viele Tote bei sich liegen haben!‹

Rampenne drängelt sich plötzlich zwischen uns, nimmt seinen fettigen Bleistift, hält ihn dem Pfarrer hin und macht eine schreibende Bewegung. Der Pfarrer ergreift den Bleistift und schreibt auf den Zettel: 1000.

›Reden wir von tausend Menschen?‹, frage ich.

›So in etwa‹, sagt er, ›es war immer nur eine kleine Herde.‹

›Nun ja, tausend, das sind immerhin ... gütiger Himmel, tausend Leichen, das muss man sich mal vorstellen. Ein Klein-Seilbagger, ansonsten müssen wir gar nicht erst darüber reden‹, sage ich.

›Denken Sie in aller Ruhe darüber nach‹, sagt er, ›zur Not dauert es eben Jahre. Wir haben alle Zeit der Welt. Selbst wenn Sie nur eine Leiche pro Abend machen.‹

›Eine Leiche pro Abend? Tausend Tote? Dann bin ich drei Jahre lang beschäftigt! Soll ich drei Jahre lang abends nicht zu Hause sein, um wieder mal einen auszubuddeln? Ich müsste in der Dunkelheit alle Knochen und Knöchel aus dem Sand fischen, aussortieren und ordentlich zusammenlegen. Von wegen, da fang ich gar nicht erst mit an, dafür müsst ihr euch einen anderen suchen. Nur wenn ich einen Klein-Seilbagger ...‹

›Nein, nein‹, fällt er mir ins Wort, ›dann geraten ja alle Überbleibsel durcheinander.‹

›Ach, haben Sie etwa geglaubt, dass die Knochen, wenn man die Leichen einzeln ausgräbt, nicht durcheinandergeraten? Für die Kriegsgräberfürsorge habe ich die ganzen Leute, die hier vierzig-fünfundvierzig umgekommen sind, ausgraben und einzeln in einem Beet beisetzen müssen. Das war eine unmögliche Aufgabe. Hier liegen immer drei übereinander, und deshalb geraten die Knochen auch immer fürchterlich durcheinander. Die liegen, wenn man das Grab räumt, nicht in drei Häufchen säuberlich beieinander, sodass man sie nur noch aufheben müsste, oh nein, man muss jedes Mal suchen und puzzeln und Glück haben, und trotzdem denkt man, wenn man endlich wieder ein Skelett einigermaßen zusammen hat: Vorsichtshalber werde ich noch ein paar Knochen dazulegen, verstehen Sie ... einen Klein-Seilbagger, sonst ...‹

›Denken Sie noch mal in Ruhe darüber nach. Wir bezahlen pro Leiche.‹

›Das wird dann aber eine ordentliche Summe werden.‹

›Ich weiß noch nicht, wie viel wir pro Skelett bezahlen werden.‹

›Krieg ich das Geld direkt vom Papst?‹

›Ach, der Heilige Vater ... nein ...‹

›Nun ja, selbst wenn es direkt aus Rom käme, so würde ich doch sagen, dass ich mich in den Dienst der Gemeinschaft stellen und die Sache angehen würde, allerdings nur mit einem Klein-Seilbagger. Ansonsten brauchen wir über dieses Thema gar nicht mehr zu reden.‹

›Ich lasse Sie wieder allein mit Ihren Toten, ich habe Ihnen die Sache dargelegt, und nun denken Sie mal in Ruhe darüber nach. Sie hören von uns.‹«

Mein Vater trank endlich einen Schluck von seinem inzwischen kalt gewordenen Kaffee und fuhr dann fort: »Der Kerl. Erwartet von mir, dass ich jahrelang jeden Abend einen Papisten ausbuddele. Tausend Stück! So viele Tote liegen nicht mal auf meinem Friedhof. Und vielleicht sind es noch mehr. Wie viel mögen dort insgesamt liegen? Wann hat man denn angefangen, dort Leute zu beerdigen? Und liegen sie noch alle da, oder hat man in der Zwischenzeit mal kräftig geräumt? Mit der Schaufel dran zu gehen ist zwecklos, aber mit einem Klein-Seilbagger wäre es phantastisch. Dann baggert man zuerst mit dem Riesengreifer die ganzen elenden Grabsteine und Kreuze weg, wobei die Jesusfiguren nur so herumfliegen würden. Ach, das wäre großartig. Anschließend schachtet man den ganzen Friedhof sechs Meter tief aus, lädt den ganzen Krempel auf einen Dreitonner und kippt ihn dort aus, wo der neue Friedhof angelegt werden soll. Man planiert die Fläche, und dann kommt der Pfarrer, schwingt seinen Weihwasserquast, und auf einmal ist die Erde geweiht. Ach ja, geweihte Erde, wie gern würde ich mich dort mit einem Klein-Seilbagger an die Arbeit machen. Wie gut würde man dann vorankommen. Tja, abwarten, die werden sowieso keinen anderen finden, die werden erst noch ein paarmal herkommen und mich drängen, die Sache zu übernehmen, und wenn ich hart bleibe, werden sie mit der Zeit schon noch weich werden. Und dann werde ich es erleben, dass ich mit einem Klein-Seilbagger und einem Greifer den Trödelkram aufräumen darf. Wie ich dann loswüten würde!«

13

Ich hatte in jenem Jahr einen ungünstigen Stundenplan. Montagnachmittag endete meine letzte Stunde im Gymnasium um Viertel vor vier. Da mir fast immer der Südwestwind entgegenwehte, war ich selten vor fünf Uhr zu Hause. Weil ich abends zum Konfirmandenunterricht in das baufällige Konsistorium der Zuiderkerk musste, aber auch die Hausaufgaben für den nächsten Tag zu erledigen hatte, war es vernünftig, zu Hause gleich damit anzufangen. Selbst wenn ich mich sofort an die Arbeit machte, war es mir fast unmöglich, mich angemessen auf die Fächer des nächsten Tages, Französisch, Mathematik, Englisch und Geschichte, vorzubereiten. Obwohl der Konfirmandenunterricht bei Pastor Hindervoet nur eine Stunde dauerte, nämlich von halb acht bis halb neun, war es, wenn ich um Viertel vor neun nach Hause kam, praktisch ausgeschlossen, noch sämtliche Hausaufgaben zu machen, bevor ich ins Bett gehen musste.

Weil Pastor Hindervoet am Montagabend die Jungen unterrichtete und am Dienstagabend die Mädchen, fragte ich ihn, ob ich in Anbetracht meiner Hausarbeiten, nur für eine gewisse Zeit natürlich – im nächsten Jahr würde ich bestimmt einen anderen Stundenplan bekommen –, am Dienstagabend den Konfirmandenunterricht besuchen könnte. Mit den Mädchen. Nach Rücksprache mit dem Kirchenrat gab Pastor Hindervoet meiner Bitte statt, und so kam es, dass ich im Winter und im Frühjahr als einziger Junge am Dienstagabend inmitten der orthodox-reformierten Mädchen im ungeheizten Konsistorialzimmer saß.

Als ich Pastor Hindervoet meine Bitte vortrug, hatte ich übrigens nicht daran gedacht, dass ich eine Stunde lang mit Machteld van Diepenburch zusammen sein würde. Auch hätte ich mir nie träumen lassen, dass fast alle Mädchen jede Woche aufs Neue kichernd und einander immer wieder anstoßend Bemerkungen über meine Schuhe, Socken, Hosen, Hemden, Pullover und über meine Frisur machen würden. Machteld beteiligte sich übrigens nicht daran. Selbst als sie mir an dem langen, schmalen Tisch genau gegenüber saß, verstand sie es jederzeit, den Eindruck zu erwecken, als würde sie mich überhaupt nicht bemerken. Wenn alle anderen Mädchen laut lachten, weil eines von ihnen hinter vorgehaltener Hand etwas über die Schleife in meinen Schnürsenkeln gesagt hatte, schaute sie mürrisch und unnahbar vor sich hin.

Im ersten Jahr des Konfirmandenunterrichts – ich war damals noch mit den Jungen in einer Gruppe – hatte der Vorgänger von Pastor Hindervoet das *Kurze Verständnis der christlichen Religion* durchgenommen. Das *Kurze Verständnis* – »für diejenigen, die sich zum Heiligen Abendmahl des Herrn begeben wollen«, wie der Untertitel lautet – bestand aus vierundsiebzig Fragen und vierundsiebzig dazu passenden Antworten. Es war eine vereinfachte Form des Heidelberger Katechismus. Frage neun zum Beispiel lautete: »Woher kommt die Verdorbenheit, die in dir ist?« Die Antwort war: »Aus dem Fall und Ungehorsam von Adam und Eva im Paradies, wo unsere Natur so verdorben wurde, dass wir alle in Sünde empfangen und geboren werden.« Alle vierundsiebzig Fragen und Antworten hatten wir auswendig lernen müssen. Auch im zweiten Jahr mussten wir Fragen und Antworten auswendig lernen, aber diesmal waren es insgesamt hundertneunundzwanzig Fragen und Antworten, aus denen die zweiundfünfzig Sonntage des Heidelberger Katechismus bestanden. Pastor Hindervoet nahm jede Woche einen Sonntag dieses Katechismus durch, und von uns wurde erwartet, dass wir die entsprechenden Fragen und Antworten in der Woche darauf auswendig lernten. Die meisten Jungen konnten die Fragen und Antworten recht ordentlich aufsagen. Natürlich waren stets welche dabei, und zwar fast immer dieselben, die den aufgegebenen Text einfach nicht lernten. Von den zwanzig Konfirmanden waren das drei oder vier, und es gab einen, Gommert van Ast, der sich strikt weigerte, auch nur ein einziges Wort der Fragen und Antworten zu wiederholen. Die Verweigerer wurden ernsthaft ermahnt. Gommert van Ast bekam jede Woche die schrecklichsten Drohungen zu hören, doch weil der Pastor darüber hinaus keine Machtmittel hatte, blieb ihm nichts anderes übrig, als sich mit dem Boykott abzufinden. Gut, er hätte die Eltern der Verweigerer besuchen und ihnen auftragen können, darauf zu achten, dass ihre Söhne den Katechismus lernten, aber bei Gommert van Ast war das von vornherein hoffnungslos. Sein Vater war verschwunden, und seine Mutter, mit zwanzig Kindern gesegnet, hatte etwas anderes zu tun, als darauf zu achten, dass Gommert seinen Katechismus memorierte.

Bei den Mädchen gab es merkwürdigerweise nie auch nur eines, das den aufgegebenen Sonntag fehlerfrei aufsagen konnte. Es war, als wäre es ihnen in Gegenwart der anderen peinlich, wenn sie das gekonnt hätten. Jeden Dienstagabend, wenn Pastor Hindervoet seine Fragen stellte, schaute er diejenige, die an der Reihe war, aufmunternd an. Das Mädchen fing daraufhin zu kichern an, brach dann in albernes Lachen aus, und dieses alberne Lachen erwies sich jedes Mal als wahnsinnig ansteckend und befiel auch die anderen, die in ihren dicken Wintermänteln dicht zusammengedrängt in dem seltsamen, zugigen, schmalen Konsistorialzimmer saßen. Der Pastor wusste sich nicht besser zu helfen, als zu warten, bis das Kichern verebbt war. Dann nannte er das erste Wort der Antwort, woraufhin das Mädchen es prustend wiederholte und das Gekicher wieder losging. Anschließend war es wieder ruhig, und Pastor Hindervoet kam dem Mädchen mit dem zweiten Wort der Antwort zu Hilfe, und erneut wiederholte sie das Wort prustend, und so wurde, von allerlei Lachen begleitet, das immer wieder woanders am Tisch erklang, die ganze Antwort abgearbeitet.

Währenddessen starrte ich, mich sehr hilflos fühlend, auf den Mittelscheitel von Pastor Hindervoet. Als ich den Mittelscheitel zum ersten Mal sah – ein schnurgerader Scheitel, genau mitten auf dem Kopf, in sprödem, hellblondem, strohigen Haar, das an den Seiten schauderhaft gerade abgeschnitten war –, hatte ich mich sofort gefragt: Woran erinnert mich dieser Mittelscheitel bloß? Mir war, als hätte ich ihn bereits früher gesehen, aber dennoch dauerte es lange, bis mir auf einmal klar wurde, dass die Form des spröden Haars mit dem fürchterlich geraden Mittelscheitel mich unweigerlich an die kerzengerade Falte im Mascotte-Zigarettenpapier meines Vaters erinnerte.

Unter dem Mittelscheitel brannten zwei blaue, unglaublich tief liegende Augen. Jedes Mal, wenn Hindervoet mich ansah, fuhr mir der Schrecken durch die Glieder, und allein schon deswegen lernte ich jede Woche die Fragen und Antworten des durchgenommenen Sonntags so gut auswendig, dass ich sie fehlerfrei aufsagen konnte, wenn die Reihe an mich kam. Wenn Hindervoet mich ansah und ich den Text runterrattern musste, dann brachen die Mädchen hinterher immer in schallendes Gelächter aus, und Hindervoet rief, dass sie sofort damit aufhören und sich an mir ein Beispiel nehmen sollten, woraufhin die Mädchen nur umso lauter lachten. Manchmal mussten sie sich die Lachtränen aus den Augen wischen.

Ganz selten war auch Machteld an der Reihe. An einem der Dienstagabende – es war bitterkalt, der Wind, der durch die zerbrochenen Fensterscheiben ungehindert nach drinnen wehte, bauschte die blassgelben Vorhänge – stellte Pastor Hindervoet ihr die neunundfünfzigste Frage: »Was hilft es dir aber nun, wenn du dies alles glaubst?« Während ich die zugezogenen Vorhänge betrachtete, die weit ins Konsistorialzimmer hineingeweht wurden, und daran dachte, dass der Kirchenrat die Zuiderkerk einfach verfallen ließ, weil demnächst zwischen den Laubenganghäusern eine neue Kirche errichtet werden würde, schoss mir die Antwort durch den Kopf: »Dass ich in Christus vor Gott gerecht und ein Erbe des ewigen Lebens bin.« Pastor Hindervoet sah Machteld mit seinen unheimlichen Augen an. Sie presste die Lippen aufeinander und erwiderte seinen Blick furchtlos. Er senkte den Blick, wiederholte die Frage: »Machteld, was hilft es dir aber nun, wenn du dies alles glaubst?« Sie sah ihm eine Weile fest in die Augen und sagte dann vollkommen ruhig: »Einen Dreck.«

Während sie das sagte, sah sie ihn weiterhin fest an, nicht herausfordernd, nicht selbstgewiss, nicht triumphierend. Sie schaute einfach nur. Die anderen Mädchen senkten den Blick und bewegten nervös die Hände. Die blassgelben Vorhänge wehten gegen unsere Stuhllehnen, und Pastor Hindervoet schüttelte den Kopf.

»Kind, Kind«, sagte er mitleidig. Anschließend ließ er seinen tiefen Blick durch das Konsistorialzimmer schweifen. Es war, als suchte er jemanden, der etwas sagen konnte, das geeignet war, dieses »einen Dreck« auszulöschen. Schließlich hefteten seine Augen sich auf mich, und er fragte mich: »Was hilft es dir aber nun, wenn du dies alles glaubst?« Mit gesenktem Blick ratterte ich so schnell wie möglich die Antwort herunter. Es kam mir so vor, als würde ich Machteld untreu, als fiele ich von ihr ab. Mit keiner Miene ließ sie mich merken, dass sie mich für einen Verräter hielt. Eine missbilligende Geste, ein Blick voller Abscheu oder auch nur irgendwas, das auf Empörung hätte schließen lassen – es war mir nicht vergönnt. Sie betrachtete die sich bauschenden Vorhänge, sie sah nicht einmal in meine Richtung. Nach einiger Zeit unterbrach sie jedoch die Stille, die eingesetzt hatte, nachdem meine Worte verklungen waren.

Sie sagte: »Herr Pastor, darf ich Sie was fragen?«

»Nur zu«, antwortete Pastor Hindervoet wohlwollend.

»Wenn man Juden im Haus versteckt hat und die Deutschen klingeln an der Tür, was soll man dann sagen, wenn sie fragen, ob man Juden versteckt hat?«

»Darum geht es jetzt nicht«, sagte Hindervoet einigermaßen verdutzt. »Darüber sprechen wir erst, wenn wir bei Frage einhundertzwölf angekommen sind.«

»Ich will aber jetzt eine Antwort«, sagte Machteld frostig.

»Gut«, erwiderte er, »nun, die Antwort ist ganz einfach. Man darf unter gar keinen Umständen falsches Zeugnis ablegen. Wenn die Deutschen also fragen: Haben Sie vielleicht Juden im Küchenschrank versteckt, muss man antworten: Ja, im Küchenschrank sind Juden.«

»Vielen Dank«, sagte Machteld, »ich weiß genug.«

Auch an diesem Abend war sie, sobald der Konfirmandenunterricht zu Ende war, augenblicklich verschwunden. Sie ging nie zurück nach Hause, sondern hastete durch das Sluispolderhofje zum Zuidvliet. Wohin sie eilte, wusste ich nicht. Ich ging an diesem Abend durch die stillen, nassen

Straßen nach Hause. Hinter mir hörte ich das Lachen und Kichern der Mädchen, die sich in alle Richtungen entfernten. Im schattenreichen Licht der leise summenden Gaslaternen schoss mir immer durch den Kopf: Warum hat Pastor Hindervoet diesen Küchenschrank erwähnt?

Wenn ich nach dem Konfirmandenunterricht in unser Wohnzimmer kam, saß dort oft Machtelds Vater am Damebrett. Er schaute jedes Mal kurz auf, um mich zu begrüßen. Dann sah ich gleichsam ihre großen Augen, ihre roten Wangen, ihren Blick. Wenn er mir zulächelte, konnte ich mir vorstellen, wie es wäre, wenn sie mir zulächeln würde.

Auch an diesem Abend lächelte er mich an, als ich ins Wohnzimmer trat. Er murmelte: »Tja, es sieht schlecht für mich aus.«

Mein Vater sagte beiläufig: »Beim Grünflächenamt hat jemand aufgehört. Da ist also eine Stelle frei. Wäre das nichts für dich? Die Arbeit ist viel gesünder als in dem Teergestank. Außerdem habe ich inzwischen so viel zu tun, dass ich durchaus einen Kollegen gebrauchen könnte. Wenn du dich bewerben würdest und wir es dann geschickt anstellen, kannst du bei mir arbeiten.«

Auf Ginus' Gesicht erschien ein grimmiges Lachen.

»Ich wünschte, ich hätte weiterlernen können«, sagte er.

»Ja, das hätten viele gern gemacht«, sagte mein Vater, »aber es ist gar nicht gesagt, dass es dir dann besser ginge. Dann würdest du die ganze Zeit mit einem weißen Kragen herumrennen, den du täglich waschen müsstest. Ich werde mich im Gemeindesekretariat erkundigen. Und bei Herrn Alers werde ich schon mal ein gutes Wort für dich einlegen.«

»Bestimmt ist das für mich ein Rückschritt.«

»Was das Geld angeht, meinst du?«

»Ja, die Gemeinde zahlt Hungerlöhne.«

»So schlimm ist das nicht, und du musst bedenken: Was du inmitten des Teers zu viel verdienst und ansparen kannst, wirst du später nie brauchen. Denn ehe es so weit ist, liegst du schon längst sechs Fuß tief bei mir unter der Erde. Dann bist du doch besser dran, wenn du mit mir Blätter zusammenharkst.«

»Für ein Trinkgeld.«

»Aber du bekommst auch einiges geboten. Du darfst in Uniform vor dem Trauerzug hergehen! Der schwarze Anzug und die Mütze würden dich ganz ungemein putzen, wie ein Pferd, das festlich geschmückt ist. Du bist der perfekte Trauerkloß. So wie du gucken kannst, so gramgebeugt, so tief bedrückt, so kummervoll ... Wenn du jetzt noch den Familiennamen deiner Frau hättest, dann wäre es perfekt.«

Mein Vater drehte sich zu mir um und sagte grinsend: »Weißt du, wie seine Frau mit Mädchennamen heißt? Sie heißt Vrooleben. Das wäre ein Ding. Von jemandem beerdigt werden, der Vrooleben heißt.«

14

Es war schon wieder Sommer, als mein Vater eines Nachmittags um fünf nach fünf, während er seinen Tabak auf dem Zigarettenpapier deponierte, entrüstet loslegte.

»Auf einmal kommt Herr Alers wichtigtuerisch übers Grab gestiefelt. Er sagt, ›Meister …‹ Dieser Heuchler. Immer wieder nennt er mich Meister, obwohl er Knecht meint … ›Meister‹, sagt er, ›der Pfarrer ist bei mir gewesen.‹

›Ich wusste gar nicht, dass Sie katholisch sind‹, sage ich.

›Du weißt ganz genau, dass ich nicht katholisch bin. Und du weißt auch ganz genau, wieso der Pfarrer bei mir war.‹

›Keine Ahnung‹, sage ich.

›Hast du so ein schlechtes Gedächtnis?‹, erwidert er.

›Wenn es mir in den Kram passt, ja‹, sage ich, ›aber ich wette, der Pfarrer hat auch ein schlechtes Gedächtnis. Hat er irgendwas von einem Klein-Seilbagger gesagt?‹

›Einem Klein-Seilbagger? Nein, darüber hat er kein Wort verloren.‹

›Tja, dann müssen wir auch nicht weiter darüber reden.‹

›Meister‹, sagt er, und ich falle ihm ins Wort: ›Wenn du meinen Vornamen nicht weißt, sag bitte Herr‹, und er sagt: ›Pass auf, hör mir mal gut zu, der Mann hat ein riesiges Problem. Irgendwie muss er einen kompletten Friedhof mit Grabsteinen und allem auf ein neues Fleckchen geweihte Erde transportieren. Wer könnte ihm dabei besser helfen als du?‹

›Helfen? Wenn es nur darum ginge zu helfen … er gräbt, und ich gebe die Anweisungen … nein, nein, er will, dass ich sämtliche Papisten, die dort liegen, ganz vorsichtig ausbuddele und, so stelle ich mir das vor, auch wenn er davon bisher noch nichts gesagt hat, in große Zigarrenkisten packe, damit die Leute aufs Neue unter die Erde kommen, ohne allzu viel Platz wegzunehmen.‹

›Und, ist das etwa nicht machbar?‹

›Natürlich ist das machbar. Wenn man mal davon absieht, dass man dabei die schrecklichsten Dinge erleben kann: käsige Leichen, Menschen, die ihr Leben lang gesoffen oder Medikamente genommen haben, was zur Folge hat, dass sie immer noch so aussehen wie an dem Tag, an dem sie eingesargt wurden ... so was kommt vor, und dann? Aber gut, reden wir darüber erst mal nicht und auch nicht über den fürchterlichen Gestank. Worum es mir geht, ist, dass ich nicht die geringste Lust habe, allabendlich Leichen auszubuddeln.‹

›Du könntest, wenn du hier nicht allzu viel zu tun hast, gelegentlich einen Nachmittag rübergehen.‹

›Hier nicht allzu viel zu tun? Die Arbeit wächst mir jetzt schon völlig über den Kopf. Ständig kommen mehr Tote. Ich habe schon mehrmals gesagt, dass ich dringend einen Mitarbeiter brauche.‹

›Darüber lässt sich vielleicht reden. Wenn wir dir einen Assistenten geben, kannst du nachmittags gelegentlich zu den Katholiken gehen.‹«

Mein Vater schwieg, zog an seiner inzwischen fertigen Zigarette und sagte dann verärgert: »So, und nun hatte er mich ganz schön am Schlafittchen. Damit hatte ich nicht gerechnet. Er will mir einen Mitarbeiter geben, damit ich Zeit habe, dieses verdammte katholische Grab ... das ist doch nicht zu glauben! ›Herr Alers‹, sage ich zu ihm, ›welches Interesse sollte die Gemeinde daran haben, dass wir es übernehmen, das katholische Grab zu verlegen?‹

›Ach, das ist doch nicht so schwer zu verstehen, Meister.‹

Oh, dieser Mistkerl, immer wieder nennt er mich Meister. Warum lässt er nicht einfach jede Anrede weg? Ich sage doch auch nicht die ganze Zeit Herr Alers zu ihm. Wie dem auch sei, er sagt: ›Nein, das ist wirklich nicht schwer zu begreifen. Es ist doch im Interesse der Gemeinde, dass ein Friedhof, so klein er auch sein möge, so akkurat und diskret wie möglich verlegt wird. Werden später an der Stelle Wohnungen gebaut, dann ist der Teufel los, wenn ein Kind plötzlich mit einem Knochen aus dem Garten kommt. Nicht auszumalen! Und so was passiert, denn die Knochen ... oh, die Knochen werden allmählich von den Würmern aus der Tiefe hochgedrückt, nach oben geschoben, wie auch immer, das weißt du sicherlich besser als ich.‹

›Herr Alers‹, sage ich zu ihm, ›darum sage ich ja und rücke auch nicht davon ab, dass man die Sache anders anpacken muss. Man muss den ganzen Friedhof mit einem Klein-Seilbagger ordentlich ausschachten und den ganzen verdammten Plunder auf dem neuen Friedhof deponieren.‹

›Ja, aber dann liegen doch all die Verstorbenen kunterbunt durcheinander?‹

›Ja und? Stört sie das? Glauben Sie, die würden alle noch schön an der Stelle verwesen, wo sie mal begraben wurden? Vor den Würmern ist nichts sicher, und die Maulwürfe buddeln überall, und außerdem sind da noch die Erdkrebse, die alles beiseite schieben, was ihrem Nest auch nur ein wenig im Weg ist; nicht vergessen darf man die Wühlratten und die gewöhnlichen Ratten, und dazu kommen dann noch die Engerlinge und die ganzen Tiere, von denen wir nichts wissen ... da ist ziemlich was los unter der Erde, von ewiger Ruhe kann gar keine ...‹

›Mann, Mann, Mann, ich kenn dich nicht erst seit heute; du übertreibst schrecklich.‹

›Sie kennen mich überhaupt nicht, sonst würden Sie inzwischen wissen, dass mir das Räumen zuwider ist. Und trotzdem, ich bleibe dabei: Ich mache es, ich werde den gesamten katholischen Gottesacker verlegen, mit Vergnügen sogar, aber nur, wenn ich einen Klein-Seilbagger bekomme. Und zwar nicht irgendso einen lächerlichen Vorgartenbagger, der kaum größer ist als eine Solex, nein, ich will einen echten, großen, starken Klein-Seilbagger, so einen wie den, mit dem im Sluispolder die Kanalisation angelegt wurde, mit einem Baggerführer drin, denn selbst krieg ich so ein Ding nicht in die Gänge; ich stehe nur daneben, schaue zu und gebe Anweisungen.‹

›Meister‹, sagt dieser Idiot, ›Meister, ich weiß nicht, was in dich gefahren ist, aber mit dir ist leider nicht zu reden. Ich werde mich mit meinen Vorgesetzten beratschlagen. Wir können dich nicht zwingen … nein, nein, wir können dich nicht zwingen, aber … nun ja, bestimmt werden wir eine Lösung finden.‹

Er geht weg, und was passiert? Am späten Nachmittag, ich hatte gerade Rampenne vom Grab heruntermanövriert, kommt er wieder angestiefelt und sagt zu mir: ›Meister‹, sagt er, ›ich habe das Ganze mit Herrn Kloet besprochen, und wir sind uns darüber einig, dass du mit der Zeit immer mehr zu tun bekommen hast. Wir haben nachgesehen, wie viele Beerdigungen wir im vorigen Jahr hatten und wie viele in diesem Jahr, und wir haben festgestellt, dass wir eine Zunahme von zehn Prozent zu verzeichnen haben.‹

›Tja, was hast du denn gedacht?‹, erwidere ich. ›All die Leute, die umgezogen sind, die hocken jetzt in ihren hellhörigen, unwirtlichen Neubauwohnungen. Umgeben von Beton. Wenn unten ein Idiot mit der Bohrmaschine zugange ist, dann hört man das auch noch im achten Stock. Und irgendwo wird immer gebohrt. Wenn man in einem solchen Neubau wohnt, hat man keine Mitbürger, sondern Mitbohrer. Kein Wunder, dass von denen, die in die Sozialwohnungen umgezogen sind, schon einige den Löffel abgegeben haben …‹

›Ach was, die Stadt wird größer, es kommen viele Menschen von außerhalb …‹

›Ich könnte Ihnen aber einige Namen von Leuten aus den Laubenganghäusern nennen, die …‹

›Die wären auch abgenippelt, wenn sie nicht umgezogen wären.‹

›Woher wissen Sie das?‹

›Meister, wir kommen vom Thema ab; einen Mann zusätzlich … dafür werden Herr Kloet und ich uns einsetzen, wir wollen mal sehen, wie wir das hinkriegen können.‹

›Und wen schicken Sie mir?‹, will ich wissen. ›Bestimmt Gijs de l'Ecluse? Na, den würde ich nicht einmal ein Kindergrab ausheben lassen, der würde doch schon ächzen und stöhnen, wenn er ein untermäßiges Ferkel vergraben müsste. Oder Sie schicken mir einen von den Stümpern vom Grünflächenamt. Lagrauw vielleicht. Bestimmt wollen Sie mir Lagrauw ans Bein hängen. Der ist ein Fall für die Irrenanstalt, und Sie wären ihn dann los.‹

›Darüber, wem wir diese Stelle geben, haben wir noch gar nicht gesprochen; du wirst dabei ein Mitspracherecht haben.‹

›Dann lassen Sie sich jetzt schon mal gesagt sein, dass ich von all denen, die bei Ihnen auf dem Bauhof herumrennen, keinen haben will, nicht einen einzigen. Hinweisen will ich Sie aber auf Folgendes: Ich habe einen Burschen kennengelernt … wohnt jetzt hinter uns in der Pieter Schimstraat … hätte gern weitergelernt, aber das ging früher nun mal nicht … teert bei Key & Kramer, stünde einem Gespräch aber bestimmt nicht ablehnend gegenüber … wäre genau der richtige Mann, ist ordentlich, weiß sich zu benehmen, würde sich in der Grabmacheruniform ganz hervorragend machen, sympathisch, aber ernst.‹

›Dann sag ihm doch, er soll mal vorbeikommen.‹«

Mein Vater schwieg wieder, schaute böse vor sich hin, trommelte mit den Fingern beider Hände auf den Armlehnen und sagte dann: »Alles schön und gut, ich hätte ihn wirklich gern dabei, aber wenn das bedeutet, dass ich das ganze katholische Grab abends räumen muss ... Jungejunge, nicht zu glauben, Räumen ist das Schlimmste, was es gibt ... und dann einen ganzen Friedhof ... tja, aber wenn ich es erstmal hinkriege, dass ich einen Assistenten bekomme, dann kann ich hinterher immer noch schauen; zwingen können sie mich nicht ... aber ich stecke schon in der Klemme ... eine Hand wäscht die andere, Ginus als Assistent ... ziemlich heikel, das Ganze ... nun ja, nach dem Essen werde ich erstmal bei ihm vorbeischauen.«

Als ich später am Abend meine Hausaufgaben machte und unregelmäßige englische Verben auswendig lernte, konnte ich beobachten, wie mein Vater eifrig mit unseren Nachbarn in deren Wohnzimmer diskutierte. Ab und zu nickte Ginus, und ich sah meinen Vater heftig gestikulieren. Nach einer Weile wurde das Damebrett auf den Tisch gestellt, und mein Vater gestikulierte nicht mehr.

Hinterher berichtete er.

»Ich weiß nicht, ob es mir gelingt. Einerseits ist er interessiert, denn das Teeren an sich ist kein Vergnügen ... aber das große Problem ist, dass der Wechsel für ihn einen finanziellen Rückschritt bedeuten würde. Teeren wird verdammt gut bezahlt, tja, was soll man machen, die Knete kommt manchmal direkt aus Abu Dhabi. Dagegen kann die Gemeinde natürlich nicht anstinken. Wen ich allerdings auf meiner Seite habe, ist seine Frau. Diese patente Vrooleben weiß ganz genau, was sie will. Keine Teerflecken mehr auf seinen Overalls, keine unregelmäßigen Arbeitszeiten mehr, keine Nachtschichten. Eine schöne Uniform, die sie nie waschen muss, weil sie auf Kosten der Gemeinde gereinigt wird. Wenn sie jeden Tag ein wenig auf ihn einredet, dann könnte ich mir vorstellen, dass er demnächst zur Gemeinde wechselt.«

15

Ginus hätte seine gut bezahlte Stelle bei Key & Kramer wahrscheinlich nie aufgegeben, wenn sich nicht vor seinen Augen ein Unfall ereignet hätte, bei dem drei Teerer ums Leben kamen. Erst danach traf er sich zu einem Gespräch mit Herrn Alers. Kurze Zeit später trat er in den Dienst der Gemeinde. Nach einer Probezeit beim Grünflächenamt wurde er als Hilfsgrabmacher angestellt.

»Gerade noch rechtzeitig«, sagte mein Vater, »die Blätter fangen schon an zu fallen. Es ist jedes Mal eine Scheißarbeit, sie zusammenzuharken. Bin ich vielleicht froh, dass ich dafür jetzt jemanden hab.«

In diesem Herbst kam mein Vater jeden Abend äußerst zufrieden nach Hause. Sehr bald schon wurde er um die Hüften ein wenig fülliger, denn seit Ginus da war, fehlte ihm plötzlich körperliche Bewegung. Ihm war offenbar selbst bewusst, dass er dicker wurde. Hin und wieder schaute er nach dem Mittagessen, das aus zu Brei gekochten Endivien, mehligen Kartoffeln und fetter Soße bestand, ein wenig besorgt zu seinem Unterleib hinunter und sagte dann, wobei sich sein Gesicht wieder aufhellte und er sich mit beiden Händen auf den Bauch klopfte: »Bäuchlein, Bäuchlein, was hast du es nur wieder gut gehabt.« Oder er murmelte: »Wir sind nun satt und wieder quicker und leider auch ein bisschen dicker.«

Alle schweren Arbeiten konnte er nun an Ginus delegieren.

»Ich muss nur für den Blitz sorgen«, sagte mein Vater, »und Ginus macht den Donner.«

Der donnernde Ginus übertraf seine kühnsten Erwartungen.

»Er nimmt mir alle Drecksarbeiten aus den Händen. Und wie bereitwillig der Mann ist, und so folgsam. Wenn man ihm zuflüstert: Der Stein dort, von Familie Klinge … polier doch mal alle Buchstaben mit der Maschine, dann muss man nicht mal erwähnen, dass diese Arschlöcher von Klinge sich auf dem Gemeindesekretariat über ein bisschen Vogelscheiße auf dem Namen ihres Vaters beschwert haben … ›was glauben Sie denn? Wir bezahlen teuer Geld für die Pflege, und dann darf man doch wohl erwarten, dass der Stein einigermaßen christlich aussieht! Würden Sie bitte dem Grabmacher einen Rüffel erteilen‹ … da will man diesen Idioten natürlich mal zeigen, wie ein Stein aussieht, von dem man überaus gründlich die Vogelkacke abgescheuert hat … tja, bedaure, ich musste so kräftig polieren, um die Vogelscheiße herunterzukriegen, dass die Buchstaben … tut mir wirklich leid.

Das muss man ihm nicht mal sagen, er versteht von ganz allein, dass die Buchstaben runter müssen. Ja, er ist wirklich ein Pfundskerl. Das einzige, was ich ihm noch beibringen muss, ist, sich Rampenne vom Leib zu halten. Wenn die beiden ins Gespräch kommen … selbst wenn sie sich zwei Grabfelder weiter unterhalten, sieht man die weißen Zettel herumfliegen, als würden sie von einer Windhose aufgewirbelt. Eine Trauerbuche im Herbst ist nichts dagegen. Es ist in Ordnung, dass er mich auch vor Rampenne bewahrt, aber er muss auch kapieren, dass Rampenne … Markus 9, Vers 25: Du sprachloser und tauber Geist, ich gebiete dir, dass du von ihm ausfahrest und fahrest hinfort nicht in ihn! Es ist übrigens sehr seltsam, dass der taube Geist Jesus sofort versteht und, stumm wie er ist, auf der Stelle zu schreien anfängt. Na jedenfalls, genau wie Rampenne, auch stumm und taub, aber er versteht alles. Ach, soll er doch mit Rampenne … andererseits ist es gar nicht so einfach, den ganzen Tag lang Arbeit für Ginus zu finden, weil er so wieselflink ist. Alles, was man ihm aufträgt, ist erledigt, sobald er nur danach geschaut hat, und er sitzt nicht gern gemütlich mit einer Tasse Kaffee im Bahrhäuschen und plaudert über das schöne Wetter, die Bäume und die Menschen, wenn man gerade mal nichts zu tun hat. Sich einfach nur ein wenig zu unterhalten, dazu hat er nie Lust; wenn er den Mund aufmacht, will er sich ernsthaft unterhalten, um nicht zu sagen: diskutieren. Der ist nicht mal zufrieden, wenn er alles haarklein weiß, nein, der will jedes einzelne Haar mit einem Vergrößerungsglas untersuchen, damit er genau weiß, an welcher Stelle es wächst und wie es aussieht. Und früher oder später fängt er wieder an, darüber zu lamentieren, dass man von der Drehung der Erde nichts merkt. Aber neulich habe ich ihn zum Besten gehalten, als ich sagte: Wieso spürst du denn, dass ein Zug fährt? Weil man drinsitzt. Weil der Zug einen auf allen Seiten umgibt. Aber wir sitzen nicht in der Erde, wir laufen darauf herum. Nur unsere Fußsohlen berühren den Grund. Würde man in der Erde drinsitzen, dann würde man bestimmt spüren, dass sie sich dreht. Pass auf, später, wenn du ordentlich eingesargt unter der Erde haust, ganz und gar von Erde umgeben, dann fühlst du bestimmt, wie du mit schwindelerregender Geschwindigkeit herumgewirbelt wirst. Daraufhin schaute er mich mit seinen großen, dunklen Augen zweifelnd an, und ich spürte, wie er überlegte: Nimmt er mich jetzt auf den Arm oder nicht? Eine Weile aber konnte er darauf nichts erwidern. Dann sagte er: Wenn du oben auf dem Zug säßest, dann würdest du doch auch spüren, wenn er losfährt. Ich erwidere: Woher weißt du das? Hast du schon mal auf dem Dach eines Zuges gesessen? Nein, das hatte er nicht, und du weißt, wie er ist, er glaubt nichts, was er nicht selbst erlebt hat, und auf diese Weise hatte ich ihn mit seinem Zug auf dem falschen Bein erwischt. Wenn er jetzt mal bloß nicht auf das Dach eines Zuges klettert ... wie dem auch sei, irgendwas ist immer, und wenn auf seiner Stirn diese tiefen Furchen erscheinen, die aussehen, als sei jemand mit einer Egge darübergefahren, dann muss man sofort sagen: Jetzt haben wir lang genug hier gesessen und gequatscht, los, an die Arbeit, wir haben noch jede Menge zu tun.«

Nach dieser langen Rede schwieg mein Vater einen Moment und fügte dann hinzu: »Wer hätte je gedacht, dass ich mich mal abmühen würde, jemand anderen mit Arbeit zu versorgen? Mir ist das nie so deutlich gewesen, aber wenn man es sich genau überlegt, dann denkt man sich entweder Arbeit für andere aus, oder jemand denkt sich Arbeit für einen selbst aus. Ist viel zu tun, hat man es gut, wenn man Arbeitsaufträge erteilen darf; gibt es nichts zu tun, steht man sich auf der anderen Seite besser. Aber man kann immer zu jemandem sagen: Warum hast du das so schlampig gemacht? Könntest du das nicht ganz sorgfältig und in aller Ruhe noch einmal machen?«

Nach einigen Augenblicken fuhr er dann fort: »Und weißt du, was so angenehm ist? Ginus macht alles ohne Murren noch einmal. Der Mann beklagt sich nie, das einzige, was ihm, abgesehen von seiner Tochter, die nichts taugt – und in dem Punkt ist er sehr empfindlich; neulich, als er wieder mal über sie geschimpft hat, da habe ich, um ihm Mut zu machen, zu ihm gesagt: Ach, je rauer die Sau, umso glatter das Ferkel; da hat er die Augenbrauen hochgezogen, bis sie den Schirm seiner Mütze berührt haben –, was wollte ich vorhin sagen, ach ja, das Einzige, was ihn wurmt, ist, dass er nicht weiterlernen durfte. Wenn man darüber den Rest seines Lebens jammert und dadurch einfach nicht mehr dazu kommt, sich über was anderes totzuärgern, dann hat man doch Glück, oder ... Tja, die Tochter, die macht ihnen große Probleme ... was ich aber sagen wollte, und das ist bestimmt nicht gelogen: Früher oder später, wenn sie dahinterkommen, was für einen Mordskerl ich da habe, werden sie wieder von der Verlegung des katholischen Friedhofs reden ...«

Dieser Friedhof lag inzwischen inmitten von Laubenganghäusern. Ganz in der Nähe des Gottesackers wurde außerdem der Grundstein für einen echten, modernen, achteckigen Predigtschuppen gelegt, der irgendwann unsere baufällige Zuiderkerk ersetzen sollte. Es sah so aus, als würde allmählich die Zeit drängen. Trotzdem hörten wir nichts mehr von der Verlegung des katholischen Friedhofs, und immer wieder sagte mein Vater erstaunt: »Regelmäßig taucht dieser Alers auf dem Grab auf, aber er verliert kein Wort mehr über die Kattelikken ... ob die inzwischen eine andere Lösung gefunden haben? Das kann doch unmöglich sein?«

16

Obwohl mein Vater fast täglich über seinen Kollegen berichtete, erfuhr ich nur selten etwas über Machteld. Auch auf der Straße sah ich sie nur gelegentlich. Und weil ich aufgrund eines anderen Stundenplans am Montag früher aus der Schule nach Hause kam, besuchte ich bei Pastor Hindervoet auch wieder den Konfirmandenunterricht für Jungen.

Es erstaunte und enttäuschte mich, dass ich, obwohl sie doch genau hinter uns wohnte, höchstens einmal im Monat im Wohnzimmer einen Blick von ihr erhaschen konnte. Anders als ihre Mutter, die regelmäßig die Wäsche aufhängte, zeigte sie sich auch nie im Hof. Und wenn ich einen Spaziergang auf die Mole hinaus machte, kam mir der Hund oft mutterseelenallein auf dem Fähranleger entgegen. Dann rannte er eifrig mit dem Schwanz wedelnd auf mich zu, und wir schlenderten zusammen bis an eine der schmalen Deichtreppen zurück.

Und wo ich auch zur Kirche ging, ob in der Jabbokkerk oder in der Zuiderkerk, deren letzte Fensterscheiben von Heiden systematisch kaputtgeworfen worden waren, nie sah ich sie bei den hoch aufgeschossenen Jugendlichen sitzen, die die Empore bevölkerten. Ihr Vater und ihre Mutter saßen immer im Mittelschiff der Zuiderkerk, doch offenbar waren sie außerstande, auch ihre Tochter zum Besuch des Gottesdienstes zu bewegen.

An einem sonnigen Herbstsonntag, der ebenso gut ein Frühlingssonntag hätte sein können, radelte ich durch die Wagenstraat. Wieso? Was tat ich dort an diesem Sonntagnachmittag? Selbst unter der Woche fuhr ich nur selten mit dem Fahrrad durch diese Straße, ganz zu schweigen von den Sonntagnachmittagen, wenn es Zeit wurde, zur Kirche zu gehen. Trotzdem radelte ich dort entlang, und die Erinnerung an meinen Ausflug ist so deutlich, dass es mir so scheint, als könnte ich die weißen Wölkchen, die so ungestüm am Herbsthimmel dahinjagten, noch heute aus der Luft pflücken. Wenn ich mich an diese erstaunliche Stunde meines Lebens zurückerinnere – und das geschieht regelmäßig, kurz bevor ich einschlafe –, dann wundere ich mich jedes Mal darüber, dass mir diese eine Stunde so verblüffend scharf im Gedächtnis geblieben ist, während der übrige Herbsttag, die Woche, der Monat vollständig aus meiner Erinnerung verschwunden sind.

Manchmal frage ich mich: Habe ich das wirklich erlebt? Oder habe ich das geträumt? Schließlich kommt es mir immer beim Einschlafen in den Sinn. Ich fuhr die Straße entlang, schaute hinauf zum Himmel, sah die dahineilenden Wölkchen, sah das sich kräuselnde Wasser im Vliet, sah das Glitzern der goldenen Herbstsonne auf der Wasseroberfläche, sah die großen Kastanienblätter herabtaumeln, fühlte noch die warme Sonne auf meinen Augenlidern und erreichte den Fuß des Deichaufgangs, der dort Wedde heißt.

Ich blieb stehen. Warum? Nie hielt ich irgendwo an. Ich hielt mich an dem verrosteten und inzwischen längst verschwundenen Geländer fest, das die Wedde vom dahinterliegenden Vliet abgrenzte. Während ich dort auf dem Fahrradsattel saß und mich an dem kalten Eisen festhielt und die verfärbten gelben und braunen Blätter betrachtete, die drauf und dran waren zu fallen, und das blasse Lila der Kuckuckslichtnelken entdeckte, die auf dem Deichhang wuchsen und einfach nicht verblühen wollten, sah ich sie auf dem Deich näherkommen. Ihr Gesicht war dunkelrot.

Sie trug eine Sonnenbrille, was ziemlich merkwürdig war. Fast niemand trug damals eine Sonnenbrille, und ganz bestimmt kein Mädchen wie sie, das wie ich von einfacher Herkunft war und noch vor Kurzem in einem für unbewohnbar erklärten Haus auf dem Stronikaadje gewohnt hatte. Es war undenkbar, dass sie sich eine solche Brille jemals hätte leisten können. Also hatte sie sie geschenkt bekommen.

Wild in die Pedale tretend, näherte sie sich über den Noorddijk. Es sah so aus, als wollte sie geradeaus fahren, Richtung Zuiddijk, und als würde sie gleich an der Wedde vorüberfahren. Als hätte sie es sich plötzlich anders überlegt, trat sie jedoch oben an der Wedde plötzlich auf die Bremse und hielt unter lautem Knirschen und Quietschen an.

Sie hatte keine Jacke an, obwohl es nicht mehr besonders warm war, und trug nur ein grünes Kleid mit goldenen Kreisen. Heute würde ich ein solches Kleid, so ein langes Kleid mit engem Oberteil und einem ausgestellten Rock, so ein Kleid, das durch einen schwarzen Plastikgürtel in zwei Teile geteilt wird, abscheulich finden, aber damals ... In der goldenen Herbstsonne leuchteten die Kreise so hell, dass ich geblendet wurde. Sie glitzerten und funkelten so stark, dass man regelrecht eine Sonnenbrille brauchte, um sie betrachten zu können.

Sie war oben auf dem Deich stehen geblieben, oben auf der Wedde. Sie brachte das Vorderrad in eine andere Position. In der Herbstluft erklang plötzlich, zunächst noch zögernd, dann immer beherzter, das Läuten der reformierten und der orthodox-reformierten Kirchen.

Offenbar hatte sie sich im letzten Moment entschlossen, nicht geradeaus weiterzufahren, sondern über die Wedde den Deich zu verlassen. Dann bemerkte sie mich. Ich nehme jedenfalls an, dass sie mich bemerkte. Wegen der Sonnenbrille konnte ich nicht erkennen, ob ihr Blick auf mich gerichtet war. Wie dem auch sei: Sie zögerte kurz, und aus diesem Zögern schloss ich, dass sie mich sah.

Trotzdem fuhr sie vom Deich herab. Ich sehe, wie sie im goldenen Herbstlicht näher kommt. Der kräftige Wind bauscht den weiten Rock ihres Kleides. Mit einer Hand versucht sie, ihren auffliegenden Rock zu bändigen, was ihr recht gut gelingt. Und ich stehe da, sehe, wie sie vorbeifährt, und ich kann nicht verstehen, warum mich das so verstört.

Unten an der Wedde biegt sie hinter mir auf einmal nach links ab. Sie gelangt auf den schmalen Treidelpfad und fährt unten am Deich in die Richtung zurück, aus der sie gekommen ist, während ich ihr heftig zitternd und stark schwitzend hinterhersehe. Dann schiebe ich mein Fahrrad die Wedde hoch, springe in den Sattel und fahre in dieselbe Richtung wie sie. Ich bleibe in gehörigem Abstand, aber das ist kaum nötig, denn solange ich hinter ihr herfahre – ich oben auf dem Deich, sie unten, weit vor mir –, schaut sie sich nicht ein einziges Mal um. Sie tritt in die Pedale wie ein Radrennfahrer, der ein Zeitfahren gewinnen will. Die kleinen, weißen Deichhäuschen lässt sie hinter sich und hält erst bei einem großen Bauernhof an, der mit neu errichteten Schuppen und einem nagelneuen hellroten Ziegeldach angeberisch in der Herbstsonne leuchtet. Ein etwa zwanzigjähriger Mann kommt die Einfahrt hinab. Sie schleudert ihm ein paar Worte entgegen, die ich, oben auf dem Deich, nicht verstehen kann. Er ruft etwas zurück, und sie schreit, dann schreit auch er, und beide gestikulieren so heftig, als wollten auch sie die eiligen weißen Wölkchen aus der Luft pflücken. Aber so laut sie auch schreien, die Entfernung ist leider zu groß, als dass ich etwas verstehen könnte. Und während sie sich anschreien, kommt ein Hund angelaufen, der laut zu bellen beginnt. Bald darauf taucht ein zweiter Hund auf, der ebenfalls wild bellt, und ich höre ein Pferd wiehern, einen Hahn krähen, ein Schwein grunzen.

Und dann? Ist sie dann zurückgefahren? Und was habe ich gemacht? Warum weiß ich das nicht mehr? Warum ist das, was danach geschah, aus meinem Gedächtnis verschwunden? Wind, Sonne, ein grünes Kleid mit goldenen Kreisen, glühende Wangen, eine Sonnenbrille – kurz, ganz kurz der Schimmer von wirklichem Geschehen.

17

Es geschah im selben Herbst. Anderswo auf der Welt fiel das Streiflicht der Sonne auf goldene Kuppeln. Bei uns traf es die grauen Balustraden, die das Dach der Jabbokkerk schmückten. Wir saßen eines Sonntagmorgens in dieser Kirche, und die vertraute Knarzstimme des Nestors unserer Prediger, Pfarrer Baarvink, las vor:

»Liebe Gemeinde im Herrn. Der Kirchenrat hat die traurige Pflicht, der Gemeinde mitzuteilen, dass ein Bruder der Gemeinde sich der Leugnung von Jesu Christi einzigartigem Opfer schuldig gemacht hat und dass er, ungeachtet der vielen ernsten Ermahnungen, kein Zeichen wahrhafter Bußfertigkeit gegeben hat, sodass der Kirchenrat ihm die Gemeinschaft am Tisch des Herrn verwehren musste. Bisher hat dies nicht zur Bekehrung geführt, und auch die vorangehenden Ermahnungen haben sich als fruchtlos erwiesen. Darum sieht sich der Kirchenrat zu seinem großen Kummer verpflichtet, sich mit diesem Bruder auch fürderhin zu befassen und, wenn er in seiner Sünde verharrt, bis zum Ausschluss fortzufahren. Euch hiermit zum ersten Mal Mitteilung machend, ruft er Euch aufs Dringlichste dazu auf, fortwährend für ihn zu beten, dass es dem Herrn gefallen möge, ihn zur Umkehr zu bringen.«

Die Mitteilung schallte bedrohlich über die riesigen Gladiolensträuße, die den Abendmahlstisch verzierten. Gleich nach dem Gottesdienst wurde in allen synodal orthodox-reformierten Wohnzimmern beim bröseligen synodal orthodox-reformierten Krapfen und dem dünnen synodal orthodox-reformierten Kaffee nur eine Frage diskutiert: Wer? Natürlich folgte darauf sogleich die zweite Frage: Mit wem? Obwohl Pastor Baarvink vorgelesen hatte, dass der vorerst noch unbekannte Bruder das einzigartige Opfer Christi verleugnet hatte, gab es keinen Kirchenbesucher, der daraus nicht geschlossen hätte, dass der Sünder das siebte Gebot übertreten hatte. Denn schließlich hatten die Ermahnungen auch in der Vergangenheit immer Gläubigen gegolten, die gegen das siebte Gebot verstoßen hatten. Das letzte Mal, Jahre zuvor übrigens, als die Ermahnung aus Formular fünf hinten in unserem Gesangbuch vorgelesen worden war, ging es um die Frau vom Kartoffelschalen- und Grünabfallsammler Schemerdink. Eines Montagmorgens hatte man sie, obwohl doch die Wäsche rief, unter dem Küchentisch gefunden. In inniger Umarmung mit einem katholischen Scherenschleifer! Natürlich war auch damals bei der ersten Ermahnung nicht der Name der Schwester genannt worden, die mit einem katholischen Scherenschleifer »das einzigartige Opfer Jesu Christi geleugnet« hatte. Trotzdem war gleich nach dem Gottesdienst ihr Name in aller Munde gewesen.

Nur selten kam es zu einer zweiten Ermahnung. Nach dem anonymen ersten Tadel bekehrte der Sünder sich. Oder entzog sich der Gemeinschaft der Kirche und entging so dem drohenden Ausschluss. Im Falle von Frau Schemerdink war es damals tatsächlich zu einer zweiten Ermahnung gekommen, in dessen Folge sie dem Scherenschleifer dann allerdings schleunigst den Laufpass gegeben hatte. Und darum war der Kirchenrat damals nicht bis zum »Ausschluss fortgefahren«.

Wer hätte sich jemals vorstellen können, dass die vorerst noch anonyme Ermahnung diesmal niemand anderem galt als Gilkinus van Diepenburch. Mein Vater wusste es schon am Montag, behielt es aber – höchst ungewöhnlich für ihn, da er das Herz sonst auf der Zunge trug – bis Donnerstag für sich. Danach wussten alle Orthodox-Reformierten, dass Ginus der Sünder war, und er musste nicht länger schweigen.

Mein Vater wusste es so früh, weil er es am Montagmorgen, kurz nach halb acht, im Bahrhäuschen von Ginus selbst erfuhr.

»Hast du auch die Ermahnung gehört, die gestern vorgelesen wurde?«, fragte ihn Ginus.

»Aber sicher«, erwiderte mein Vater.

»Weißt du, an wen Pastor Baarvink dabei gedacht hat?«

»Ich glaube, an Bruder Knevelaar. Neulich habe ich gehört, dass er auf der Kippenbrug mit der süßen Biene von Oosterlee rumgeschäkert hat. Ja, ich denke, dass Knevelaar gemeint war, der hat schon früher den Schnabel an jedem Loch gewetzt. Damals hat er es noch verhindern können, dass man ihm von der Kanzel herab die Leviten gelesen hat.«

»Nein, es ging nicht um Knevelaar.«

»Woher weißt du das so genau?«

»Weil ich gemeint war.«

»Du? Was soll ich denn davon halten? Du? Mit wem hast du denn rumgeschä... etwa hier? Drüben in der Kapelle? Das kann doch nicht wahr sein. Oder hier im Bahrhäuschen? Oder im Leichenhaus?«

»Nein, nein, du liegst ganz falsch, derlei Sachen ...«

»... passen gar nicht zu dir, überhaupt nicht, aber was ... aber was ...«

»Baarvink hat doch genau vorgelesen, woran es hapert.«

»Du hast das einzigartige Opfer Jesu Christi geleugnet. Damit wird, soweit ich weiß, immer umschrieben, dass ein Bruder oder eine Schwester fremdgegangen ist.«

»In diesem Fall nicht, in diesem Fall musst du es wörtlich nehmen.«

»Wörtlich nehmen?«

»Ja. Im Sommer waren die Presbyter bei uns zu Besuch. Wir sitzen gemütlich mit den beiden Brüdern und plaudern, meine Frau und ich, wirklich, ganz gemütlich, alles in Ordnung, nun ja, alles ... wir hatten ausführlich über unsere Tochter gesprochen ... warum man sie nie in der Kirche sieht ... und sie hatten auch dies und das von Hindervoet gehört ... offenbar hat sie im Konfirmandenunterricht auf die Frage ›Was hilft es dir aber nun, wenn du dies alles glaubst?‹ geantwortet: ›Einen Dreck‹ ... wie dem auch sei, das hatten wir alles hinter uns, und es war inzwischen sehr gemütlich geworden. Ich hatte den Brüdern bereits einen Schnaps eingeschenkt ... und da habe ich so ganz nebenbei zu Bruder Scharloo gesagt: ›Vor einem Monat bin ich mitten in der Nacht aufgewacht und ins Grübeln geraten, und plötzlich fällt mir, während ich mir über unsere Tochter den Kopf zerbreche, das Vaterunser ein. Ich denke: Eigentlich seltsam, dass Jesus sagt: ›Vergib uns unsere Schuld, wie auch wir vergeben unseren Schuldigern‹, denn Gott vergibt uns – so wird uns gelehrt – dank der Tatsache, dass das teure Blut unseres Herrn Jesus Christus für die vollständige Vergebung all unserer Sünden am Kreuz vergossen worden ist.«

»Ein Pastor könnte es nicht besser sagen«, meinte mein Vater.

»Ja, aber wir vergießen doch nicht das Blut unserer Kinder, um die Sünden unserer Schuldiger zu vergeben.«

»Sag das noch mal«, bat mein Vater.

»Was ich meine, ist, sage ich zu Scharloo, dass das Wörtchen ›wie‹ ganz seltsam ist. Gott vergibt uns, wie auch wir vergeben. Wie wir vergeben müssen. Aber wir vergeben nicht über den Umweg von Blut und Kreuz.«

»Mannomann, wie bist du darauf denn bloß gekommen?«, sagte mein Vater.

»Ich denke, ich bin durch meine Tochter draufgekommen. Das Mädchen ... ach, man denkt alles Mögliche, also denkt man auch schon mal mitten in der Nacht, wenn man um drei Uhr hellwach ist und die dunkelsten, schwärzesten, grässlichsten Hirngespinste aus deinem Innersten aufsteigen, ich wollte ... ich würde ... ich wollte, Gott möge mir vergeben, wie auch ich vergeben will ... wenn sie nicht mehr da wäre, wäre alles viel einfacher ... ach, es ist schrecklich, dass man solche Dinge denkt, dass man das Teuerste, was man hat, opfern will ... verstehst du ... opfern, aber man opfert seine Kinder niemals. Unsere Schuldiger erhalten keine Vergebung, indem wir unsere Kinder an ein Kreuz nageln lassen, auch wenn wir wegen unserer Kinder manchmal ein schweres Kreuz zu tragen haben, aber Gott vergibt – Jesus sagt es ganz unmissverständlich –, wie wir vergeben müssen. Unser Vergeben ist also wie die Vergebung Gottes. Es steht auch ganz deutlich in Markus 11, Vers 25: ›Und wenn ihr stehet und betet, so vergebet, wo ihr etwas wider jemand habt, auf dass auch euer Vater im Himmel euch vergebe eure Fehler.‹«

»Ich bin verblüfft«, sagte mein Vater.

»Als Jesus«, fuhr Ginus unbeirrbar fort, »seine Jünger das Vaterunser gelehrt hat, sagte er: ›Denn so ihr den Menschen ihre Fehler vergebet, so wird euch euer himmlischer Vater auch vergeben. Wo ihr aber den Menschen ihre Fehler nicht vergebet, so wird euch euer Vater eure Fehler auch nicht vergeben.‹ Vergebung aufgrund von Kreuzestod und Sühneblut? Von wegen. Wenn wir vergeben, vergibt er, sonst nicht. Und nachdem mir das klargeworden war, kam mir noch ein anderer Gedanke. Gott ist allmächtig.«

»So ist es«, bestätigte mein Vater.

»Gott kann alles, aber auch wirklich alles.«

»Wer würde es wagen, daran zu zweifeln.«

»Richtig, aber wenn er alles kann, wirklich alles, dann kann er auch vergeben.«

»Aber es gibt doch keinen Pastor, der behaupten würde, dass dem nicht so ist?«

»Doch! Sie sagen alle, dass er uns vergibt, weil unser Erlöser am Kreuz gestorben ist. Aber wenn Gott alles kann, wirklich alles, dann kann er uns auch direkt vergeben, dann bedarf es dafür keiner Kreuzigung und keines Sühnebluts.«

»Natürlich«, sagte mein Vater, »wenn er wollte, könnte er direkt vergeben. Aber offenbar will er das nicht. Offenbar vergibt er nur dank des stellvertretenden Leidens unseres Heilands.«

»Jaja, das hat man uns von Kindesbeinen an beigebracht, aber Jesus sagt klar und deutlich: Gott vergibt, wie wir vergeben. Kein Opfer, kein Kreuzestod, kein Leiden. Wenn man nachts so herumliegt und grübelt, dann denkt man noch, dass man sich schrecklich irren muss, denn in der Kirche wird schon seit Jahrhunderten gepredigt, dass es einzig und allein das sühnende Sterben Christi ist, das die Sünden der Welt hinwegnimmt …«

»Halt ein, steigere dich nicht in etwas hinein«, rief mein Vater.

»… aber wenn man am nächsten Tag, nachdem man sich die ganze Nacht hin und her gewälzt hat, mit zitternden Händen die Heilige Schrift einfach irgendwo aufschlägt, dann liest man – es kann kein Zufall sein, dass ich just diese Seite aufgeschlagen habe, der Herr selbst hat meine Finger gelenkt – in Psalm 51: ›Tilge alle meine Missetaten.‹ Durch Jesu Opfer am Kreuz? Oh nein, denn etwas weiter unten steht: ›Denn du hast nicht Lust zum Opfer, ich wolle dir's sonst wohl geben; und Brandopfer gefallen dir nicht.‹ Der ganze Psalm handelt von der Vergebung der Sünden – ›tilge meine Sünden nach deiner großen Barmherzigkeit‹ –, doch nirgendwo ist von der Vergebung der Sünden aufgrund des Opfertods von Jesus die Rede. Im Gegenteil: Dort steht, dass Gott keinen Gefallen an Opfern hat. Ich habe das ganze Alte Testament durchgelesen, übrigens keine kleine Aufgabe, das kann ich dir sagen, und habe alle Passagen angestrichen, in denen von Vergebung die Rede ist, etwa sechzig bis siebzig Stellen, aber nirgendwo, wirklich nirgendwo liest man, dass Gott aufgrund des Opfers seines Sohnes vergeben wird.«

»Das geht ja auch gar nicht. Sein Sohn war damals noch überhaupt nicht auf die Erde hinabgestiegen.«

»Da stimme ich dir zu, da stimme ich dir ganz und gar zu, aber ist es denn nicht äußerst verwunderlich, dass Gott zu Zeiten des Alten Bundes offenbar direkt vergeben konnte – denk nur mal an Psalm 32: ›Ich will dem Herrn meine Übertretung bekennen. Da vergabst du mir die Missetat meiner Sünde. (Sela.)‹ –, und im Neuen Bund ist das plötzlich nur auf dem Umweg über den Kreuzestod Christi möglich? Hat er plötzlich die Fähigkeit zur direkten Vergebung verloren? Musste er deshalb seinen Sohn schicken? Das glaubt doch niemand. Ein allmächtiger Gott kann vergeben, kann souverän und direkt vergeben, und darum behagen ihm Opfer auch nicht.«

»Junge, Junge, was hast du dir da ausgedacht?«, sagte mein Vater.

»Ja, und das ist noch nicht alles: Ich habe auch die vier Evangelien gelesen, aber ich habe nirgendwo, aber auch wirklich nirgendwo eine Stelle finden können, an der Jesus selbst sagt, er sei gekommen, um durch seinen Tod am Kreuz die Sünden der Welt zu tilgen.«

»Halt, halt«, sagte mein Vater, »was ist mit Johannes 3: ›Also hat Gott die Welt geliebt …‹«

»Da steht nur, dass Gott seinen eigenen Sohn gegeben hat, ›auf dass alle, die an ihn glauben, nicht verlorengehen werden‹. Aber du findest kein Wort über das stellvertretende Leiden, kein einziges. Das Kreuz, das Blut und das Opfer werden nicht erwähnt.«

»Stimmt, aber Jesus sagt oft, dass er leiden muss.«

»Wegen unserer Sünden? Lies dir die Evangelien im Hinblick darauf noch mal durch. Nirgendwo sagt er geradeheraus, dass er irgendwann ans Kreuz muss, um die Sünden der Welt hinwegzunehmen. Der Kreuzestod als Opfer für unsere Sünden stammt vom Apostel Paulus, von einem ganz normal sterblichen Menschen wie du und ich. An keiner Stelle tischt Jesus, Gottes Sohn, uns diese Geschichte auf, im Gegenteil, in Matthäus 18 sagt Jesus, dass das himmlische Königreich vergleichbar ist mit einem König, der mit seinen Knechten abrechnen will. Einer dieser Knechte kann seine Schulden nicht bezahlen, und der König erlässt sie ihm.«

»Ja, und dann ging dieser Knecht fort und traf jemanden, der ihm einhundert Groschen schuldete«, sagte mein Vater.

»Genau, der Knecht würgt ihn und will ihn zum Zahlen zwingen, obwohl er selbst soeben vom König begnadigt worden ist … nun ja, du weißt genau, was danach passiert, du kennst die Heilige Schrift ebenso gut wie ich. Der König ruft den Knecht zu sich und sagt: Warum hast du kein Mitleid gezeigt, obgleich ich dir gegenüber sehr wohl Mitleid gezeigt habe?«

»Ja«, sagte mein Vater, »und dann übergibt der König den Knecht den Peinigern.«

»Und weißt du, was Jesus am Schluss sagt? ›Also wird

euch mein himmlischer Vater auch tun, so ihr nicht vergebet von eurem Herzen, ein jeglicher seinem Bruder seine Fehler.‹ Mit anderen Worten: Wenn wir unseren Brüdern vergeben, vergibt Gott uns. Seine Vergebung ist eine Folge unserer Vergebung. Von wegen Kreuzestod und Sühneblut.«

»Ich glaube nichts davon«, sagte mein Vater. »Zwar fällt mir so auf die Schnelle keine Bibelstelle ein, aber mir fällt bestimmt noch ein Zitat ein, wart's ab, der Tag ist noch jung.«

»Ich bin gespannt. Auch Scharloo fing an, allerlei Textstellen wie Granaten auf mich abzufeuern, aber es war nicht eine dabei … denn eine solche gibt es nicht. Und selbst wenn es eine gäbe, Jesus sagt: ›Gott vergibt, wie wir vergeben.‹ Kann man es deutlicher sagen?«

»Mannomann, das ist ja schrecklich … was dir da plötzlich eingefallen ist. Du bist schwerkrank.«

»Schwerkrank? Weißt du, was in Psalm 51 steht, den der Herr selbst nach jener Nacht für mich aufschlug? ›Ich will die Übertreter deine Wege lehren, dass sich die Sünder zu dir bekehren.‹ Der Herr selbst will also, dass ich allen berichte, dass er vergibt, wie wir vergeben. Von wegen Kreuzestod.«

»Warum ist Jesus denn dann am Kreuz gestorben?«

»Damit wir, wenn wir leiden, wissen: Er hat schlimmer gelitten. Er hat gelitten, um uns Mut zu machen.«

»Und das hast du den Ältesten an jenem Abend alles gesagt?«

»Ja, und anschließend haben wir den ganzen Abend bis weit nach Mitternacht darüber diskutiert. Gegen zwei meinte Scharloo, zu seinem großen Bedauern müsse er dem Kirchenrat berichten, dass ich nicht mehr daran glaube, dass Jesus für unsere Sünden gestorben ist. Drei Tage später stand der Mittelscheitel bei uns vor der Tür, und auch mit ihm habe ich den ganzen Abend heftig diskutiert. Nicht, dass wir uns wirklich gestritten hätten, denn weißt du, auch wenn er diese unheimlichen tiefliegenden Augen hat – wenn man ihn ansieht, hat man das Gefühl, in einen dunklen Tunnel zu schauen, an dessen Ende eine Katze hockt – und dazu die merkwürdigen Haare – sie werden einfach nicht anständig geschnitten –, er ist trotzdem ein über die Maßen freundlicher Mann. Aber auch er hat nicht eine Textstelle aus den Evangelien hervorzaubern können, die mich davon überzeugt hätte, dass Jesus selbst einmal deutlich gesagt hat …«

»Ich weiß eine Stelle«, rief mein Vater, »Matthäus 20, Vers 28.«

»Ja, die Stelle hat Hindervoet auch genannt: ›Des Menschen Sohn ist nicht gekommen, dass er sich dienen lasse, sondern dass er diene und gebe sein Leben zu einer Erlösung für viele.‹«

»Na«, sagte mein Vater, »da steht es doch.«

»Ach ja? Liest du in diesem Zitat etwas über die Vergebung der Sünden durch den Kreuzestod?«

»Nein, aber da steht: Er gibt sein Leben zur Erlösung.«

»Das kann doch alles Mögliche bedeuten. Und auf keinen Fall steht deutlich da, dass er sein Leben geopfert hat, um dadurch zu bewirken, dass Gott uns unsere Sünden vergibt.«

»Ja, aber wenn du es so genau nimmst …«

»So genau muss man das nehmen. All die Textstellen, in denen ganz vage darauf angespielt wird, dass das Lamm Gottes die Sünden der Welt hinwegnimmt …«

»Na, nun nennst du tatsächlich selbst eine, Johannes 1, Vers 20.«

»Sagt Jesus selbst das?«

»Nein, Johannes der Täufer, aber …«

»Und ist hier von Kreuzestod, Sühneblut und Opfer die Rede?«

»Nein, aber …«

»Pass mal auf, warum denkst du, dass diese Passage bedeutet, Jesus habe durch seinen Tod am Kreuz unsere Sünden hinweggenommen? Weil du von Kindesbeinen an nichts anderes gehört hast. Für dich klingt in all diesen Texten die ganze Geschichte vom Kreuzestod durch. In Wirklichkeit steht in der Bibel aber nichts anderes als: Siehe das Lamm Gottes, das die Sünden der Welt hinwegnimmt, und diese Passage kann man problemlos auch so verstehen, dass das Lamm Gottes die Sünden tilgt, indem es uns nachdrücklich darauf hinweist, dass Gott uns vergibt, wenn wir unseren Schuldigern vergeben.«

»Wenn du so anfängst, dann …«

»So muss man anfangen. Aufmerksam lesen. Genau hinsehen, was wirklich im Text steht. Und nicht mit dieser Kreuzesbrille auf der Nase.«

»Kreuzesbrille? Hast du das auch zu Hindervoet gesagt?«

»Ja, natürlich. Und zu Baarvink.«

»Zu Baarvink?«

»Ja, ein paar Tage nach Hindervoet ist auch Baarvink bei mir aufgekreuzt. Der präsentierte mir auch das Zitat aus Johannes 1. Als wäre in den paar Worten auch nur im Entferntesten die Rede von einer Vergebung der Sünden durch den Kreuzestod Jesu. Und außerdem: Nicht Jesus selbst sagt es, sondern Johannes. Nein, habe ich zu Baarvink gesagt, Jesus selbst hat nie ausdrücklich gesagt, er werde … Mann, du hättest dabei sein müssen … Baarvink, der wollte mir gar nicht zuhören … die ganze Zeit saß er nur da und redete auf mich ein … als wäre ich ein dummes Schulkind, das einfach nicht kapieren will … und streng … und immer wütender … und gedroht hat er mir … wollte überhaupt nicht auf das eingehen, was ich sagte.«

»Ja, er ist ziemlich bestimmt«, sagte mein Vater.

»Bestimmt? Der behandelt einen, als wäre man Dreck! Natürlich, er hat auf diesem Gebiet weitergelernt, aber deswegen muss er mich doch nicht behandeln wie ein … blödes Federvieh. Hat mich die ganze Zeit nur angeschnauzt und sagt ausgerechnet zu mir: Du hättest früher im Konfirmandenunterricht besser aufpassen sollen. Dabei kann ich das Kurze Verständnis immer noch auswendig aufsagen, und den Heidelberger Katechismus dazu, und wenn man mich reizt, auch noch die Dordrechter Lehrsätze. Bloß weil ich nicht weitergelernt habe, bin ich doch nicht doof! Jesus selbst hat doch auch nicht weitergelernt. Ich bin keinen Deut blöder als so ein Pastor, ich hätte auch durchaus weiterlernen können. Der einzige Unterschied ist, dass er weiß, was dort auf Hebräisch und Griechisch steht, und darum habe ich ihn gefragt, ob Jesus denn im griechischen Vaterunser sagt, dass Gott uns dank seines Opfertodes vergibt. Aber darauf hat er mir gar keine Antwort gegeben, sondern hat nur die ganze Zeit auf mich eingeredet, als wäre ich ein Hornochse.«

»Hast du bei dieser Gelegenheit schon erfahren, dass dein Fall in der Kirche verlesen werden würde?«, wollte mein Vater wissen.

»Nein, da noch nicht. In der Woche drauf kam Scharloo, und der hat mir … der hat mir berichtet, dass sie in der Versammlung der Kirchenältesten über mich gesprochen hätten und dass man mich, wenn ich weiterhin so dächte, vom Abendmahlstisch ausschließen würde. Sollte ich mich dann immer noch nicht bekehren, würde ich von der Kanzel herab ermahnt werden; das würde man dann noch zweimal wiederholen, und wenn ich anschließend immer noch in meiner Sünde verharrte, dann würde man mich aus der Gemeinde ausschließen.«

»Na, na, so weit wird es bestimmt nicht kommen«, sagte mein Vater beschwichtigend. »Du hast nichts Falsches getan, du hast dir nur etwas in den Kopf gesetzt, das von dort wahrscheinlich aber auch von ganz allein wieder verschwinden wird.«

»Ich bin mal gespannt. Sollen sie tun, was sie nicht lassen können. Ich bin bereit. Aber das werden sie noch bitter bereuen. Wenn die glauben, sie könnten mich kleinkriegen, bloß weil sie weitergelernt haben, dann sollen sie es nur versuchen. Doch vorher sollten sie Psalm 32 lesen, denn da steht: ›Da vergabst du mir die Missetat meiner Sünden.‹ Einfach so, direkt, ohne Sühneblut. Das sollte ihnen erst mal klar werden, diesen Weiterlernschuften. Weißt du, was diese Leute tun? Sie zweifeln an der Allmacht Gottes. Sie denken, Gott sei nicht Manns genug, unsere Sünden direkt zu vergeben. Sie denken, dass Gott dafür erst seinen Sohn am Kreuz leiden sehen muss.«

»Und dann«, sagte mein Vater, der die Geschichte am Ende eines Donnerstagnachmittags erzählte, »dann saß Ginus mit dem Kopf zwischen den Händen eine ganze Weile auf einer Kinderbahre und wiegte sich hin und her. Ich habe auch erst mal nichts mehr gesagt, obwohl mir durchaus noch ein paar Bibelstellen durch den Kopf schossen, die ihn vielleicht auf andere Gedanken hätten bringen können. Aber die nenn' ich ihm später mal, das hat noch Zeit. Eine Zeit lang hat er so dagehockt, dann schaute er plötzlich auf, sah mich an und sagte: ›Weißt du, was ich nie verzeihen könnte? Wenn jemand meiner Tochter auch nur ein Haar krümmen würde. Das könnte ich niemals verzeihen.‹«

18

An einem dunklen, grauen Novembertag kam mein Vater früher nach Hause als gewöhnlich. Er sang nicht, als er sein Fahrrad an das Fallrohr lehnte. Sobald er drinnen war und nach seinem Zware Van Nelle tastete, sagte er: »Heute war ich allein auf dem Friedhof. Ginus hatte einen freien Tag. Morgens habe ich ein Grab im Abschnitt C, Abteilung E ausheben müssen, ein Reihengrab der dritten Klasse, in der Nähe des Wassergrabens neben den Gleisen. Ehe ich den ersten Spatenstich machen kann, taucht am anderen Ufer des Grabens einer dieser roten Gleisarbeiter auf und fängt an, mit dem Hammer gegen die Schienen zu schlagen. Ich geh zu ihm hin und sage: ›Hast du schon von dem Fensterputzer in Rotterdam gehört?‹ ›Nein‹, antwortet er. ›Tja‹, sage ich, ›der war dabei, die Fenster zu putzen, im vierzigsten Stock, als plötzlich sein Haltegurt reißt. Er stürzt auf die Straße, die Leute kommen angerannt, und eine Frau fragt: ‚Was ist denn hier passiert, Herr Fensterputzer?' ‚Das weiß ich nicht', erwidert der Mann, ‚ich liege auch erst seit kurzem hier.'‹ Der Gleisarbeiter lacht sich halb kaputt, und wir machen uns beide wieder an die Arbeit. Während ich so vor mich hingrabe, höre ich ihn die ganze Zeit pfeifen, und ich war gerade bei meinem dritten Brett angekommen, da höre ich einen Schlag und lautes Bremsenquietschen. Augenblicklich klettere ich aus dem Grab und sehe einen Zug auf dem Gleis stehen. Ich springe über den Graben, steige den Bahndamm hinauf und sehe dort den Gleisarbeiter liegen. Einen Moment dachte ich, er wolle uns hereinlegen; wirklich seltsam, aber er sah überhaupt nicht tot aus, er lag dort ordentlich zwischen den Schienen, einen Arm halb über dem Gesicht. An ihm war nichts zu sehen, nirgendwo Blut, und auch keine Verletzungen, wirklich nichts, der Zug hatte ihm nur einen gewaltigen Schlag verpasst. Es ist komisch, aber in dem Moment kann man nichts dagegen tun. Der Zugführer steigt von der Lokomotive, bleicher als die bleichste Leiche, die ich in meinem Leichenhäuschen jemals gesehen habe. Er sagt: ›Ich kam um die Kurve, und er stand mitten auf den Gleisen. Ich konnte ihm wirklich nicht mehr ausweichen.‹ Das hat er gesagt: ausweichen. Als könnte man mit einem fahrenden Zug überhaupt einem Hindernis ausweichen. Tja, der war eben fix und fertig, der Mann. Benommen setzt er sich auf eine Bahnschwelle, während ich, zusammen mit dem Schaffner, den Gleisarbeiter ordentlich neben die Schienen lege. Den ganzen Tag hab ich dran denken müssen, dass das Letzte, was er im Leben gehört hat, die Geschichte von dem Fensterputzer war. Als hätte ich es vorausgeahnt! Und als ich in der Mittagszeit bei der Gemeindeverwaltung bin, was glaubst du, was ich da höre? Dass ich das Grab für den Gleisarbeiter machen soll. Ende der Woche wird er beigesetzt, und weißt du wo? Reihengrab der dritten Klasse. Er kommt also über Frau Spanjersberg zu liegen, genau in das Grab, das ich heute Morgen halb fertig hatte, als der Zug ihn erwischt hat. Ist das nicht unglaublich, dass man das Grab für jemanden gräbt, der zehn Meter entfernt pfeifend seiner Arbeit nachgeht? Man könnte diese Geschichte fein säuberlich aufschreiben und hinten an die Bibel anfügen: Mensch, denk daran, du zwitscherst zwar wie ein Spottvogel und glaubst, du seiest wer weiß wer, aber schau nur zur Seite, dein Grab wird dir bereits gegraben!«

Mein Vater nahm sich Zeit, um eine Zigarette zu drehen, rauchte dann eine Weile schweigend und murmelte schließlich: »Ja, ja, dein Grab wird dir bereits gegraben.« Dann fuhr er fort: »Und während ich damit beschäftigt war, sind den ganzen Tag über Leute vorbeigekommen. Am Nachmittag tauchte sogar Herr Kloet auf dem Grab auf. Wollte sich auch kurz den Bahndamm ansehen. Da war ich wohl oder übel gezwungen, eine Planke über den Graben zu legen, denn ... tja ... der Chef ... springen ... das geht natürlich nicht. Er also rauf zu den Gleisen und wieder runter, und dann sagt er zu mir: ›Ich sehe nirgendwo Blut‹, und ich antworte: ›Da war auch nirgendwo Blut, der Mann hat einfach nur einen enormen Schlag verpasst bekommen. Offenbar ist er an inneren Verletzungen gestorben.‹

›Das Ganze ist dir bestimmt ziemlich an die Nieren gegangen‹, sagt er in sehr vertrauensvollem Ton zu mir, und da bin ich natürlich sofort auf dem Quivive, denn wenn die hohen Herren Mitgefühl mit einem haben, heißt es, auf der Hut sein. Aber gut, er redet in demselben Ton weiter: ›Wie klappt's denn mit deinem neuen Kollegen? Bist du zufrieden?‹

›Er ist ein Goldjunge‹, sage ich, ›aus reinem Gold, man kann ihm jede Arbeit anvertrauen. Ich bin nur froh, dass er ausgerechnet heute freigenommen hat, denn der Unfall ... als damals bei Key & Kramer drei seiner Kollegen ums Leben gekommen sind, da war er völlig am Ende ... ja, er ist ein Goldjunge, aber es ist verdammt schade, dass irgendwo in seinem Schädel ein Käbelchen losgegangen ist und er nun plötzlich glaubt, Jesus Christus sei ...‹

›Ja, darüber habe ich dies und das gehört, aber solange er seine Arbeit ordentlich macht, ist das nicht unser Problem. Du bist also zufrieden mit ihm?‹

›Mehr als das.‹

›Prima. Dann können wir also davon ausgehen, dass du hier hin und wieder mal einen Nachmittag lang entbehrlich bist?‹

›Herr Kloet‹, sage ich, ›ich weiß, worauf Sie hinaus wollen, aber ich sage Ihnen lieber gleich: Ohne Klein-Seilbagger mache ich das nicht.‹

›Du kriegst Verstärkung. Wir stellen de l'Ecluse ab. Und Lagrauw.‹

›Da haben Sie mir aber zwei wahre Helden ausgesucht!‹

›Pass auf, was du über deine Kollegen sagst. Ich habe die beiden oft genug bei der Arbeit gesehen.‹

›Ja, das glaube ich Ihnen gern, dass die beiden unter Ihrer Aufsicht gearbeitet haben, als hätte ihnen jemand Pfeffer in den Hintern gestreut. Aber haben Sie die zwei einmal arbeiten sehen, wenn sie sich unbeobachtet wähnten?‹

›Ach komm, wenn du die beiden mit fester Hand führst, klappt das schon.‹

›Dann muss ich aber ständig daneben stehen, und selbst wenn ich das mache … nein, ich übernehme die Sache nicht, nicht mit Gijs, nicht mit Theun. Geben Sie mir einen Klein-Seilbagger, und ich fahre heute Abend noch rüber. Wirklich, mit einem ordentlichen Klein-Seilbagger kann man das wunderbar machen. Man baggert ein ganzes Grab aus, mit Knochen und allem, und kippt das … nein, plötzlich sehe ich es genau vor mir, wie man es machen muss … man nimmt zwei Klein-Seilbagger. Und zwei kleine Lastwagen. Mit Klein-Seilbagger Numero eins baggert man ein komplettes Grab aus, mit Inhalt und allem, und tut das ganze Zeugs auf einen Lastwagen. Mit Klein-Seilbagger Numero zwei gräbt man währenddessen auf dem neuen Friedhof auch ein Grab und packt den Sand auf Lastwagen Numero zwei. Mit Lastwagen Numero eins fährt man dann zum neuen Friedhof und schüttet das alte Grab mit Inhalt und allem in die neue Grube. Und gleichzeitig wird der Sand, den man mit Klein-Seilbagger zwei ausgebaggert hat, mit dem anderen Lastwagen zum alten Grab transportiert, um dort die Grube zu verfüllen. Das ist die Methode, so muss man es machen.‹

›Mann, hör auf, du übertreibst schrecklich. Zwei Klein-Seilbagger. Zwei Lastwagen.‹

›Ich kann kein Problem erkennen. Das ist wirklich ein wunderbarer Vorschlag.‹

›Und wie willst du mit dem Lastwagen voller Knochen ungesehen zwischen den Laubenganghäusern hindurchfahren?‹

›Die Knochen, davon sieht man nichts. Da ist immer genug Sand drumherum, um ...‹

›Jetzt sind wir dir schon so weit entgegengekommen. Wir haben dir einen Mitarbeiter gegeben. Mehr noch: Du hast sogar den Mann bekommen, den du selbst vorgeschlagen hast. Blind haben wir deiner Empfehlung vertraut. Und jetzt sind wir zudem noch bereit, zwei Leute abzustellen, die dir helfen sollen, den katholischen Friedhof unauffällig zu verlegen, und trotzdem bleibst du weiterhin stur.‹

›Herr Kloet, nun hören Sie mir mal gut zu. Ich mache meine Arbeit mit Vergnügen. Jeden Tag gehe ich pfeifend zum Grab. Das einzige, was ich ... nun ja, so ein Unfall wie heute Morgen geht auch nicht spurlos an einem vorbei, aber so was kann einem überall passieren ... nein, das Einzige, was ich wie die Pest hasse, das ist das Räumen. Weil man nie weiß, was da zum Vorschein kommt. Weil man so widerliche rote Knochen ausgräbt. Weil diese Knochen unmenschlich stinken und weil sich dieser Gestank nicht nur in den Kleidern festsetzt. Wenn man sich abends auszieht, stinkt der ganze Körper. Weil man aus irgendeinem Grund beim Einsammeln der menschlichen Überreste immer denkt, dass man sich dabei irgendwas holen kann. Dass man hin und wieder räumen muss ...‹

›Bei uns im Dorf nannte man das früher schütten.‹

›Meinetwegen, dann eben schütten, aber wie man es auch bezeichnet, es ist eine Scheißarbeit, und ich habe mir hier schon die Seele aus dem Leib geweint, als ich meinen ältesten Bruder schütt... räumen musste. Aber es gehört zu meiner Arbeit, also mache ich es eben. Aber einen ganzen Friedhof räumen, vielleicht ein Jahr lang, vielleicht auch zwei, immer wieder nachmittags oder an den freien Abenden ... ich übernehme die Sache nicht, ich mach's nicht, das ist zu schrecklich, daran geht man unweigerlich kaputt. Zwei Klein-Seilbagger und zwei Lastwagen, und ich denke darüber nach, andernfalls ... ich mach's nicht. Die ganze Zeit über studiere ich insgeheim die Stellenanzeigen ... ich sehe nach, ob woanders ein Grabmacher gesucht wird, und ich sage Ihnen ganz ehrlich: Sobald es irgendwo eine freie Grabmacherstelle gibt, werde ich mich sofort bewerben, denn dieses ganze Geschwätz über den katholischen Friedhof hängt mir zum Hals raus.‹

›Ich bin sehr enttäuscht, dass du so unbeugsam bist. Dieser katholische Friedhof ist Privatgelände, da hat die Gemeinde keinen Einfluss, damit haben wir nichts zu tun.‹

›Zum Glück.‹

›Ja, aber das neue Grundstück kaufen die Katholiken von uns. Und wir bekommen im Tausch den alten Friedhof. Möglicherweise sollen an der Stelle Häuser gebaut werden, deshalb reicht es nicht aus, nur die Grabsteine zu entfernen; da gibt es später dann ständig Scherereien. Außerdem will der Pfarrer die Toten eben gern mitnehmen. Das muss in aller Stille und sehr sorgfältig ... na ja, und all die Verstorbenen will man ja schließlich auch nicht vor den Kopf stoßen, es gibt immerhin noch so was wie Pietät.‹

›Und darum denkt ein jeder: Die Gemeinde hat doch einen Grabmacher angestellt?‹

›Genau.‹

›Aber wer ist dann, sagen wir, zwei Jahre lang der Dumme? Wer darf die Drecksarbeit machen? Wer ist am Ende der Gelackmeierte?‹

›Du kriegst zwei Männer, die dir helfen. Vielleicht sogar mehr. Wichtig ist, dass die ganze Aktion möglichst unbemerkt bleibt … das ist eine Sache, woran der Pöbel immer schnell Anstoß nimmt … zwei Klein-Seilbagger … du kannst damit rechnen, dass die Zeitungen dann vollstehen, und das können wir wirklich nicht gebrauchen. Ganz abgesehen davon: Dem Pfarrer graut bei dem Gedanken, dass auf seinem Friedhof mit einem Klein-Seilbagger Gräber geschüttet werden. Und hinzu kommt noch, dass das mit einem Klein-Seilbagger überhaupt nicht geht.‹

›Oh doch, das geht wie geschmiert, damit könnte man die Geschichte ordentlich und schnell über die Bühne bringen. Gut, zwei ist vielleicht ein bisschen übertrieben, ein Klein-Seilbagger und ein Lastwagen und dazu Gijs und Theun, um die neuen Gräber auszuheben, dann mach ich's.‹

›Nein, du machst es ohne Klein-Seilbagger.‹

›Dann mach ich's nicht. Niemand kann mich dazu zwingen, einen römisch-katholischen Friedhof zu räumen.‹

›Da wäre ich mir nicht so sicher. Wenn wir dir den Auftrag geben, musst du ihn ausführen.‹

›Auch einen solchen Auftrag? Einen ganzen Friedhof räumen und verlegen? Und das auch, indem ich Überstunden mache? Nach Feierabend?‹

›Ja, wenn wir dir den Auftrag geben …‹

›Davon glaube ich kein Wort! Wenn das Ganze so einfach wäre, hätten Alers und Sie mir längst den Auftrag gegeben, und sie kämen nicht einer nach dem anderen betteln und flehen, ob ich das nicht bitte übernehmen könnte. Ihr versucht schon die ganze Zeit, mich umzustimmen, und das macht ihr nur, weil ihr nichts in der Hand habt, um mich zu zwingen.‹

›Gerade weil wir wissen, dass es eine Drecksarbeit ist, wollen wir dir nicht einfach den Auftrag erteilen. Wir hoffen, dass wir dich mit sanftem Druck dazu bringen können, es freiwillig zu übernehmen.‹

›Was ist man beim Grünflächenamt doch nett zu mir.‹

›Nun zwing uns nicht, lass es nicht so weit kommen, dass Alers und ich hierher auf den Friedhof kommen und dir sagen müssen: Wir bestehen darauf, dass du den katholischen Friedhof schüttest und verlegst.‹

›Mit einem Klein-Seilbagger mach ich's. Und ohne Klein-Seilbagger mach ich's nicht. Und wenn man mich zwingen will, mach ich mich noch am selben Tag auf die Suche nach einer neuen Arbeit. Damit werde ich übrigens gleich beginnen, noch heute strecke ich die Fühler aus, dieses ewige Geschwätz habe ich nämlich satt. Einen ganzen Friedhof räumen und verlegen! Das ist wirklich keine Kleinigkeit. Als wäre ich eine Grabmaschine ohne Gefühl im Leib.‹«

19

Fast jede Woche radelte ich zu den beiden Bibliotheken. Gewöhnlich besuchte ich zuerst die römisch-katholische Bücherei. Ich schaute mir genau an, welche Bücher mit einem roten Punkt versehen waren, damit ich in der öffentlichen Bibliothek nach den entsprechenden Bänden Ausschau halten konnte. Dank der roten Punkte wurde ich zum Beispiel auf das Werk von James Baldwin aufmerksam.

Ich musste jedes Mal schlucken, wenn ich in dem Vorraum den schweren Zugvorhang erreicht hatte. In der Nähe seiner Falten lernte ich die Bedeutung so altmodischer Wörter wie zaudern und säumen kennen. Was hielt mich zurück, schnurstracks den schweren Vorhang beiseite zu schlagen und achtlos die Bibliothek zu betreten? Die Angst davor, dass die Kerzenflamme wild zu flackern beginnen könnte? Die Angst, gleich danach mit einem lauten Ruf begrüßt zu werden? Oder spielte mir einfach nur die Scham einen Streich, wenn ich dort im Vorraum zögerte? Traute ich mich nicht, das spärlich beleuchtete Boudoir zu betreten, in dem hohe Bücherregale eine Marienfigur umrahmten?

Auf dem Weg zu den Bibliotheken wurde ich oft von flüchtigen Angstvisionen heimgesucht. Einmal, an einem stillen, mondlosen Winterabend, würde ich von zwei Hexen mit langen Fingernägeln gepackt und in den hintersten Winkel der Bibliothek gezerrt werden, in fensterlose, schmale Zimmerchen, in denen noch Folterwerkzeuge aus der Zeit der Inquisition vor sich hin rosteten. Die Hexen würden mich knebeln und fesseln. Anschließend würden sie mich martern und geißeln, bis ich flehend um einen Rosenkranz bat.

Wie sich jedoch zeigte, hatten die langnageligen Erscheinungen nur höchst selten Dienst. Meistens bediente mich ein spindeldürres, stockaltes »Jüngferchen«, wie mein Vater die Frau genannt hätte, die blasser als Briefpapier war. Durch ihre fingerdicken Brillengläser starrte sie mich an, als hätte sie die Vermutung, ich stamme in direkter Linie von den Wassergeusen ab.

Selbst unter den von mir ausgewählten Büchern ohne roten Punkt waren jedes Mal mindestens zwei, die sie ohne jede Begründung und mit einer brüsken Geste beiseite legte. Protestieren half nicht, sie knurrte dann nur wie ein alter Bouvier. Unweigerlich musste ich noch einmal zurück, um mir andere Bücher zu suchen. Meistens nahm ich blindlings ein paar Bücher aus dem Theologieregal. Die legte sie, wie mich die Erfahrung gelehrt hatte, nie beiseite. Auf diese Weise lernte ich die Werke von Romano Guardini, Jacques Maritain und Gabriel Marcel kennen.

Eines Abends im Winter stand ich wieder in dem Vorraum und zauderte. Aus dem Bücherboudoir drang kein Geräusch zu mir herüber. So vorsichtig wie nur irgend möglich schob ich eine Vorhangfalte zur Seite, sodass ich durch den Spalt hineinsehen konnte. Ich sah niemanden. Die Kerzenflamme begann schon wieder unruhig zu flackern. Mich an die Mauer drückend, schlich ich zu den Bücherregalen. Als ich dort angekommen war und meine Queste nach den roten Punkten begann, hörte ich Geräusche, die aus den Eingeweiden der Bibliothek zu mir herüberdrangen. Regungslos stand ich zwischen den Regalen und lauschte. Obwohl die Geräusche durch eine dicke Wand gedämpft wurden, kamen sie mir bekannt vor. Es waren die gleichen Geräusche, die ich im benachbarten Mansardenzimmer vernommen hatte, nachdem die neuen Nachbarn eingezogen waren. Damals war mir nicht so recht klar gewesen, was sich nebenan abgespielt hatte. Inzwischen war ich älter und erfahrener geworden.

Was sollte ich tun? Auf dem schnellsten Weg aus der Bibliothek verschwinden? Aber was sollte ich dann mit den Büchern tun, deren Leihzeit so gut wie abgelaufen war? Die würde ich heute abgeben müssen, wollt ich nicht gezwungen sein, in den nächsten Tagen noch einmal wiederzukommen. Es schien mir klüger, so leise wie möglich weiterzusuchen. Was sich dort hinter der Tür abspielte, würde in absehbarer Zeit beendet sein, und dann würde vermutlich eine der Bibliothekarinnen erscheinen, um meine Bücher entgegenzunehmen. Ich fühlte mich jedoch zwischen den Regalen nicht sonderlich wohl, und darum schlich ich in den Teil der Bibliothek, der von der Tür, durch welche die Geräusche kamen, am weitesten entfernt lag. Leider standen in den hintersten Regalen nur abgewetzte, steinalte moraltheologische Werke. Ich nahm ein Buch aus dem Regal, und dabei wurde so viel Staub aufgewirbelt, dass ich ein heftiges Kitzeln in der Nase verspürte. Verzweifelt versuchte ich, den aufkommenden Niesreiz zu unterdrücken. Ich kniff meine Nase zu und schaute dabei besorgt in Richtung Tür. Das Licht der wieder kräftig und sehr gleichmäßig brennenden Kerze fiel auf meine Netzhaut, und die Folge war, dass sich das Niesen unaufhaltsam einen Weg nach draußen bahnte. Ein zweites Niesen folgte ebenso unvermeidlich, und selbst das dritte Niesen vermochte ich nicht zu verhindern. Die Geräusche hinter der Tür verstummten abrupt. Kurz darauf waren schwere Schritte zu hören. Die Tür ging auf, und über einem der Regale erschien ein mächtiger hochroter Männerkopf. Mit einem Auge spähte er zu mir rüber, das andere Auge verbarg sich hinter einem Bücherstapel. Der Blick des Auges tastete mich ab, als wollte er mich versengen. Mir ging ein Satz durch den Sinn, den ich bei Flannery O'Connor gelesen hatte: »He fixed me with a seedy eye.« Ich war damals zu faul gewesen, den mir unbekannten Ausdruck »seedy« im Wörterbuch nachzuschlagen. Nachdem ich nun das auf mich gerichtete spähende Auge gesehen hatte, brauchte ich kein Wörterbuch mehr. Ich wusste jetzt, was »seedy« bedeutet.

Ich wandte meinen Blick von ihm ab, bückte mich, stellte das Buch, das mich so heftig hatte niesen lassen, zurück auf das Brett und nahm ein anderes heraus. Ich blätterte darin, stellte es wieder ins Regal und nahm das nächste Buch zur Hand. Während ich auf diese Weise den Eindruck zu erwecken versuchte, dass ich in aller Ruhe nach Büchern stöberte, bewegte ich mich langsam zwischen den Regalen hindurch in Richtung Abgabeschalter. Ich wollte nur eins: meine Bücher abgeben und dann so schnell wie möglich ab durch die Mitte. Leider war am Abgabeschalter noch immer keine Bibliothekarin zu sehen. Seedy eye stand ganz in der Nähe. Gott sei Dank erschien schließlich eine der langnageligen Hexen mit einem verschmitzten Lächeln hinter dem Schalter, und als ich dorthin schlenderte, konnte ich den Mann, der einen schwarzen Anzug mit umgedrehtem Kragen trug, genauer in Augenschein nehmen.

Auch er betrachtete mich aufmerksam, wandte sich dann an die Hexe und sagte: »Ich kenne den Jungen nicht.«

»Er ist nicht von hier«, sagte das Mädchen.

»Woher kommt er denn?«

»Müsste ich nachsehen, aber von weiter weg; wenn er hier reinkommt, hat er immer rote Wangen vom Radfahren.«

»Warum fährst du so weit, um Bücher zu leihen?«, fragte der Mann.

»Hier gibt es viele Bücher, die andere Bibliotheken nicht haben«, erwiderte ich.

»Bist du ein so großer Leser?«

Ehe ich antworten konnte, sagte das Mädchen: »Er ist fast jede Woche hier. Wir hatten noch nie jemanden, der so viel gelesen hat wie er.«

»An deiner Stelle würde ich weniger lesen«, sagte Seedy eye, »unser Pfarrer hat früher immer gesagt ...« Er hielt inne, sah mich erneut scharf an und fragte: »Bist du überhaupt katholisch?«

»Orthodox-reformiert«, sagte ich.

»Orthodox-reformiert? Und dann leihst du dir aus einer katholischen Bibliothek Bücher?«

Er sah mich so unglaublich misstrauisch an, dass ich nur stottern konnte: »Ja, aber ich interessiere mich sehr für den Katholizismus, und da, wo ich wohne, gibt es keine katholische Bücherei, und ich ... ich geh doch schon ...«

»Hast du Bekannte hier in der Stadt?«, fragte der Mann.

»Nein.«

Er sah mich wieder an, schaute dann zu der langnageligen Hexe hinüber und schüttelte den Kopf. Schuldbewusst lächelte das Mädchen mir zu, seufzte einmal tief auf und sagte dann beruhigend: »Deine Bücher hast du rechtzeitig zurückgegeben. Nimmst du neue mit?«

Ich nahm zwei Prisma-Taschenbücher aus dem Theologieregal, *Apologia pro vita sua* von John Henry Newman, legte sie dem Mädchen vor, und sie stempelte sie für mich ab. Dabei lächelte sie mich an, als habe sie etwas gutzumachen. Dann sagte sie: »Du wolltest doch dieses Buch von Antoon Coolen ausleihen.«

Ich nickte.

»Dann hol es«, sagte sie, »heute ist jemand da, den du fragen kannst, ob du es lesen darfst.«

Ziemlich verdutzt ging ich zu dem Regal, in dem *De vrouw met de zes slapers* stand. Als ich mit dem Buch zum Schalter zurückkam, brummte Seedy eye: »Nimm's halt mit.«

Achtlos stempelte das Mädchen das ab. Mit Newman und Coolen verließ ich so schnell wie möglich das Bücherboudoir. Bei der Kaufmannsbörse schaute ich mich noch einmal um. Die beiden standen am Fenster der katholischen Bibliothek und sahen mir nach.

20

An den Winterabenden konnte ich, wenn ich an meinem Schreibtisch Hausaufgaben machte, über die Dachrinne hinweg in ihr Wohnzimmer schauen. Brannte der Kronleuchter über dem Tisch, hatten sie Besuch. So selten die Lampe früher eingeschaltet war, so oft leuchtete sie jetzt. Kurz nach acht kam mein Vater immer schauen, »wer sich dort drüben jetzt wieder im Auftrag des Kirchenrates den dicken Hintern platt sitzt«.

Wenn der Kronleuchter brannte, machte mein Vater das Licht im Mansardenzimmer aus. Wir konnten dann besser sehen, wer von den Ältesten delegiert worden war, um Ginus auf andere Gedanken zu bringen.

»Nun schau dir das an«, sagte mein Vater an einem dieser Abende, »da sitzen Robbemond und Schellenboom. Zwei Kometen am Firmament. Ich bin übrigens schon seit Langem davon überzeugt, dass sie die Brüder alphabetisch auf Ginus loslassen. Viel Auswahl haben sie nicht mehr. Noch sieben Buchstaben, na ja, sechs, denn ich glaube nicht, dass es einen Bruder gibt, dessen Name mit einem X anfängt. Und Brüder mit einem Y ... nein, das Schlimmste hat er hinter sich, es sei denn, sie fangen mit Admiraal und Boudesteyn wieder von vorn an.«

Mein Vater blies eine Rauchwolke in Richtung Fenster.

»Wie schade, dass wir nicht hören können, was drüben alles gesagt wird. Ich erfahre es morgen früh im Bahrhäuschen zwar alles brühwarm und in aller Ausführlichkeit aus seinem Mund, aber ich würde trotzdem einiges dafür geben … da, schau nur, wie wütend dieser Schellenboom die Bibel aufschlägt.«

Mein Vater wischte die beschlagene Scheibe sauber und brummte: »Ich begreife nicht, wie Ginus bei all dem so ruhig bleiben kann. Schau dir nur mal an, wie er dasitzt. Wie ein Steinkauz in der Abenddämmerung. Macht sich über nichts Sorgen, hat all seine Bibelstellen über die Vergebung parat. Er weiß, dass sie ihm nicht am Zeug flicken können. Jede freie Minute sitzt er im Bahrhäuschen und studiert seine Bibel, und du kannst reden und reden und noch mal reden, er bewegt sich keinen Millimeter. Er bleibt dabei, dass der allmächtige Gott direkt vergibt, dass es dafür nicht des Opfertodes Christi bedurfte und dass der Herr Jesus Christus das auch immer wieder so gesagt hat. Und auf jeden Einwand weiß er was zu erwidern.«

Verbittert starrte mein Vater zur anderen Straßenseite hinüber und blies immer wieder große Rauchwolken gegen die Scheibe. Er murmelte: »Scharloo hätte viel besser dran getan, die Sache auf sich beruhen zu lassen und sie nicht an die große Glocke zu hängen. Dann wäre es irgendwann von selbst vorbeigegangen. Jetzt verbeißt Ginus sich in die Sache, und je mehr sie auf ihn einreden, umso geschickter versteht er es, ihre Vorwürfe zu parieren. Man kann ihm wirklich nicht ans Leder mit der Passage: ›Und wie Moses in der Wüste eine Schlange erhöht hat, also muss des Menschen Sohn erhöht werden‹, denn dann rollen sofort die Bibelstellen aus seinem Mund, in denen von ›erhöhen‹ die Rede ist, und anschließend sagt er: ›Da siehst du es, mit dem Wort erhöhen ist nirgendwo die Kreuzigung gemeint, und selbst wenn in diesem Fall damit auf die Kreuzigung angespielt wird, so heißt das noch lange nicht, dass jeder, der an diese Erhöhung glaubt, von seinen Sünden gereinigt wird – nein, dort steht nur, dass jeder, der an ihn glaubt, das ewige Leben hat.‹«

»Aber … aber …«, sagte ich.

»Ja«, sagte mein Vater, »wir wissen es besser, aber … tja, er ist … man kommt nicht an ihn heran, es ist, als ob er … wie soll ich das bloß ausdrücken, er ist wie ein Bolzen, der bombenfest sitzt und den man selbst dann nicht losbekommt, wenn man ihn mit ein wenig Kriechöl bearbeitet. Jedes Ziehen und Zerren ist nutzlos. Ich wette, dass Schellenboom dort unten jetzt wieder mit Markus 10, Vers 45 ankommt: ›Denn auch des Menschen Sohn ist nicht gekommen, dass er sich dienen lasse, sondern dass er diene und gebe sein Leben zur Bezahlung für viele.‹ Tja, eindeutiger geht es doch nicht, sollte man sagen, aber selbst wenn er aufgewühlt ins Bahrhäuschen kommt, weil er soeben ein Kindergrab gemacht hat, kann man ihn damit nicht in die Ecke drängen. Dann sagt er, ohne eine Miene zu verziehen, dass in dieser Passage null Komma nichts über die Vergebung der Sünden gesagt wird. Ich weiß noch genau … Moment, aufgepasst, jetzt redet Schellenboom im Stehen. Schau, wie seine Fangarme in die Höhe gehen! Als wollte er Gott persönlich aus dem Himmel holen! Und jetzt erhebt auch Robbemond sich! So ein Langweiler, so ein stiller Mann; wenn man ihn in einen Sarg legen würde, käme er da nie wieder raus, und jetzt …«

Ich stellte mich neben meinen Vater und beobachtete aufmerksam die beiden Brüder. Sie fuchtelten eifrig mit den Armen. Neben dem Ofen, in dem man die Anthrazitglut deutlich erkennen konnte, döste der Hund in seinem Korb. Er stand auf, fletschte die Zähne und sprang auf den Teppich. Ich konnte nicht hören, ob er knurrte, aber es sah ganz danach aus. Schellenboom warf einen verstohlenen Blick auf den Hund und nahm wieder Platz. Er blätterte kurz in seiner Taschenbibel, las eine Passage vor, Ginus erwiderte etwas darauf, und Schellenboom stand erneut auf.

»Gleich gehen sie mit den Fäusten aufeinander los«, sagte mein Vater besorgt, »dieser Schellenboom ist ein schrecklicher Hitzkopf, der hat, bevor er zu Hause losgegangen ist, bei seiner Frau schon mal tüchtig geübt. Und Robbemond … schau dir das mal an, der zeigt immer wieder auf seine Stirn. Gleich gibt's Prügel. Und wenn das passiert, renne ich rüber; ich halte zwar die Ansichten, die Ginus vertritt, für falsch, aber sie sollen sich hüten, ihn anzufassen … schau dir nur mal an, wie ruhig er dasitzt. Als käme er gerade aus dem Bett, als erwachte er gerade aus einem feuchten Traum. Das ist es, was ihn so stark macht. Er wird nicht wütend, er gerät nie außer Sinnen, er argumentiert immer ganz ruhig weiter.«

Ginus streichelte den Hund, sprach mit ihm, und das Tier kehrte in seinen Korb zurück, rollte sich zusammen und schloss die Augen. Mein Vater sagte: »Ich erinnere mich noch genau, wie ich ihm, während er die Bänke in der Kapelle abwusch und ich den Fußboden wischte … ach nein, andersherum, er wischte, ich … ist ja auch egal … wie ich ihm Johannes 11, Vers 50 vor die Füße geworfen habe. Dort sagt Kalphas, es sei besser, dass ein Mensch für das Volk stirbt, denn dass das ganze Volk verderbe. Darauf erwidert er und wringt dabei den Wischlappen aus: ›Damit will Kalphas nur sagen, dass die Römer, wenn sie Jesus hätten machen lassen, einen ganzen Volksaufstand hätten niederschlagen müssen und dass es folglich besser war, dass Jesus damals an die Römer ausgeliefert wurde.‹ Danach wischt er in aller Ruhe weiter, und ich putze die Bänke. Schließlich bring ich mal wieder Markus 10, Vers 45 aufs Tapet, und er sagt: ›Der Sühnepreis … sein Leben geben … man könnte das auch vollkommen anders verstehen. Denk nur mal an die Frau, die Jesu Gewand berührt, woraufhin dieser dann sagt: ‚Es ist eine Kraft von mir ausgegangen.' Wenn Jesus sagt, dass er sein Leben gibt, kann er diese Kraft gemeint haben. Jedes Mal, wenn er einen Menschen geheilt hat, ging erneut Kraft, Leben von ihm aus, gab er wieder Leben hin. Aber wie immer man Markus 10, Vers 45 auch dreht und wendet, eines kann man auf keinen Fall daraus lesen: dass er, indem er sein Leben am Kreuz opferte, die Sünden der Welt hinwegnahm. Das steht dort schlicht und einfach nicht. Wir lesen das an dieser Stelle in den Text hinein, weil wir mit der Kreuzesbrille auf der Nase lesen. Tatsächlich aber steht dort nichts anderes, als dass er sein Leben geben will als Bezahlung für viele. Das Wort Sünde, das Wort Vergebung, das Wort Kreuz, das Wort Sühneblut, sie sind im Text nicht zu finden.‹«

Mein Vater presste grimmig die Lippen aufeinander, starrte mit feuerroten Wangen zu dem erleuchteten Wohnzimmer hinüber, wo Schellenboom und Robbemond Runden um den Tisch drehten. Hin und wieder in der Bibel blätternd, die sich weiß von der roten Samttischdecke abhob, beobachtete Ginus in aller Ruhe die um den Tisch kreisenden Brüder. Schellenboom ballte die Fäuste, der Hund sah kurz auf, sein Schwanz bewegte sich, und Schellenboom ließ seine Arme wieder schlaff herabsinken. Ginus deutete auf eine Stelle in der Bibel. Mein Vater sagte: »Wetten, er weist sie jetzt auf Markus 12, Vers 33 hin. Dort sagt Jesus, dass die Nächstenliebe wichtiger ist als alle Brand- und Schlachtopfer. Und sieh, wie er redet! Nun präsentiert er noch allerlei Passagen aus dem Alten Testament, aus denen seiner Ansicht nach hervorgeht, dass Gott überhaupt keine Opfer wünscht, und folglich auch kein Opfer am Kreuz ... ach, ach, dass jemand so verblendet sein kann, obwohl der Apostel Paulus es doch ganz deutlich sagt ...

aber das akzeptiert er nicht, weil seiner Meinung nach auch Paulus sich irrt. Er besteht darauf, dass man ihm ein Zitat von Jesus selbst liefert, in dem unser Erlöser klar und deutlich sagt, dass er gekommen ist, um durch seinen stellvertretenden … um mit seinem selbstlosen Leiden am Kreuz die Sünden der Welt hinwegzunehmen. Tja, leider gibt es eine solche Textstelle nicht, und darum, Schellenboom und Robbemond, geht ihr am besten heim, denn im Kampf gegen Ginus gibt es keine Ehre zu gewinnen, wirklich nicht, er will das Ganze einfach so sehen … tatsächlich … als ob sie mich hören würden … da gehen sie schon … da bin ich aber froh, dieser Schellenboom … der hat eine ziemlich lose Hand … es wäre nicht das erste Mal, dass er bei einem Hausbesuch ein paar tüchtige Schläge austeilt.«

Mein Vater ging langsam zur Tür meiner Mansarde und sagte: »Jetzt will ich hoffen, dass sie ihn in Zukunft in Ruhe lassen. Das wäre das Beste. Wenn sie ständig bei ihm aufkreuzen, grübelt er immer weiter darüber nach und hört nicht auf, die Bibel zu studieren, und kennt sich am Ende nur immer noch besser aus. Wenn sie einfach so tun, als ob nichts wäre, dann verliert auch er das Vergnügen daran, und er kann sich nachts wieder den Kopf über seine Tochter zerbrechen. Wenn sie mal bloß nicht, sobald der letzte Bruder im Alphabet bei ihm war, so blöd sind, ihn erneut von der Kanzel herab zu ermahnen. Das sollten sie sich wirklich aus ihren kranken Köpfen schlagen. Dass man eine Mieze hart anpackt, die unter dem Küchentisch mit einem katholischen Scherenschleifer rumknutscht, da habe ich nichts dagegen, aber ihn … so einen herzensguten Kerl, so einen wahrhaften Christen, so einen Prachtkerl … jeden Sonntag zweimal in die Kirche, und seine Frau, diese patente Vrooleben … Sprüche 30, Vers 10 … besser geht's nicht. Nun ja, die Tochter, die taugt nicht, die ist viel zu schön, und die weiß nur zu genau, dass sie viel zu schön ist. Die verdreht allen Burschen den Kopf, und das wird irgendwann seine Rettung sein. Wenn er mit ihr alle Hände voll zu tun hat, dann vergisst er das Sühneblut schnell wieder, na ja … vergessen … So, nun hat er das schöne Licht ausgemacht, und auch für uns wird es langsam Zeit, ins Bett zu gehen.«

21

»Ich bin doch guter Hoffnung«, sagte mein Vater am nächsten Tag, »dass es jetzt vorbei ist. Vielleicht plätschern noch ein paar Presbyter bei ihm herein, aber das Gros hat Ginus hinter sich. Presbyter mit T gibt es nicht …«

»Doch«, sagte meine Mutter, »Theunissen.«

»Ja, aber den schicken sie nicht hin, der hat weniger Hirn als ein Flohkrebs, nein, nein, sie gehen gleich zum V weiter, denn U-Presbyter … nein, da gibt es niemanden, und folglich schauen demnächst van Vuren und Vroombout bei ihm vorbei, danach Wijnhorst und van 't Wout und schließlich Zevenhuizen und Zoeteman. Und dann? Was werden sie danach tun?«

Es geschah, wie mein Vater es prophezeit hatte. Wir sahen van Vuren und Vroombout mit aufgeschlagenen Bibeln unter dem Kronleuchter sitzen. Wir beobachteten, wie Bruder Wijnhorst und Bruder van 't Wout stramm durch das Wohnzimmer marschierten. Wijnhorst schlug seine Sonntagsschulbibel auf und las, mit einem Finger den Zeilen folgend, eine Perikope vor. Danach vertieften die beiden Brüder sich stehend ins Gebet.

Von Weihnachten bis nach Neujahr wurden die Versuche, Gilkinus auf andere Gedanken zu bringen, vorläufig ausgesetzt. Mitte Januar sah ich eines Abends dann die Brüder Zevenhuizen und Zoeteman im Lichtkreis des Kronleuchters erscheinen. Mein Vater spielte in unserem Wohnzimmer mit meinem Großvater Dame. Als ich ihn darauf aufmerksam machte, dass bei Ginus erneut zwei Brüder aufgetaucht waren, sagte er: »Die lass ich aus. Morgen im

Bahrhäuschen werde ich ja ohnehin erfahren, wie es gelaufen ist; kluge Burschen, wenn sie ihm jetzt noch eine Textstelle unter die Nase halten können, die er nicht mindestens schon ein halbes Jahr lang studiert hat.«

Während mein Vater mit mir sprach und mich dabei schräg über die Schulter ansah, beobachtete ich, wie mein Großvater – er hatte Schwarz – einen weißen Spielstein schnappte und im Ärmel seiner dunkelgrauen Jacke verschwinden ließ. Mein Vater bemerkte nichts davon.

In diesem nasskalten Winter hatte es den Anschein, als sähe der Kirchenrat vorerst davon ab, zum Ausschluss zu schreiten. Im Januar lasen wir dann im Gemeindeblatt, dass bald das H. A. gefeiert werden sollte. Und am Sonntag vor der Feier des Heiligen Abendmahls wurde schließlich, trotz allem unerwartet, die zweite Ermahnung von der Kanzel herab verlesen. Pastor Baarvink, der diese zweite Ermahnung bissig ins Kirchenschiff schleuderte, schaute beim Vorlesen nicht einmal auf. Wollte er verhindern, dass er, wenn er ab und zu hochsah, Ginus und seine Frau sitzen sah, die beide vollkommen ruhig und mit erhobenem Kopf in der zweiten Reihe seiner krächzenden Stimme lauschten?

»Liebe Gemeinde im Herrn. Der Kirchenrat hatte bereits einmal die traurige Pflicht, der Gemeinde mitteilen zu müssen, dass ein Bruder sich der Leugnung des einzigartigen Opfertodes Christi schuldig gemacht hat und dass er aufgrund seiner offensichtlichen Unbußfertigkeit nicht nur vom Abendmahl ausgeschlossen wurde, sondern der Kirchenrat sich auch darüber hinaus mit ihm zu beschäftigen hatte. Dabei hat sich keinerlei wahrhafte Bekehrung bei diesem Bruder gezeigt, im Gegenteil, die vielfältigen Bestrafungen und Ermahnungen sind folgenlos geblieben.

Darum wird der Ausschluss nun fortgesetzt und, nachdem wir Rat bei der Klassis eingeholt haben, zum zweiten Mal bekannt gegeben, diesmal unter Erwähnung des Namens des Sünders: Gilkinus van Diepenburch, wohnhaft in der Pieter Schimstraat 4. Wir fordern euch mit größtem Ernst auf, ihn fortwährend liebevoll zu ermahnen und eifrig für ihn zu beten, dass es dem Herrn gefallen möge, ihn auf den Weg der Bekehrung zu führen, auf dass die Sünde hinfortgenommen und der Sünder bewahrt werde.«

Eine Woche später zeigte sich, dass das, was am Sonntag davor von der Kanzel erklungen war – »... nicht nur vom Abendmahl ausgeschlossen wurde ...« –, ziemlich verfrüht gewesen war. Erst jetzt geschah, was angeblich bereits vollzogen war.

Das Heilige Abendmahl wurde gefeiert. Vorn in der Kirche waren ein paar Stuhlreihen entfernt worden, um einem langen Tisch Platz zu machen. Der Tisch war mit einem weißen Bettlaken bedeckt, das sich hier und da wölbte, weil darunter ovale Schalen und silberne Karaffen standen, in denen sich säuberlich in Quadrate geschnittenes Weißbrot und Rotwein befanden. Vor der Feier wurde die knochentrockene Formel vorgelesen, die als Einleitung zum H. A. diente. Kurz bevor sie erklang, flüsterte mein Vater: »Nun kommt erst wieder diese idiotisch lange Formel, tja, muss wohl sein, schließlich hat Jesus sie auch vorgelesen, als er das Abendmahl eingeführt hat.«

Als Baarvink die Formel vorlas, stieß mein Vater mich plötzlich an bei der Passage: »... das ist mein Blut des neuen Testaments, welches vergossen wird für viele zur Vergebung der Sünden.«

»Da hast du's gehört«, flüsterte er, als Baarvink Anstalten machte, die Kanzel zu verlassen und zum Abendmahltisch zu schreiten, »da hast du's gehört, Jesus hat sehr wohl selbst gesagt, dass sein Blut zur Vergebung der Sünden vergossen wird ... Ginus, jetzt habe ich dich, na warte, morgen früh werde ich dir die Leviten lesen.«

Während er weiter vor sich hin murmelte, erhoben sich zwei Brüder in der Presbyterbank. Bedächtig schritten sie zum langen Abendmahltisch. Ihre neuen schwarzen Schuhe knarzten. Es sah so aus, als müssten beide Männer dringend aufs Klo und versuchten mit zusammengekniffenen Pobacken, das drängende Gefühl im Darm zu unterdrücken. Als sie den Abendmahltisch erreichten, ergriffen sie das weiße Bettlaken. Sie hoben es hoch, machten einen Schritt zurück und gingen dann aufeinander zu. Wie von selbst legte sich das Laken entlang den messerscharfen Bügelfalten zusammen.

Nachdem das weiße Bettlaken so feierlich entfernt worden war, konnte nun der Abendmahltisch in seiner herrlichen Pracht betrachtet und bewundert werden. Wie glänzten die silbernen Karaffen und Becher! Und wie tadellos waren die quadratischen Weißbrotstücke im Viereck gestapelt!

Der Pastor verließ die Kanzel und schritt zum Abendmahltisch; die zwei Presbyter gingen währenddessen zu den Bänken in der Mitte der Kirche. Mit einer in der Höhe des Schultergelenks ausgeführten eigenartigen Geldzählbewegung signalisierten sie den Kirchenbesuchern, dass die dort sitzenden Gemeindemitglieder auserwählt waren, als Erste an den Tisch des Herrn zu treten.

Längst nicht jeder in den so angezeigten Bänken stand auf. Die Kinder blieben selbstverständlich alle sitzen. Man musste erst das Glaubensbekenntnis abgelegt haben, ehe man am H. A. teilnehmen durfte. So stand es ganz unzweideutig in der Heiligen Schrift. Außerdem blieben wie immer einige der bekennenden Gemeindemitglieder auf ihrem Platz, die an diesem Sonntag aus unerfindlichen Gründen den Gang zur Abendmahltafel nicht wagten (warum gingen sie dann überhaupt zur Kirche?), und es gab auch Kirchenbesucher, manche von ihnen schon steinalt, die noch immer nicht »den Freimut gefunden hatten, das Glaubensbekenntnis abzulegen«, und die deshalb auch nicht am Abendmahltisch Platz nehmen durften, obwohl manche von ihnen bereits seit vierzig Jahren jeden Sonntag getreulich zweimal zur Kirche gegangen waren.

Diejenigen, die sich erhoben, schlurften bedächtig zur Abendmahltafel. Der Reihe nach gingen sie an den hohen Bechern vorbei, die an beiden Tischenden bereitgestellt waren. Jeder Abendmahlgänger deponierte ein Geldstück in einem der Becher. Weil diese Becher außerordentlich hoch waren, legte jedes Geldstück einen langen Weg zurück, ehe es am Boden ankam. Dadurch landeten die Geldstücke laut klimpernd, und man konnte, wenn man über ein gutes Gehör verfügte, recht gut identifizieren, was für eine Münze in den Becher geworfen worden war.

Wenn schließlich alle saßen – und das ging nie reibungslos vonstatten, weil die diensthabenden Presbyter nicht vorhersehen konnten, wie viele Kirchenbesucher sich aus den angegebenen Bänken zur Abendmahltafel begeben würden, und deshalb mit ihrer Geldzählbewegung manchmal zu viele Kirchenbesucher zur »ersten Tafel« baten, von denen einige dann wieder zurückschlurfen mussten –, nahm der Pastor ein längliches, unzerschnittenes Brotstück, hob es in die Höhe, brach ein Stück davon ab und sagte: »Das Brot, das wir brechen, ist eine Gemeinschaft mit dem Leib Christi. Nehmt, esst, gedenkt und glaubt, dass der Leib unseres Herrn Jesus Christus hingegeben wurde für eine vollständige Vergebung all unserer Sünden.« Anschließend reichte er das Stück Brot weiter an den Bruder oder die Schwester, die rechts von ihm am Tisch saß. Dann reichte er die Schalen mit dem vorgeschnittenen Brot weiter. Hatten alle sehr bedächtig ein Stück Weißbrot in den Mund genommen und so vorsichtig darauf herumgelutscht, dass man kaum eine Bewegung der Kiefer erkennen konnte, dann nahm der Pastor einen silbernen Becher und sagte: »Der Becher der Danksagung, über den wir das Dankgebet sprechen, ist eine Gemeinschaft mit dem Blut Christi. Nehmt, trinkt alle daraus. Gedenkt und glaubt, dass das kostbare Blut unseres Herrn Jesus Christus vergossen wurde für eine vollständige Vergebung unserer Sünden.« Daraufhin reichte er den Becher dem Mann oder der Frau zu seiner Rechten. Der Abendmahlteilnehmer trank einen winzigen Schluck, drehte den Becher ein wenig und gab ihn demjenigen, der neben ihm saß. Der trank auch wieder einen wunderlich kleinen Schluck und drehte den Becher ebenfalls ein klein wenig. Auf diese Weise musste niemand seine Lippen dort ansetzen, wo bereits sein Vorgänger getrunken hatte.

Wenn alle am Tisch ein Stück Brot verdrückt und einen winzigen Schluck getrunken hatten, schlurften die Kirchenbesucher zu ihren Plätzen zurück. Währenddessen schritten die Presbyter an den Bänken der Kirchenbesucher entlang, die noch nicht an der Reihe gewesen waren. Wiederum mit der Geldzählbewegung in Schulterhöhe signalisierten sie ihnen, dass sie zur »zweiten Tafel« gehen konnten.

Meistens wurde diese seltsame Zeremonie sieben- oder achtmal wiederholt. Nur selten war die Kirche so voll, dass die Feier mit einer halb vollen »neunten Tafel« endete. Das Hin- und Zurückgehen nahm die meiste Zeit in Anspruch. Wer die bizarre Feier ohne jegliches Vorwissen beobachtet hätte, wäre wahrscheinlich zu dem Schluss gekommen, dass die Geldzählbewegung und das sich hinziehende Schlurfen die eigentliche Zeremonie waren, von der sich die Teilnehmer mit einem Stückchen Brot und einem Schlückchen Wein wieder erholen mussten.

Eine Woche nachdem die zweite Ermahnung verlesen worden war, wurde uns während der sonst so vorhersehbaren getragenen Abendmahlsfeier vorgeführt, was »Ausschluss von der Feier des H. A.« bedeuten konnte. Ginus und seine Frau saßen in der zweiten Reihe der mittleren Bänke. Die Kirchenbesucher in den mittleren Bänken wurden mit der Geldzählbewegung zur »ersten Tafel« gebeten, und ebenso wie die meisten anderen bekennenden Gemeindemitglieder erhoben sich auch Ginus und seine Frau in aller Ruhe. Sie gingen gemächlich durch die Bank in Richtung Gang. Wir saßen auf der Empore und schauten auf die anderen Kirchenbesucher hinab. Mein Vater murmelte erschreckt: »Guter Gott, was macht er denn jetzt?«

Ginus schritt langsam hinter seiner Frau her zum Abendmahltisch. Der Presbyter Schellenboom ging an den Bänken des Mittelschiffs entlang und machte bei jeder Bank die Geldzählbewegung. Er war sich offenbar der Tatsache nicht bewusst, dass er eingreifen musste. Der andere diensthabende Presbyter, Bruder Baatenburg, schritt auf der anderen Seite des Mittelschiffs den Gang entlang. Im Gegensatz zu Schellenboom war ihm nur allzu bewusst, dass man auf der Stelle handeln musste. Ohne nachzudenken rief er: »Jan, Jan, halt ihn zurück!«, und schlug dann erschrocken die Hand vor den Mund. Er eilte durch den Gang nach vorn und kam dann, während er noch trabte, zu der Erkenntnis, dass es während des Gottesdienstes, und ganz sicher während der Feier des H. A., alles andere als passend war, durch die Kirche zu rennen. Er ging zu einer seltsamen Form des gebückten, schnellen Gehens über, die mich unweigerlich an die Bewegungen eines Huhns erinnerte, das ebenfalls zuerst den Kopf ruckartig nach vorn streckt und erst danach mit dem Körper unter ihm hindurchläuft. Presbyter Schellenboom stand regungslos – mitten in der Geldzählbewegung erstarrt, sodass sich seine gekrümmten Finger in Schulterhöhe befanden – im Gang. Und er blieb dort stocksteif stehen, mit halb geöffnetem Mund zu Bruder Gilkinus van Diepenburch blickend, der inzwischen die Abendmahltafel erreicht hatte und zwei Geldstücke, Fünf-Cent-Münzen dem Klang nach, in den hohen Becher warf. Von anderen Kirchenbesuchern gefolgt, die ebenfalls mit laut klimpernden Fünf-Cent-Münzen den im Evangelium vorgeschriebenen Eintrittspreis für das H. A. beglichen, erreichten Ginus und seine Frau zwei freie Plätze schräg gegenüber dem Pastor. Sie setzten sich ruhig hin. In den Kirchenratsbänken wurde währenddessen eifrig beratschlagt. Manche Brüder erhoben sich bereits, und Scharloo ballte die Fäuste. Schließlich begaben sich zwei in den vorderen Kirchenratsbänken sitzende Brüder, van Aalst und Deurloo, zum Abendmahltisch. Sie kamen dort gleichzeitig mit dem aufgeregten Baatenburg an, der sofort zur Tat schreiten wollte. Er packte Ginus von hinten bei den Schultern und zischte: »Verschwinde!«

»Bruder Baatenburg, lass mich das regeln«, sagte Deurloo.

Er beugte sich zu Ginus hinab, flüsterte ihm etwas ins Ohr. Ginus schüttelte den Kopf. Deurloo sprach weiter leise auf ihn ein. Schließlich stand Ginus auf und schob sich an den Kirchenbesuchern vorbei, die inzwischen am Abendmahltisch Platz genommen hatten und nun wieder aufstehen mussten, um Ginus durchzulassen. Auch Ginus' Frau erhob sich. Bruder Deurloo sagte: »Schwester, du darfst sitzen bleiben.« Würdevoll antwortete sie: »Ich gehe mit meinem Mann.«

Ginus wartete, bis auch sie im Gang angekommen war. Er reichte ihr den Arm, und zusammen gingen sie seelenruhig zum Ausgang. Der Küster sprang auf, rannte zu der Tür, auf die Ginus und seine Frau zugingen, und öffnete sie den beiden dienstbeflissen.

22

»Gleich um halb acht bin ich ihm im Bahrhäuschen auf die Pelle gerückt«, sagte mein Vater. »Ich habe ihm sofort unter die Nase gehalten, was in Matthäus 26, Vers 28 steht: ›Das ist mein Blut des neuen Testaments, welches vergossen wird für viele zur Vergebung der Sünden.‹«

Nervös zog mein Vater an seiner Zigarette und brummte dann: »Und weißt du, was er darauf erwidert hat ... da kannst du mal sehen, wie weit es mit ihm schon gekommen ist ... er hat gesagt: ›Bei Markus, Kapitel 14, Vers 24, steht: ‚Das ist mein Blut des neuen Testaments, das für viele vergossen wird.' Das hat Jesus gesagt. Und kein Wort mehr, ‚... zur Vergebung der Sünden' hat Matthäus eigenmächtig hinzugefügt. Der hatte, als er sein Evangelium niedergeschrieben hat, schon die Kreuzesbrille auf.‹

›Ginus‹, sage ich zu ihm, ›wenn du so anfängst ... wenn du eigenmächtig ein Stück Text streichst, das dir nicht in den Kram passt, dann hast du natürlich immer recht.‹ Er daraufhin: ›Es geht nicht darum, dass mir die Textstelle nicht gefällt, sondern darum, dass die Hinzufügung dieser vier Wörter bei Matthäus einfach nicht mit dem übereinstimmt, was Jesus sonst sagt. Es liegt auf der Hand, dass sie angehängt worden sind. Warum stehen sie nicht auch bei Markus? Wenn Jesus sie tatsächlich gesagt hätte, etwas so Wichtiges, dann wäre es doch wirklich unverständlich, dass sie bei Markus fehlen.‹«

Mein Vater fuhr mit dem Finger über seine Schlittschuhnarbe.

»Mit ihm ist einfach nicht zu reden, und darum habe ich

dann auch nichts mehr gesagt. Auch nicht, als wir um Viertel vor zehn im Bahrhäuschen Kaffee getrunken haben.«

Er schwieg eine Weile, und ich überlegte schon, wieder hinauf in meine Mansarde zu gehen. Dann fuhr er fort: »Kurz nach halb elf mach ich die Tür des Bahrhäuschens auf, und wer kommt da in aller Seelenruhe angestiefelt, durch die erste Klasse?«

»Keine Ahnung«, sagte meine Mutter.

»Da kommst du nie drauf, denn er hat keinen Verstorbenen bei mir liegen. Warum sollte er sich also aufs Grab wagen? Er ist auch noch nie vorher dagewesen. Ich dachte sofort: Hart bleiben, der kommt bestimmt nicht, um dich schon mal nach einem netten Plätzchen in der ersten Klasse zu fragen. Nun, Ginus und ich schließen die Tür des Bahrhäuschens hinter uns zu, und mein erster Gedanke ist: Wo steckt dieser verdammte Reiher? Ich bin nicht sonderlich erpicht darauf, einen solchen Mann merken zu lassen, dass bei mir ein zahmer Reiher herumläuft, der in offene Gräber starrt und alle Besucher mit seinem grauenhaften Gekreisch erschreckt. Wie dem auch sei, der Reiher steht bis zu den Knien in dem Graben entlang der Gleise. Was das Tier dort macht, verstehe ich auch nicht. Fische fangen? In dem stinkenden Graben? Eines weiß ich aber: Wenn er dort regungslos rumsteht und ins Wasser starrt, hat man stundenlang Ruhe vor ihm. Meine zweite Sorge ist: Rampenne. Mir ist so, als würde auch er irgendwo herumschleichen, aber ich kann ihn nirgendwo entdecken. Ich hoffe, dass Ginus ihn beschäftigt, bis der Besucher wieder weg ist. Wenn die beiden sich mit wehenden Zetteln hinter den Rhododendren beschäftigen, muss mich das nicht weiter kümmern.«

Mein Vater goss den Kaffee auf die Untertasse und sagte entschuldigend: »Der Kaffee ist so verdammt heiß«, und schlürfte ihn dann von der Untertasse. Dann sagte er: »So ist es besser. Nun, um es kurz zu machen, der Alte sieht mich, hebt die Hand, und ich gehe langsam auf ihn zu, wobei ich darüber nachdenke: Wo soll ich ihn empfangen? Im Bahrhäuschen? Na ja, setz dich nur mal mit einem so hohen Tier ins Bahrhäuschen. Dafür ist der Flachbau gar nicht berechnet. Ich kann ihm schlecht den verschlissenen Küchenstuhl anbieten und selbst auf der Kinderbahre Platz nehmen. Und andersherum geht es auch nicht. Soll ich ihn in die Kapelle lotsen, habe ich überlegt. Aber dort ist es um diese Jahreszeit immer eiskalt. Und wenn man dort etwas sagt, hallt es von allen Seiten wider, denn das Ding ist die reinste Echohöhle, und die paar harten Kirchenbänke, die dort stehen ... soll der alte Mann darauf Platz nehmen? Ich wusste wirklich nicht, was ich tun sollte. Ich konnte mich doch auch nicht mit ihm ins nasse Ufergras an den Gleisgraben setzen.«

»Du hättest doch ein Bahrtuch auf das Gras legen können«, sagte meine Mutter.

»Da sagst du was, tja, daran habe ich gar nicht gedacht. Nein, die einzige Möglichkeit war, zu ihm hinzugehen – du musst wissen, dass mir schon die ganze Zeit ein paar Verse aus Römer 13 durch den Kopf gingen ... ›Jedermann sei untertan der Obrigkeit, die Gewalt über ihn hat‹ – und zu ihm zu sagen: ›Guten Morgen, Herr Schwartz, wissen Sie, warum es so angenehm ist, im Schlaf zu sterben?‹

Und er sagt: ›Ebenfalls guten Morgen, ich habe keine Ahnung.‹

Und ich erwidere: ›Weil man dann erst am nächsten Morgen bemerkt, dass man tot ist.‹

Während er herzlich darüber lacht, bemerke ich, dass wir genau vor dem Grab von Frau Rabenvanger gelandet sind, aber zum Glück steht er mit dem Rücken zu der Jesusfigur. Wie die ausgesehen hat! Das Ding war von oben bis unten voller Taubenscheiße.«

»Warum machst du es denn nicht sauber?«, fragte meine Mutter.

»Erstens haben wir das Kreuz von Frau Rabenvanger nicht in Pflege, und zweitens hoffe ich, dass dieser Jesus von allein wegfault, wenn er tagaus, tagein vollgekackt wird.«

»Du könntest doch ab und zu mit einem feuchten Lappen darüberwischen?«

»Nein, dann dauert es nur noch länger, bis er von allein runterfällt.«

»Jaja, aber heute vormittag hast du dich geschämt.«

»Ganz und gar nicht, ich wollte nur nicht, dass der Bürgermeister es sieht, und darum bin ich langsam weitergeschlendert, und er ist mir gefolgt. Die ganze Zeit über habe ich gedacht: Bleib hart, es ist ein gutes Zeichen, wenn jedes Mal ein Ranghöherer kommt. Wenn sie mir einfach sagen könnten, du bist verpflichtet, das zu machen, dann müsste mir nicht der Bürgermeister auf die Pelle rücken, dann könnte Alers das allein regeln. Und was mir auch noch durch den Kopf ging: Taucht irgendwann vielleicht sogar der Kommissar der Königin hier auf? Und wenn der Kommissar unverrichteter Dinge vom Grab geht, fährt dann irgendwann so eine geräuschlose Limousine vor, aus der eine feine Dame mit einem teuren Hut, Schleier und Spitzenhandschuhen aussteigt? Dann wäre ich in großer Verlegenheit, denn wo sollte ich das Julchen empfangen? Herr Totengräber, würde sie sagen, und ich würde erwidern … ich wüsste ja nicht mal, wie ich so jemanden ansprechen muss …«

»Majestät«, sagte ich.

»Bist du dir sicher? Nun gut, ich würde also feierlich sagen: ›Majestät, ich grabe keine Menschen tot, ich bin Grabmacher.‹

›Herr Grabmacher‹, würde sie dann anheben, und ich würde sie sofort unterbrechen und sagen: ›Einverstanden, Majestät, aber nur wenn ich einen ordentlichen Klein-Seilbagger bekomme.‹«

Mein Vater machte eine kurze Pause und fuhr sich mit der Hand über die Stirn.

»Na, so weit sind wir noch nicht«, sagte er, »aber es hat mich doch gewurmt, dass ich nicht wusste, wo ich den Bürgermeister ordentlich hätte empfangen können. Aber ich glaube nicht, dass ihn das sonderlich gestört hat. Er hat zu mir gesagt: ›Hier sieht es sehr gepflegt aus.‹ Dabei lässt er seinen Blick übers Grab schweifen, und ich denke schon: Oh Gott, gleich entdeckt er den schäbigen Jesus. Ich scharwenzele also ein wenig um ihn herum, sodass er die eklige Jesusfigur nicht sehen kann. Dann stehen wir da, zum Glück ist es nicht besonders kalt, die Februarsonne scheint bereits recht ordentlich, und er sagt: ›Der Pfarrer sitzt in Sack und Asche.‹

›Das muss er gar nicht‹, entgegne ich, ›die Arbeit lässt sich im Handumdrehen erledigen. Zwei Klein-Seilbagger und zwei kleine Laster, und die Sache ist geritzt.‹

›Klein-Seilbagger?‹, fragt er.

›Ja, Herr Bürgermeister‹, erwidere ich, ›hat man Ihnen das nicht gesagt? Gebt mir zwei Klein-Seilbagger, und die Sache ist in null Komma nichts erledigt.‹ Na, das war für mich alles andere als ein Nachteil, dass sie ihn auf mich losgeschickt, aber ihm nichts von dem Klein-Seilbagger gesagt haben. Er hat natürlich gedacht, dass er es mit einem ganz und gar Unwilligen zu tun haben würde, denn das hatten sie ihm eingeredet, und dass er sehr ernsthaft auf mein Gemüt würde einwirken müssen.

›Du würdest es also machen‹, sagt er, ›mit zwei Klein-Seilbaggern. Warum zwei?‹

›Mit dem einen buddelt man die Löcher auf dem neuen Friedhof. Mit dem anderen hebt man auf dem alten Friedhof fein säuberlich ein Grab nach dem anderen aus. Man lädt die Erde aus den alten Gräbern auf einen Lastwagen, fährt damit zum neuen Friedhof und schüttet sie in die neuen Gruben. Die Erde aus den neuen Gräbern lädt man auf den anderen Laster und fährt damit zum alten Friedhof, um dort die alten Gräber mit der neuen Erde zu füllen.‹

›Langsam, langsam‹, unterbricht er mich, ›ich kann es mir noch nicht so recht vorstellen.‹

›Es ist ganz einfach‹, erwidere ich, ›zwei Klein-Seilbagger, zwei Lastwagen …‹

›Hast du dir das gerade ausgedacht, oder hast du mit Herrn Kloet schon darüber gesprochen?‹

›Mit Herrn Kloet? Ich habe seinerzeit schon mit dem Pfarrer darüber gesprochen. Und mit Herrn Alers. Und natürlich auch mit Herrn Kloet.‹

›Und was sagen sie dazu?‹

›Ach, die denken alle, dass es … tja, wie soll ich das anständig ausdrücken … dass die Verstorbenen es nicht angenehm finden, maschinell verlegt zu werden. Und sie denken auch alle, die Bewohner der Laubenganghäuser könnten Anstoß daran nehmen, wenn man die Toten mit einem Klein-Seilbagger ausgräbt und anschließend mit den Knochen durch die Neubausiedlung fährt.‹

›Das denke ich ehrlich gesagt auch.‹

›Niemand muss es erfahren.‹

›So was kommt immer raus.‹

›Ein paar dunkle Abende, und man hätte bereits das meiste geschafft. Ehe großes Aufhebens darum gemacht wird, sind schon fast alle drüben.‹

›Ich denke dennoch … ich würde dennoch …‹

Er steht in der Februarsonne und schmunzelt ein wenig

vor sich hin. Er sieht sich noch einmal um, geht ein paar Schritte zurück, und tatsächlich, sein Blick gleitet über die vollkommen eingesaute Jesusfigur.

›Bürgermeister‹, sage ich, ›neulich sind hier zwei große, pechschwarze Vögel gelandet. Sagt der eine zum anderen: Lies mal genau, wer hier begraben ist. Der andere buchstabiert also den Namen, und der erste ruft: Gesehn, Jan? Nichts wie weg hier!‹

Darüber muss er zum Glück so lachen, dass er wie ein Hündchen hinter mir her läuft. Tja, und dann höre ich plötzlich Ginus' Stimme, und schon kommt einer von diesen weißen Zetteln angeflogen und bleibt ausgerechnet auf dem Mantel vom Bürgermeister hängen.

›Was ist denn das?‹, sagt er, pflückt sich den Zettel von der Brust, liest, was darauf steht, und sagt dann ganz erstaunt: ›Da steht Vergebung drauf.‹

Nun muss ich ihm natürlich erzählen, dass Rampenne – er kennt ihn, was die Sache einfacher macht – fast jeden Tag vorbeikommt und uns von der Arbeit abhält und dass er nun offenbar meinen Kollegen dafür um Vergebung hat bitten wollen. Ich habe einen ziemlichen Bammel, dass noch mehr Zettel mit Sühneblut und Kreuzesholz angeflogen kommen, und darum versuche ich, den Bürgermeister auf die andere Seite zu lotsen. Zum Glück kommen wir am schwarzen Stein von Piet Rost vorbei, und er liest laut vor, was darauf in goldenen Buchstaben steht: Rost ruht. Daraufhin bricht er in Lachen aus, und ich sage: ›Jaja, Piet, noch nicht mal vierzig, und plötzlich macht er sich ohne ein Wort zu sagen vom Acker.‹ Ich glaube, dass sich der Bürgermeister daraufhin schämte, weil er hatte lachen müssen. Artig geht er hinter mir her und sagt dann: ›Aber ist es denn wirklich so schwer, es ohne Klein-Seilbagger zu machen?‹

›Schwer? Ohne Klein-Seilbagger braucht man gar nicht erst anzufangen. Wie viele Menschen dort liegen, kann keiner sagen, denn niemand weiß, ob dort jemals Gräber geräumt worden sind. Auf jeden Fall aber sind auf dem Friedhof ein paar Hundert Menschen beerdigt. Wenn man jeden Abend ein Grab räumt, und mehr schafft man an einem Abend sowieso nicht, dann hat man die Knochen von drei Leichen da liegen, kreuz und quer durcheinander. Die muss man also am nächsten Abend sortieren und eventuell in drei kleine Kisten packen. Insgesamt ist man also mit einem Grab mindestens zwei Abende beschäftigt. Sie können sich also ausrechnen, wie lange ich für den ganzen Friedhof brauche. Jahre.‹

›Wirklich? Aber in den alten Gräbern findet man doch kaum noch was, oder?‹

›Nein, viel findet man nicht. Knochen, aber die liegen total durcheinander, und man weiß wirklich nicht, was zu wem gehört. Manchmal stößt man auf eine Leiche, um die die Würmer einen großen Bogen gemacht haben. Dann ist man erst recht bedient! Was macht man mit so einer mumifizierten Leiche? Lässt man dafür einen nagelneuen Sarg kommen? Und manchmal ist es auch genau umgekehrt. Davon kann ich ein Lied singen. Dann soll man jemanden ausgraben, weil die Hinterbliebenen im Nachhinein plötzlich bedauern, dass sie den Verstorbenen in einem Reihengrab dritter Klasse haben verscharren lassen, und ihn nun in einem Familiengrab erster Klasse beisetzen lassen wollen. Neulich hatte ich so einen Fall. Man fängt an zu graben, man findet hier und da noch Reste von einem Sarg, aber sonst nichts, absolut nichts. Es handelte sich wohlgemerkt um einen Schlepperkapitän der Firma Smit & Co., den man in seiner Galauniform beerdigt hatte. Ich dachte, ich werde doch bestimmt ein paar kupferne Knöpfe oder das

Emblem von seiner Mütze finden. Aber nichts, absolut nichts. Dann steht man da und schaut ziemlich dumm aus der Wäsche. Es war einfach nichts mehr da, das ich noch hätte umbetten können.‹

›Wie hast du das Problem gelöst?‹

›Kann ich mich drauf verlassen, dass Sie es niemandem weitererzählen? Ich habe einfach ein paar Knochen aus der Beingrube in der vierten Klasse ausgegraben. Irgendwas muss man doch tun, und was Besseres fiel mir nicht ein. Tja, die Knochen hat man dann in einen neuen Sarg gelegt, man hat eine Uniform locker darum drapiert und hat sie dann mit feierlichen Reden, einem Pastor und Psalm 103 in der ersten Klasse erneut begraben.‹

›Aber wenn du auf dem katholischen Friedhof auf leere Gräber stoßen würdest, dann wäre das dort nicht so schlimm?‹

›Nein, das stimmt, dort nicht.‹ Während ich das sage, kommt wieder ein Zettel von Rampenne angeflogen, den ich aber zum Glück fangen kann, ehe er auf dem Mantel des Bürgermeisters landet. Und darauf steht tatsächlich Johannes 1, Vers 30, sodass sofort klar ist, worüber die beiden diskutieren. Der Bürgermeister sieht sehr wohl, dass ich einen Zettel zerknülle, aber er sagt nichts dazu, sondern fährt fort: ›Ich denke, dass du es mit der Hand machen solltest. Du bekommst jede Unterstützung. Das Ganze ist, darüber bin ich mir im Klaren, eine schreckliche Arbeit, aber das Problem ist schlicht und einfach: Sie muss getan werden. Und es gibt außer dir niemanden, wirklich niemanden, der sie auch nur annähernd in deinem Geist erledigen könnte.‹«

»Und damit«, fuhr mein Vater fort, »fängt er doch noch an, auf mein Gemüt einzuwirken, aber ich sage jedes Mal zu ihm: Ich bin bereit, die Aufgabe zu übernehmen, aber nur mithilfe eines Klein-Seilbaggers, und das machte ihn dann immer wieder für einen kurzen Moment sprachlos. Er hatte sich gründlich auf einen völlig Unwilligen vorbereitet, nicht aber auf den Wunsch nach einem Klein-Seilbagger. Daraufhin versucht er, mich einzuwickeln. Dass wir uns doch alle drei Wochen bei der Männervereinigung ›Schrift und Bekenntnis‹ sähen, dass wir einander als Gemeindeangestellte, als Kollegen, als Brüder in die Augen sehen könnten … jaja, das war seine Taktik … so tun, als ob wir zusammen, auf der Basis der Gleichheit, diese Arbeit erledigen müssten, er als Bürgermeister und ich als Grabmacher. Gemeinsam packen wir an.«

Feierlich stellte mein Vater seinen Becher beiseite und zog auffallend ruhig an seiner Zigarette. Dann klang seine Stimme, als läse er aus der Bibel vor: »Eine solche Aufgabe … man legt keine Ehre damit ein, ganz zu schweigen davon, dass man einen Orden dafür bekommt. Wer eine solche Arbeit erledigt, gesellt sich zu den Verstoßenen, sein Name darf nicht erklingen. Er wird zuschanden werden, zum Sprichwort, zur Fabel und zu einem Fluch. Er muss ihre Schande tragen mit denen, die in die Grube gefahren sind, und er wird zerbrochen werden mit jenem, der den Gottlosen für nichts achtet.«

Mein Vater schaute eine Zeit lang mit einem seltsamen, schmunzelnden Lächeln vor sich und sagte dann mit seiner normalen Stimme: »Trotzdem hätte er es fast geschafft, denn man steht dort zusammen in der herrlich warmen Sonne, und man denkt: Was soll's, ich tu dem armen, alten Mann den Gefallen. Letztendlich wird auch er nur geschickt. Man halst ihm auch nur eine Scheißarbeit auf. Überrede du mal den Grabmacher, den römisch-katholischen Friedhof zu räumen und zu verlegen. Und die ganze Zeit über steht man da und hat Schiss, dass der Reiher plötzlich auftaucht und zu kreischen anfängt. Man denkt also: Wenn ich ja sage, geht er bestimmt. Und außerdem geht einem wegen Rampenne und Ginus die Muffe ... ja, ja, und hinzu kommt noch, dass ich Schwartz wirklich nett finde ... ich meine: Ich habe schon so viele Bürgermeister erlebt. Das sind immer so hohe Tiere, Bonzen, aber er ... überhaupt kein Bonze, sondern einfach nur ein ganz patenter Bursche. Kommt immer treu ins Seemannshaus, zum Männerverein. Ist überhaupt nicht eingebildet, nicht von oben herab, hat nichts Machthaberisches. Ich hätte mich also beinahe doch weichklopfen lassen, denn ehe man sich versieht, hat man auf einmal ja gesagt, das ist schnell passiert, es ist nur ein winziges Wort, das einem wie von selbst über die Lippen kommt, und dann hat man den Salat und kann nicht wieder zurück. Wie dem auch sei, ich habe mich jedenfalls Schrittchen für Schrittchen in Richtung Ausgang bewegt, denn ich wollte ihn gern vom Grab runterhaben, und er folgt mir, und während wir dort gemütlich zwischen den Gräbern dahinschlendern, kitzelt das Wörtchen mich bereits hinten in der Kehle, liegt mir schon auf der Zunge und will heraus, doch da taucht plötzlich Ginus, der hinter den Sträuchern entlanggeht, ganz kurz zwischen den Rhododendronzweigen auf, und der Bürgermeister sagt zu mir: ›Ach, dein Kollege! Gestern vom Abendmahltisch weggeschickt. Wie geht es ihm?‹

›Wir haben heute Morgen kurz darüber geredet‹, erwidere ich, ›aber dann hat er sich an die Arbeit gemacht. Bestimmt hat es ihn schwer getroffen. Noch haben sie ihn nicht kleingekriegt, aber lange dauert es nicht mehr.‹ Und während ich das sage, denke ich: Mich hättet ihr tatsächlich beinahe kleingekriegt, um ein Haar hätte ich Ja gesagt. In diesem Moment kommt Ginus auf uns zu, und der Bürgermeister gibt ihm die Hand. Die beiden kommen ins Gespräch und unterhalten sich über das Heilige Abendmahl, und plötzlich sage der Bürgermeister zu Ginus: ›Wie wäre es, wenn du bei der Männervereinigung ›Schrift und Bekenntnis‹ mal einen Vortrag über deine Vorstellungen von der Vergebung der Sünden halten würdest? Ich meine: Wir sind dort unter uns. Presbyter sind nicht dabei, die haben mit Kirchenratsversammlungen, Hausbesuchen und dergleichen schon genug zu tun. Wir können uns also in aller Ruhe unterhalten. Du berichtest uns, wie du über dieses Thema denkst, und wir stellen dir nach einer Pause ein paar gezielte Fragen und sagen vielleicht, wie wir darüber denken.‹

›Das ist eine ganz wunderbare Idee‹, sage ich und denke sogleich: Es müsste doch mit dem Teufel zugehen, wenn es uns, vierzig gestandenen Bibellesern, dort im Seemannshaus nicht gelingen würde, ihn auf andere Gedanken zu bringen. Und während mir das durch den Kopf geht – und ich Rampenne Gott sei Dank den Friedhof verlassen sehe –, sagt der Bürgermeister ganz nebenbei zu mir: ›Also, Bruder, du machst es?‹ Da hat er mich also doch beinahe am Wickel! Denn ich sage – wir standen inzwischen wieder in der Nähe des Grabes von Frau Rabenvanger, und ich bemerke einen Riesenklumpen frischen Taubendreck am Kinn von Jesus –, ich sage, ohne nachzudenken und besorgt wegen des elenden Reihers: ›Ja, natürlich.‹ Woraufhin er erwidert: ›Sehr schön, das wäre also geregelt.‹ Dieweil betrachte ich die frische Taubenscheiße, und es sieht fast so aus, als würde die Sonne darin ertrinken, so glänzt und funkelt die widerliche dünne, weiße Kacke in ihrem Licht, und ich denke: Verdammter Mist, jetzt kann ich endgültig nicht mehr zurück, und darum sage ich rasch: ›Aber nur mit einem Klein-Seilbagger.‹

›Ich werde das Ganze noch mal mit Herrn Kloet, Herrn Alers und auch mit dem Herrn Pfarrer besprechen‹, sagt der Bürgermeister.

Als er weg war, bin ich zu Ginus gegangen, um ihm von meinem Leid zu berichten. Er hat gesagt: ›Ich verstehe nicht, wie du bei den anderen ohne jede Schwierigkeit hart bleiben kannst, während der Bürgermeister es beinahe geschafft hätte, dich rumzukriegen.‹ Darauf habe ich erwidert: ›Dieser Pfarrer, tja, das ist wirklich ein überaus freundlicher Mann, dem man seinen letzten Cent geben würde; da vergisst man leicht, dass er für eine ganz üble Bande arbeitet. Wenn sie könnten, dann würden sie uns sofort wieder auf den Scheiterhaufen schleppen. So einem gebe ich niemals meine Zustimmung. Herr Kloet und Herr Alers, das sind unsere direkten Vorgesetzten, und ich habe noch nie jemanden getroffen, der nicht der Ansicht gewesen wäre, dass sein Chef ein großer Schurke ist. Da fällt es mir also auch leicht, Nein zu sagen. Aber bei einem so freundlichen alten Bürgermeister, einem Mann, der schon bald pensioniert wird und der einem ins Gemüt redet und den man alle drei Wochen bei Schrift und Bekenntnis trifft und von dem man weiß, dass man ihn irgendwann beerdigen wird … da ist das schon was anderes.‹«

23

»Es ist verdammt schade«, sagte mein Vater ein paar Tage später, »aber wir haben unseren Vorschlag leider nicht durchsetzen können. Der Bürgermeister nicht, ich nicht, und zusammen haben wir es auch nicht geschafft. Obwohl es doch … aber was will man machen, er ist niemals Mitglied von ›Schrift und Bekenntnis‹ gewesen, und darum kann ich durchaus nachvollziehen, dass sie sagen: Dieser Bruder braucht bei uns keinen Vortrag zu halten. Aber deswegen müssen sie doch nicht gleich über ihn schimpfen! Deswegen müssen sie dem Bürgermeister und mir nicht ständig vorhalten, dass er von Hause aus christlich-reformiert ist! Gut, ich bin auch nicht in allem seiner Meinung, aber er ist ein Prachtkerl, in ihm steckt nichts Böses, und er ist nun mal in seinem Innersten vollkommen davon überzeugt … nein, wirklich, wie sie dort im Seemannshaus über ihn geschimpft haben … und auch über seine Tochter. ›Er leugnet die Gottheit Christi‹, haben sie gesagt. Aber das stimmt überhaupt nicht. Er betont nur immer wieder, dass man im Evangelium keine Stelle findet, wo Jesus selbst sagt, dass er gekommen ist, um am Kreuz für unsere Sünden zu büßen. Das ist alles, und man kann sagen, was man will, aber recht hat er, es steht nirgends, man findet es nur bei Paulus. Was wollen sie also? ›Er leugnet die Gottheit Christi, er behauptet, Jesus sei ein gewöhnlicher Mensch gewesen …‹ Ach, reden wir lieber nicht mehr davon, das ist alles … tja, es wäre gut gewesen, wenn sie ihn im Seemannshaus seinen Vortrag hätten halten lassen … jetzt ist er schwer … mit dem Verweis vom Abendmahltisch haben sie ihm hart zugesetzt, das hat ihm einen eiskalten Schrecken in die Knochen gejagt ... wenn man ihm früher samstags den Auftrag gegeben hat, mit der Harke schöne Streifen in den Kies zu ziehen, damit es am Sonntag ordentlich aussieht, dann hat er schnurgerade Linien gezogen ... und jetzt sieht es manchmal so aus, als hätte er ordentlich einen in der Mütze gehabt ... und wenn er ein Grab gräbt, dann muss man daneben stehen bleiben, sonst buddelt er irgendein tiefes Loch, in dem man auch das große Shetlandpony des Scherenschleifers begraben kann ... ach, ach ... und wie er manchmal im Bahrhäuschen dasitzt. Zwei Arbeiterpranken stützen den Kopf, sonst würde er ihm runterfallen. Na ja, wie man hört, kommt am Donnerstag ein Professor der Freien Universität von Amsterdam. Vielleicht gelingt es dem ja, das Ganze noch irgendwie hinzubiegen.«

An diesem Donnerstagabend stand mein Vater praktisch gleich nach dem Essen am Fenster meines Mansardenzimmers.

»Licht aus!«, kommandierte er.

»Ich muss meine Hausaufgaben machen«, wandte ich ein.

»Die kannst du nachher erledigen, wenn der Universitätsmensch weg ist.«

»Nein, ich habe so viel ...«

»Dann geh nach nebenan, ich muss sehen, wie der Professor ihn sich vornimmt.«

»Du hörst doch sowieso nicht, was gesprochen wird.«

»Macht nichts, man kann an den Gesichtern erkennen, was so passiert«, brummte mein Vater, »man kann ihre Gesten sehen, man braucht gar nicht zu hören, was gesagt wird.«

»Es ist halb sieben. Der Professor kommt erst um acht.«

»Das stimmt nicht, er muss heute Abend noch mit dem

Zug zurück nach Amsterdam, er steht garantiert schon bald bei Ginus vor der Tür.«

»Na, dann setze ich mich eben nach nebenan«, sagte ich beleidigt.

»Ich sag dir Bescheid, wenn er kommt.«

Meine Physikaufgaben hatte ich erledigt und auch schon eine Lektion *Schwere Wörter* gepaukt, als mein Vater aufgeregt die Tür aufriss.

»Er ist da!«, rief er. »Komm, schau dir das an, ein rothaariger Kerl, die Roten und die Fahlen, die sind wie Donnerstrahlen, schau dir das an.«

Ich ging hinter meinem Vater in mein zappendusteres Mansardenzimmer hinüber. Im hellgelben Licht des Kronleuchters saßen sich Ginus und sein Besucher am Tisch gegenüber. Auf der roten Samtdecke lagen zwei aufgeschlagene Bibeln.

»Dieser Kerl«, sagte mein Vater, »weißt du, wer das ist? Der Rote? Das ist Professor Schippers. Warum schickt man denn den zu Ginus? Er hat ein Buch geschrieben, *Die reformierte Sittlichkeit*. Der ist doch kein Dogmatiker! Und was für einen Kopf der hat! Würde man die ganzen Haare abrasieren, könnte man damit zwei Kissen füllen, na, mal schauen, ob er Ginus ein wenig ins Gemüt reden kann, ob er all die komischen Ideen aus seinem Kopf heraus bekommt.«

Vorerst war nichts anderes zu sehen als zwei Männer, die einander am Tisch gegenübersaßen und sich in Ruhe unterhielten. Ginus' Frau brachte Kaffee. Während ich dort neben meinem Vater stand und zu den Nachbarn hinüberspähte, summten mir ein paar Zeilen aus einem Psalm durch den Kopf: »Wenn du ins Recht wollt'st schreiten, oh Herr, und dir ansehen all unsre Ungerechtigkeiten, ach, wer könnt' dann bestehen?« Es war, als schaute Gott, während wir Ginus und seinen Gesprächspartner beobachteten, seinerseits auf uns herab und schüttelte dabei wütend den Kopf. Zugleich war es, als sei das riesengroße Universum, in dem wir lebten, nur die Kulisse für das kleine Wohnzimmer in der Pieter Schimstraat, wo sich zwei Männer friedlich unterhielten und der Hund mit geschlossenen Augen neben dem glühenden Ofen zusammengerollt in seinem Körbchen lag.

»Die Diskussion ist noch nicht besonders hitzig«, sagte mein Vater. »Wie es aussieht, führen sie ein durch und durch freundliches Gespräch, alles läuft wie geschmiert, na, das freut mich für Ginus, im Moment kann er nicht noch mehr verkraften ...«

Er drückte mit der Stirn so fest gegen das Mansardenfenster, dass das Glas in der Nut knackte.

»Pass auf«, sagte ich, »gleich fliegt die Scheibe raus.«

»Ach was«, sagte mein Vater. »Schau ... siehst du ... sie fangen an zu blättern ... ob der Rote vielleicht doch ... Ginus würde bestimmt komisch gucken, wenn der Rote es verstünde, doch noch ein Wörtchen aus dem Evangelium zu fischen, aus dem hervorgeht ... Sühneblut ... Kreuzestod ... stellvertretendes Leiden ... Opfer ... Sünde ... Vergebung ...«

Die Stimme meines Vaters verlor sich wie der Dampf, der langsam aus den unangerührten Kaffeetassen neben den aufgeschlagenen Bibeln aufstieg. Bald hörte ich ihn aber wieder: »... Sünde ... Sünde ... Jesu sühnendes Sterben ... in welchem Buch sie wohl herumblättern? Ziemlich weit hinten, wie es scheint. In den Briefen des Apostels Paulus? Hast du, roter Bastard, etwa geglaubt, damit könntest du ihn überzeugen? Paulus? Apostelgeschichte 27 ... aber der Unterhauptmann glaubte dem Steuermann und dem Schiffsherrn mehr denn dem, was Paulus sagte ...«

Mein Vater schwieg eine Weile; der Fensterrahmen quietschte Unheil verkündend, dann fuhr er fort: »Hol doch mal die Hochzeitsbibel. Wenn wir mitblättern, finden wir vielleicht, wo der Rote …«

Er wartete nicht, bis ich die Treppe runterging, sondern rannte selbst nach unten, polterte dann wieder die Treppe hinauf und rief: »Blättern sie noch?«

»Ja«, antwortete ich.

»Sehr schön.« Mein Vater presste wieder die Nase gegen die Scheibe und blätterte in der großen Hochzeitsbibel.

»Bei welcher Bibelstelle sind sie nur?«, brummte er ungeduldig. »Ich wollte, ich … ha, sie sind ziemlich weit hinten, aber wo? Im Brief an die Hebräer? Könnte man da etwas finden, was Ginus von seinen verrückten Ideen abbringt … die Aufzählung der Glaubenshelden … nein, nein, wenn du mich fragst, sind sie irgendwo noch weiter hinten … in den kleinen Mistbriefen am Ende … von Jakobus, Petrus und Johannes … tja, die letzten beiden Briefe von Johannes, da steht garantiert nicht die Bohne drin … und dieser Elendsbrief von Judas … kann auch direkt in den Mülleimer … ob der Rote da etwas rausholen will … Mann, lass mich zuschauen … oder sind sie bereits in der Offenbarung … nein, so weit sind sie noch nicht, sie schnüffeln in den kleinen Briefen herum, hinter dem Hebräer … was für ein Elend, dass man nicht hören kann, was gesagt wird … da, sieh, jetzt deutet der Rote auf eine Bibelpassage, und noch eine, und noch eine, jetzt hat er bestimmt was gefunden, denn Ginus … da, sieh dir das an, allem Anschein nach weiß Ginus nicht sofort was zu erwidern, der Rote hat ihn am Schlafittchen. Die Frage ist nur, womit?«

Mein Vater bewegte seinen rechten Fuß aufgeregt auf dem Fußboden hin und her. Es sah fast so aus, als würde er mit dem Huf scharren. Er blätterte wie wild in der Hochzeitsbibel. Und so wie immer, wenn er sehr stark erregt war, begann er plötzlich zu hinken. Es war, als würde der Hund unten im Zimmer unserer Nachbarn ihn hören. Er setzte sich aufrecht ins Körbchen und richtete seinen melancholischen Blick nach oben.

»Womit hat er ihn bloß ... ich verstehe das nicht ... dieser Mann von der Freien Universität ... hat der jetzt wirklich ...« Und wieder erstarb die Stimme meines Vaters. Pausenlos starrte er zum Nachbarhaus hinüber.

Der rote Professor war aufgestanden, trank im Stehen seinen Kaffee, stellte die leere Tasse hin und gab Ginus die Hand.

»Sollte der Rote schon fertig sein?«, fragte mein Vater enttäuscht, »sollte er sein Oberstübchen jetzt schon geputzt haben? Und dafür sitze ich Wochen und Monate im Bahrhäuschen und rede mir den Mund fusselig, das kann doch nicht wahr sein ... nun ja, andererseits wäre es für Ginus sehr gut ... dann kann er wieder gerade Streifen ziehen, ein anständiges Grab graben und einigermaßen ordentlich Steine scheuern, aber ... aber ...«

Drüben unterhielten sich die Männer, die inzwischen beide aufgestanden waren, noch freundlich miteinander. Man konnte sehen, dass der Professor das Gespräch beenden wollte. Er neigte immer wieder den Kopf in Richtung der Wohnzimmertür. Ginus blätterte noch in der Bibel, der Professor schlug seine Bibel plötzlich zu, ging einen Schritt, öffnete die Wohnzimmertür und war weg.

»Der will verdammt gern nicht allzu spät wieder bei Muttern sein«, sagte mein Vater. »Wer will es ihm verdenken.«

Auch mein Vater klappte seine Bibel zu. Er sagte: »Na, ich werde morgen im Bahrhäuschen schon hören, mit welchem Text … ach, wie gern wüsste ich das … morgen werde ich es wohl erfahren … einen ganzen Abend und eine ganze Nacht warten … nein, das geht nicht, das kann ich nicht, ich geh einfach noch auf einen Sprung rüber, es ist noch früh am Abend, vielleicht möchte Ginus ja eine Runde Dame spielen, um sich zu erholen.«

Mein Vater ging die Treppe hinunter. Ich hörte unsere Haustür ins Schloss fallen. Nicht mal eine Minute später ging die Tür wieder auf. Ich hörte die Stimme meines Vaters, dann Ginus' Stimme. Letzterer sagte: »Ich dachte: Ich geh noch kurz zu meinem Chef rüber, vielleicht will er ja noch eine Runde Dame spielen, und dabei kann ich ihm dann gleich erzählen, womit der Professor angekommen ist.«

Während sie die Spielfiguren aufstellten, ging ich ins Wohnzimmer und verschanzte mich mit *Ut mine Stromtid* von Fritz Reuter in dem hohen Lehnstuhl neben dem Ofen. Die Steine lagen noch nicht alle auf dem Brett, da sagte Ginus bereits: »Weißt du, was der Professor gesagt hat? Er sagte: ›Petrus ist als Jünger ein paar Jahre mit Jesus umhergezogen. Wenn es also einen gibt, der weiß, was unser Heiland gesagt und gemeint hat, dann doch wohl er. Zweifellos hat Jesus viel mehr gesagt, als in den Evangelien wiedergegeben wird.‹ Tja, man will so einem Mann ja nicht gleich widersprechen, und darum sagte ich zu dem Prof: ›Das stimmt, bei Johannes steht, dass Jesus noch viele andere Dinge getan hat, Johannes 21, Vers 24.‹

›Genau, du sagst es‹, erwiderte der Professor, ›wenn wir das als sicher annehmen, dann können wir also davon ausgehen, dass er Petrus, auch wenn dies nicht ausführlich in der Bibel erwähnt wird, gesagt hat, warum er gekommen ist. Und ebendieser Petrus sagt in seinem ersten Brief: ‚Sintemal auch Christus einmal für unsere Sünden gelitten hat, der Gerechte für die Ungerechten, auf dass er uns zu Gott führte.‘‹«

»Aha, ihr habt also in den Petrus-Briefen geblättert, als ihr ...« Die Stimme meines Vater erstarb, und ich wusste, warum. Ihm war eingefallen, dass Ginus aus seiner Bemerkung den Schluss ziehen konnte, dass wir oben gelauert hatten. Aber Ginus hörte nicht auf das, was mein Vater sagte, sondern schob seine weißen Steine über die schwarzen Felder und murmelte: » ... welcher unsere Sünden selbst hinaufgetragen hat an seinem Leibe auf das Holz, auf dass wir, der Sünde abgestorben, der Gerechtigkeit leben ...«

»Jaja«, sagte mein Vater, »das ist 1 Petrus 2, Vers 24, und in Vers 21 steht ...

»... sintemal auch Christus gelitten hat für uns und uns ein Vorbild gelassen, dass ihr sollt nachfolgen seinen Fußstapfen ...«

»Tja«, sagte mein Vater, »es ist nur zu traurig, dass ich nicht auf den Gedanken gekommen bin, dir die Petrus-Briefe um die Ohren zu schlagen. Dann hätte ich dich schon früher überzeugen ...«

»Überzeugen?«, fiel ihm Ginus ins Wort. »Mich überzeugen? Er hat mich überhaupt nicht überzeugt. Wenn man die beiden Briefe des Petrus genau liest ... ich habe mich darüber schon so oft gewundert ... in den beiden Briefen kommt das Wort ›Kreuz‹ nirgendwo vor, dort steht gar nichts über Jesu Tod am Kreuz.«

»Aber natürlich«, entgegnete mein Vater, »du hast es gerade selber gesagt ... ›welcher unsere Sünden selbst hinaufgetragen hat an seinem Leibe auf das Holz‹.«

»Das Holz? Meint Petrus mit ›das Holz‹ sein Kreuz? Warum sagt er das dann nicht? Und warum sagt er: ›... welcher unsere Sünden selbst hinaufgetragen hat an seinem Leibe auf das Holz‹?«

»Ja, so steht es in dieser elenden neuen Übersetzung«, erwiderte mein Vater. »In der alten Übersetzung steht: ›Welcher unsere Sünde selbst geopfert hat an seinem Leib auf dem Holz‹.«

»Als ob das deutlicher wäre.«

»Aber sicher, er hat unsere Sünden ans Kreuz getragen.«

»Du liest wieder mit der Kreuzesbrille auf der Nase«, sagte Ginus entrüstet, »da steht nicht Kreuz, da steht Holz. Welches Holz, was für Holz?«

»Das Holz des Kreuzes«, sagte mein Vater.

»Und warum steht das dann nicht da? Warum steht da nicht: ... der zur Vergebung unserer Sünden ans Kreuz genagelt worden ist? Da steht: ›... welcher unsere Sünden selbst hinaufgetragen hat an seinem Leibe ...‹ An seinem Leibe? Unsere Sünden an seinem Leibe? Was um Himmels Willen ist damit gemeint? Daraus wird doch kein Mensch schlau! Und anschließend steht dort: ›... auf dass wir, der Sünde abgestorben, der Gerechtigkeit leben.‹ Da steht überhaupt nichts von Vergebung, nichts, null Komma nichts, und in der anderen Passage auch nicht, da steht nur: ›... sintemal auch Christus gelitten hat für uns und uns ein Vorbild gelassen, dass ihr sollt nachfolgen seinen Fußstapfen ...‹«

»Aber dort steht auch, in Kapitel 3, Vers 18: ›Sintemal auch Christus einmal für unsere Sünden gelitten hat ...‹«

»Ja, und was kommt danach«, schrie Ginus erregt, »was kommt danach? Da steht: ›auf dass er uns zu Gott führte.‹ Da steht also ausdrücklich nicht: um auf diese Weise die Vergebung unserer Sünden zu erreichen ... das steht eben nicht da ... da steht: ›auf dass er uns zu Gott führte‹. Also hat Jesus für unsere Sünden gelitten, damit wir begreifen, dass Gott, zu dem wir von ihm geführt wurden, uns vergibt, wie wir ... wie auch wir vergeben. So ist es und nicht anders.«

»Ich hatte ein wenig gehofft«, seufzte mein Vater, »dass der Rote in deinem Oberstübchen mal ordentlich aufgeräumt hätte, aber dem ist leider nicht so.«

»Als er vorhin reinkam, hat er zu mir gesagt, dass meine Gedanken nicht neu wären, dass man das gleiche schon früher, vor mindestens tausend Jahren, gesagt habe und dass die Kirche es damals als Ketzerei verurteilt habe. Aber er hat auch gesagt, dass es Jahrhunderte gedauert hat, bis es in der Kirche so richtig klar war, wie das mit der Sühne genau ist, und dass irgendein englischer Bischof, Anselm von ... wie heißt diese englische Stadt ... komm, hilf mir, na ja, ist nicht so wichtig ... dieser Anselm hat erst im zwölften Jahrhundert ... eine Stadt irgendwie am Rand ... na komm, hilf mir doch mal ...«

»Irgendwie am Rand?«, fragte mein Vater erstaunt.

»Ja, am Rand ... an der Kante ...«

»Canterbury«, sagte ich.

»Genau, Canterbury«, sagte Ginus, »Anselm von Canterbury ... jetzt weiß ich es wieder, dieser katholische Knacker ist als erster damit angekommen ... der hat im zwölften Jahrhundert die Sühnelehre zu Papier gebracht ... erst seitdem, davor wurde nämlich gelehrt ... aber das ist gar nicht so verwunderlich, denn es stimmt vorne und hinten nicht ... Christus ist gestorben, auf dass er uns zu Gott führt ... und das ist etwas völlig anderes.«

Ginus bewegte unruhig seine Spielfiguren. Es sah nicht danach aus, als würde an diesem Abend noch gespielt werden.

»Dieser Mann ...«, fuhr Ginus fort, » ... dieser Professor ... meint, mich mal schnell verblüffen zu können ... mit den zwei Petrus-Briefen ... als stünde es dort schwarz auf weiß ... war im übrigen aber ein netter Kerl, ganz ohne Zweifel, aber Petrus, die Briefe ... es ist gerade so unglaublich merkwürdig, dass in diesen beiden Briefen so entsetzlich wenig über das Leben und Sterben Jesu zu finden ist. Man sollte doch meinen, dies sei das Ergreifendste, was Petrus erlebt hat … die Kreuzigung … die Auferstehung … die Himmelfahrt … und er schreibt nichts darüber. Über das Kreuz findet man nicht ein einziges Wort, wirklich kein Wort.«

»Findet man doch«, entgegnete mein Vater.

»Nein«, sagte Ginus, »da steht nur: ›… welcher unsere Sünden selbst hinaufgetragen hat an seinem Leibe auf das Holz …‹ Sünden auf das Holz tragen … da wird doch keiner schlau draus … Wenn damit eigentlich gemeint ist: Der für die Vergebung unserer Sünden am Kreuz gelitten hat, warum drückt Petrus das dann so grauenhaft undeutlich aus? Auf das Holz. An seinem Leibe. Was soll man sich darunter in Gottes Namen vorstellen? Unsere Sünden an seinem Leibe?«

24

»Wenn Ginus nun in Zukunft die Klappe hält«, sagte mein Vater, »dann ist mit ihm bald wieder alles im Lot. Der Mann von der Freien Universität ist mit dem Eindruck zurück nach Amsterdam gefahren, dass er ihn mit den Petrus-Briefen ziemlich beeindruckt hat. Das hat der Rote ganz bestimmt auch unserem Kirchenrat berichtet, und wenn der sich jetzt ein wenig zusammennimmt, dann haben wir den ganzen Ärger hinter uns. Ginus jedenfalls geht es wieder erheblich besser, er ist schon fast wieder der Alte. Wenn man ihm aufträgt, alle Buchstaben auf dem Grabstein von Duifje Dirkzwager ordentlich zu polieren, muss man keinen Bammel haben, dass er aus Versehen den Stein daneben einer Behandlung unterzieht. Und seine Streifen im Kies waren heute auch wieder ziemlich gerade.«

Es zeigte sich aber, dass mein Vater die Situation zu optimistisch eingeschätzt hatte. Gewiss: Das Gespräch mit Professor Schippers hatte Ginus gutgetan. Er war aus den Tiefen des Elends wieder emporgestiegen. Aber er war nun streitlustiger als vor dem denkwürdigen Abendmahlssonntag und hielt manchmal auf dem Markt oder in der Hoogstraat einen Presbyter oder Diakon an, um ihn in ein Gespräch zu verstricken. Wiederholt sah ich, wie er, heftig gestikulierend, im ersten Licht der Frühlingssonne auf der Havenkade oder auf dem Dach des Abwasserpumpenhäuschens einen Ältesten ansprach und auf ihn einredete. Es war, als suchte er nun von sich aus den Konflikt mit dem Kirchenrat, als könnte er die dritte Ermahnung nicht mehr abwarten, die ihm, wenn er sich nicht bekehrte, vermutlich noch vor dem Sommer von der Kanzel herab zuteil werden würde.

In seinem Wohnzimmer erschienen an windigen Frühlingsabenden Presbyter, die meist schon früher bei ihm gewesen waren und die mitunter so lange mit Ginus diskutierten, dass selbst mein Vater nicht die Geduld aufbrachte, sie den ganzen Abend zu beobachten.

»Er ist ein Hornochse«, sagte mein Vater wiederholt. »Das Letzte, was er tut, ist, die Klappe zu halten. Er versucht einfach, die Presbyter zu provozieren, er ist darauf aus, ihnen alle Ecken und Winkel des Neuen Testaments zu zeigen. Man begreift es nicht. Es ist, als ob er besessen wäre. Mit mir will er auf dem Grab auch die ganze Zeit darüber reden. ›Ginus‹, sage ich dann, ›halt den Rand, sonst kannst du allein räumen.‹ Es ist schade, dass ihm diese Arbeit so zuwider ist. Mir selbst ist sie auch zuwider, und wenn er nicht auch eine solche Abneigung dagegen hätte, dann könnte ich diese Scheißarbeit ihm ganz allein überlassen. Tja, hinzu kommt noch ... er raucht nicht, und wenn man nicht raucht ... wenn man sich eine Fluppe anmacht, stört einen der Gestank viel weniger.«

An einem warmen, diesigen Sonntag im Frühsommer geschah, was offenbar unvermeidlich war. Zwei riesige Sträuße rosaroter Gladiolen schmückten den Abendmahltisch. Hinter den Sträußen dröhnte die knarrende Stimme von Pastor Baarvink von der Kanzel herab:

»Geliebte im Herrn. Der Kirchenrat hatte bereits zweimal die traurige Pflicht, der Gemeinde mitzuteilen, dass Bruder Gilkinus van Diepenburch sich fortwährend versündigt, indem er das einzigartige Opfer Christi leugnet, und dass er wegen offensichtlicher Unbußfertigkeit nicht nur vom Heiligen Abendmahl ausgeschlossen wurde, sondern der Kirchenrat auch die notwendigen Schritte für seinen Ausschluss einleiten werde. In Anbetracht der Tatsache, dass bei diesem Bruder bis heute kein Zeichen von wahrhafter Bekehrung zu sehen ist, sondern im Gegenteil die vielfältigen Bestrafungen und Ermahnungen ohne Folgen geblieben sind, wird der Ausschluss weiter betrieben werden und euch dies zum dritten und letzten Mal mitgeteilt und euch kundgetan, dass er, wenn er sich nicht doch noch bekehrt, vor Ende des Jahres aus der Gemeinschaft der Kirche ausgestoßen wird. Wir rufen euch zum letzten Mal mit größtem Ernst dazu auf, ihn zu ermahnen und feurig für ihn zu beten, dass es dem Herrn gefallen möge, ihn doch noch zur Bekehrung zu führen, damit er sich nicht bis zum Äußersten verhärtet.«

Als wir verdattert die Kirche verließen, sagte mein Vater: »Ich werde versuchen, ihm beizubiegen, dass es jetzt drauf ankommt, seine Ehre zu wahren. Ehe sie ihn tatsächlich verbannen, sollte er lieber die Gemeinschaft der Kirche von sich aus verlassen.«

»Das wird er doch bestimmt tun«, meinte meine Mutter. »Er wird es doch nicht darauf ankommen lassen?«

»Wenn er das täte, wäre er der erste, bei dem ich das erlebe«, sagte mein Vater. »Sogar Frau Spijker ist seinerzeit ausgetreten, ehe man sie nach der dritten Ermahnung verbannt hat, und die hat doch ...«

Leider behielt mein Vater gerade noch rechtzeitig für sich, was das Vergehen von Frau Spijker gewesen war. Wir gingen über die Brücke des Noordvliet. Das Wasser kräuselte sich ungestüm und beängstigend im grellen Licht der tief stehenden Frühlingssonne. Und dieselbe unbändig scheinende, aber alles andere als wärmende Sonne tauchte auf dem Marktplatz auch die Fassade des Lunchroom Strijbos in feurige Glut. Auf einer der breiten Fensterbänke hockte ein Mädchen, als säße sie im Damensattel. Über ihr taumelten, flogen, kullerten kleine weiße Wolken, die hinter den Fernsehantennen und Schornsteinen auftauchten und rasend schnell in Richtung Nieuwe Waterweg verschwanden.

Ich spürte, wie meinem Vater der Atem stockte. Mein Atem stockte auch. »Wer ist das?«, flüsterte er und beantwortete die Frage gleich selbst: »Seine Tochter.« Mit gedämpfter Stimme fügte er hinzu: »Schau dir nur an, wie sie dasitzt. Bestimmt weiß sie es noch nicht.« Mir schien, dass sie, wenn sie gewusst hätte, was in der Kirche über ihren Vater vorgelesen worden war, genauso dagesessen hätte. Lässig – ihre Füße berührten kaum den Boden, es sah so aus, als schwebte sie – hing sie auf der breiten Fensterbank und rauchte eine Zigarette. Es war, als machte die Sonne selbst ihr den Hof, als fiele ihr ganzes Licht auf sie. Sie ähnelte ihrem Vater so sehr, dass man es fast nicht begreifen konnte, dennoch ein Mädchen vor sich zu haben. Ein Mädchen, das nie und nimmer berührt oder verletzt werden konnte von einer elenden kirchlichen Ermahnung. Jemand wie sie war unantastbar, unerreichbar.

Warum saß sie dort? Auf wen wartete sie? Nie werde ich es erfahren, doch ich werde auch nie diesen windigen, strahlenden Frühlingstag vergessen, einen Tag, an dem man, wenn es nicht Sonntag gewesen wäre, den Drachen aus dem Schrank geholt hätte. Ich brauche kein Foto, um klar und scharf vor mir zu sehen, wie sie dort saß, in ihrem weit offenen roten Mantel, unter den gaukelnden schneeweißen Wölkchen, die – aus einem unerschöpflichen Vorrat immer wieder nachgeliefert – mit atemberaubender Geschwindigkeit am Himmel entlangtrieben.

25

In der sengenden Sommersonne schlenderte ich, nachdem ich im Schwimmbad gewesen war, über das mit Basaltsteinen befestigte Flussufer. Die Fähre wurde beladen. Bevor der rote Linienbus, der die Inseln bediente, auf das Schiff fuhr, trabte ein Hund unbekümmert über die breite Laufplanke. Ich hörte einen Matrosen fluchen, und dann schrie er: »Da ist dieser Dreckskötter wieder. Verdammt, jetzt reicht es aber wirklich! Unterwegs schnapp ich mir das Vieh und werf es über Bord, damit diese elende Töle endlich ersäuft.«

Ich sah, wie der Hund seelenruhig zwischen den Radfahrern hindurch, die auf dem Deck zusammenrückten, zum Heck lief. Wieder vernahm ich dieselbe gereizte Stimme – offenbar auf etwas antwortend, was einer der Passagiere gesagt hatte: »Nein, gar nicht, der Hund gehört niemandem, der kommt immer ganz allein, läuft auf die Fähre, springt auf der Insel wieder runter, rennt eine Weile umher, um sich was zu fressen zu suchen, und fährt dann wieder ohne zu bezahlen zurück. Es ist zum Kotzen.«

Ich konnte nicht hören, was der Passagier sagte.

»Nein, nein«, sagte die Stimme, »er fährt schon seit Jahren mit uns hin und her. Jedes Mal sieht man ihn übers Deck schleichen. Damit muss jetzt endlich Schluss sein.«

Der rote Linienbus fuhr auf die Fähre. Wenn er an Bord war, wurde garantiert sofort die Laufplanke hochgezogen. Gleich hinter dem Bus, sodass die Besatzung mich nicht sehen konnte, schlüpfte ich auf die Fähre. Man musste ziemlich geschickt sein, um gratis mitfahren zu können, doch wenn man nicht bemerkt wurde, wenn man an Bord ging, gelang es jedes Mal. Mir ging es übrigens nicht darum, einen kostenlosen Bootsausflug zu machen. Ich war ohne groß nachzudenken an Bord gegangen, und erst als ich mich, nach dem Hund suchend, zwischen den Radfahrern hindurchzwängte, wurde mir klar, dass ich ihn vor dem Matrosen beschützen wollte. Das Tier war spurlos verschwunden. Ich schob mich an den Autos vorbei. Wenn die Fähre so unglaublich voll war wie heute, konnte man davon ausgehen, dass man nicht bezahlen musste, vorausgesetzt, man hielt sich von den Fahrkartenverkäufern fern. Im Übrigen hatte ich sowieso keinen Cent in der Tasche. Damals hatte ich nie Geld dabei.

Dann entdeckte ich hinter einer großen Taurolle den Hund. Er bemerkte mich ebenfalls, bellte erfreut und wedelte mit dem Schwanz. Und sogleich vernahm ich die harte Stimme: »Wo steckt dieses verdammte Mistvieh? Jetzt ist es so weit, jetzt hat sein letztes Stündlein geschlagen. Es ist Ebbe, da herrscht eine kräftige Strömung. Mitten auf dem Fluss geht der Hund über Bord, dann schafft er es garantiert nicht, ans Ufer zu schwimmen. Na, den werde ich … den werde ich …«, und ich sah den Matrosen hinter dem hohen Steuerhaus auftauchen. Wütend Fahrräder zur Seite drückend, bewegte er sich in die Richtung, aus der das Bellen gekommen war. Der Hund sah ihn näher kommen und verstand sofort, dass ihm Gefahr drohte. Er sprang auf die Deckkästen und rannte zum Bug, wo ein anderer Matrose gerade die Trosse einholte. Der Matrose ließ die Leine los und versuchte, den Hund zu fangen. Der aber schlüpfte zwischen seinen Armen hindurch und schlängelte sich geschickt durch die Radfahrer in meine Richtung. Ein Radfahrer stellte in dem Moment, als der Hund an ihm vorüber wollte, sein Vorderrad quer. Der Hund jaulte und versuchte, über das Rad zu springen. Das gelang ihm nicht. Auch zwei andere Radfahrer stellten ihre Vorderräder quer, und dann stand er da, mitten auf dem Deck, völlig regungslos, den Kopf tief gesenkt und die Ohren flach nach hinten gelegt, und schaute mich verzweifelt an. Ich konnte ihn leise jaulen hören. Um zu ihm zu kommen, zwängte ich mich an dem Wagen des Petroleumhändlers vorbei. Dann stieß ich allerdings auf einen undurchdringlichen Wald aus Radfahrern. Nur auf einem Umweg, teilweise über die Deckkästen hinweg, konnte ich zu dem Tier gelangen. Ich kam allerdings erst bei ihm an, als der fluchende Matrose schon längst bei den Radfahrern stand, die den Hund mit ihren Vorderrädern eingeschlossen hatten.

»Jetzt geht er über Bord«, rief der Matrose.

»Muss das wirklich sein?«, fragte einer der Radfahrer.

»Und ob! Fährt immer hin und her, als wär's umsonst.«

»Aber dadurch hat doch niemand einen Nachteil.«

»Keinen Nachteil? Scheißt und pisst auf Deck, wo es ihm gerade passt. Wir sind Tag und Nacht damit beschäftigt, alles einigermaßen sauber zu halten. Jeder Scheißgaul, der an Bord kommt, meint, er müsse unbedingt an Deck alles vollscheißen. Und so ein Köter ist da nicht anders.«

»Ein Pferd hat natürlich Angst«, sagte der Radfahrer.

»Angst? Vor wem? Vor uns? Es hat verdammt noch mal nicht das Recht, Angst zu haben. Soll es doch an Land Angst haben. Und dieser Dreckskӧter, der ist alles andere als ängstlich, der läuft hier rum, als wäre er zu Hause … scheißt und pisst, wo es ihm passt … ängstlich? … Es ist ein Elend. Her mit dem vermaledeiten Vieh. Jetzt ist es aus und vorbei, jetzt geht es unweigerlich ein für allemal über Bord. Hier ist die beste Stelle, mitten auf der Maas. Von hier schafft der Hund es niemals, ans Ufer zu schwimmen. Dann ersäuft es endlich, das verdammte Biest.«

Ich schob ein Vorderrad zur Seite, und der Hund sprang aus seiner gekrümmten Haltung hoch. Ich breitete schon die Arme aus, noch ehe ich daran dachte, dies zu tun. Das Tier landete in meinen Armen, ich drückte es an mich und versuchte, mich rückwärts zu bewegen.

»Gott verdammt noch mal«, schrie der Matrose, »bleibst du wohl mit deinen Drecksfingern von dem Scheißköter! Komm her, rück das Mistvieh raus, das ist überhaupt nicht dein Hund, her damit, er muss über Bord.«

»Nein«, sagte ich.

»Wie nein? Komm her! Ich habe gesehen, wie du dich an Deck geschlichen hast, hinter dem Bus. Kauf erst mal eine Fahrkarte.«

»Ist das dein Hund?«, fragte ein Radfahrer.

»Nein, er gehört unseren Nachbarn«, erwiderte ich.

»Ach, so ist das«, sagte der Radfahrer.

Wir näherten uns der Anlegestelle. Nicht mehr lange, dann waren wir der Insel so nahe, dass der Hund, auch wenn er über Bord geworfen wurde, zum Ufer schwimmen konnte. Das bemerkte auch der Matrose. Wütend drückte er die Radfahrer zur Seite. Er machte zwei Schritte, stand nun vor mir und verpasste mir einen derart harten Faustschlag gegen die linke Schulter, dass ich den Hund loslassen musste. Der Matrose riss mir das jaulende Tier aus den Händen, klemmte es mit dem linken Arm an seinen Rumpf und hielt es dabei am Nackenfell fest.

»Nein«, schrie ich, »tun Sie das nicht!«

»Das ist überhaupt nicht dein Hund, du kleiner Dreckskerl«, schimpfte er, »das ist der Scheißhund von diesem verdammten Gottesleugner aus der Pieter Schimstraat, das muss jetzt endlich mal vorbei sein, verflucht noch mal, immer hin und her fahren, ohne zu bezahlen, mindestens zwei-, dreimal die Woche, und das schon seit Jahren.«

Um die Reling zu erreichen, musste er sich einen Weg durch die herumstehenden Radfahrer bahnen. Die rückten enger zusammen und ließen ihn bereitwillig und meist sogar erwartungsvoll grinsend vorbei. Es war, als freuten sie sich bereits diebisch auf das Schauspiel, das ihnen gleich geboten werden würde: ein Hund, der in den kräftigen Wellen des Flusses um sein Leben kämpft. Während ich ihm folgte, ging ich davon aus, dass der Matrose im letzten Moment davor zurückschrecken würde, den Hund ins Wasser zu werfen. Es schien mir undenkbar, dass so etwas passieren könnte. Es war Sommer, es war warm, die Sonne strahlte fröhlich. An Backbord leuchtete die Insel paradiesisch. Es war ein wenig schwül. Am Himmel hingen unbewegliche weiße Wolken. Einen Drachen hätte man nicht steigen lassen können, aber man konnte faul im Gras liegen und auf die Wellen starren. Nichts konnte einem Menschen oder einem Tier an so einem strahlenden Sommertag etwas anhaben.

Als der Matrose die Reling erreicht hatte und Anstalten machte, auf einen der weißen Kästen zu klettern, war ich nicht nah genug an ihm dran, um seinen Arm oder sein Bein zu packen. Neben einem niedrigen Fahrrad stand ein graues Schulmädchen. Ich fragte sie nicht erst, sondern ergriff den Gepäckträger ihres Fahrrads und rammte mit dem Vorderrad das linke Bein des kletternden Matrosen. Der Stoß reichte nicht aus, um ihn – mit dem anderen Bein stand er bereits oben auf dem Kasten – aus dem Gleichgewicht zu bringen. Er kippte zur Seite, ruderte kurz mit dem rechten Arm und bekam dabei mit der Hand die Reling zu fassen. Er lockerte dabei den Griff, mit dem er den Hund zwischen Arm und Körper geklemmt hielt, sodass der Hund sich nach mir umdrehen konnte. Nie werde ich diesen Blick vergessen. Wie er geschaut hat! Als hätte er längst alle Hoffnung fahren lassen.

»Na los, komm«, rief ich, »komm her!« Er wand sich hin und her, um sich zu befreien. Der Matrose schwankte noch kurz, fand dann sein Gleichgewicht wieder, zog sein linkes Bein nach, richtete sich auf dem Kasten zu voller Größe auf, packte den Hund beim Nackenfell und schleuderte ihn über Bord. Aus den Mündern der zuschauenden Radfahrer entwich ein gemeinschaftlicher tiefer Seufzer, ein Seufzer der Bewunderung, der Erleichterung, des Erstaunens.

Ich erreichte die Reling, schaute aufs Wasser, konnte den Hund nirgendwo entdecken und musste den Drang, hinterherzuspringen, unterdrücken. Ich sah nur das brodelnde, schäumende Wasser, hörte nur das Gekreische der immer wieder aufs Neue in das Kielwasser tauchenden Lachmöwen. Neben mir stand der Matrose; auch er schaute aufs Wasser. Es war, als hätte er all seine Wut zusammen mit dem Hund in den Fluss geschmissen. Er starrte recht betreten auf die im Sonnenlicht funkelnden Wellen und sagte dann zaghaft: »Da ist er.«

Ruhig schwimmend, als müsste er nur einen schmalen Wassergraben durchqueren, paddelte der Hund durch die Wellen. Dummerweise schwamm er nicht in Richtung Rozenburg, er schwamm zurück, und darum schrie ich: »Hierher!«

Der Hund hörte mich und änderte sogleich seinen Kurs.

»Du darfst nur nicht vergessen, dass sein Herrchen ein verdammter Gottesleugner ist«, sagte der Matrose, »er verdient es zu hundertzehn Prozent, dass sein Hund ersäuft. Ständig mitfahren … als wäre das alles umsonst.«

Wir hatten das Tier inzwischen weit hinter uns gelassen. Es schwamm schnurgerade auf die Insel Rozenburg zu, geriet aber, als wir anlegten, nicht weit vom Ufer entfernt in irgendeine hinterhältige Strömung, die es wieder vom

Ufer weg trieb. Voller Verzweiflung musste ich es mit ansehen. Ungeduldig wartete ich darauf, von Bord gehen zu können. Ich schaute mich um, ob nicht irgendwo am Ufer ein Ruderboot lag, konnte aber leider keins entdecken.

Mit einem lauten Schlag knallte die Laufplanke auf den Anleger. Als ich am Ufer der grünen Insel entlang lief, hörte ich jemanden rufen: »Heh, du musst noch eine Fahrkarte kaufen!« Ein Stück weiter, dort, wo das Ufer sanft zum Fluss abfiel, sah ich den Hund im Wasser schwimmen. Ab und zu verschwand sein Kopf in den Wellen. Dann tauchte ein riesiges verrostetes, hoch auf dem Wasser liegendes Frachtschiff auf. Niemand war an Deck. Obwohl kaum ein Lüftchen wehte, flatterten allerlei bunte Flaggen ungestüm an einer Leine, die vom Bug- zum Heckmast gespannt war. Am Flaggenmast auf dem Achtersteven hing ein merkwürdiges braunes Textilstück. War das auch eine Flagge? Es entfaltete sich jedes Mal kurz, wenn eine Brise vom Meer her wehte, und erinnerte dann sehr stark an meinen Drachen. Der Frachtkahn näherte sich rasch. Seine riesigen Bugwellen erfassten die im Wasser treibenden Leuchtbojen und ließen sie wild hin und her schwanken. Die erste Bugwelle erreichte nun den strampelnden Hund, sie hob das Tier in die Höhe, überspülte ihn vollständig, aber trug ihn zugleich viele Meter Richtung Ufer. Eine zweite Bugwelle verstärkte diese Wirkung noch. Von den rasch aufeinanderfolgenden Bugwellen getragen, kam der Hund rasch näher, während ich am Ufer entlang zu ihm hinrannte. Da drohte eine neue Gefahr. Die Bugwellen konnten ihn knallhart gegen die Basaltblöcke schmettern. Hastig zog ich Schuhe und Strümpfe aus und rollte die Hosenbeine hoch. Über die glitschigen Basaltblöcke ging ich hinunter zum Wasser. Die erste Welle klatschte gegen meine Beine. Ich ging einfach weiter, ins Wasser hinein. Zweimal musste ich meine Hose noch höher aufrollen, ehe der Hund, von den unbändigen Wassermassen getragen, in meine Reichweite kam. Als ich mich bückte, um das Halsband zu ergreifen, wurde ich von einer neuen Bugwelle erwischt. Ich rutschte auf den Blöcken aus, aber die nächste Welle drückte mich zurück, sodass ich, auch wenn ich bis über die Taille durchnässt war, wieder auf meinen Beinen stand. Ich hob den triefenden Hund aus dem Wasser und kletterte das Basaltufer hinauf, wobei ich ständig damit rechnete, von einer weiteren Bugwelle erfasst zu werden. Der Hund war so erschöpft, dass er mit geschlossenen Augen in meinen Armen lag. Weil sein Fell durch und durch nass war, wog er schwer wie Blei. Obwohl er mehr tot als lebendig zu sein schien, versuchte er doch mannhaft, mit dem Schwanz zu wedeln. Es gelang ihm nicht; nur die äußerste Spitze seiner Rute bewegte sich schwach hin und her. Und diese Spitze bewegte sich weiter, bewegte sich immer weiter, während ich, stolpernd und kriechend, den Basalthang Stein für Stein hinaufkletterte.

Etwas höher auf dem Hang, dort, wo die zähen Quecken wuchsen, konnte ich mich etwas leichter nach oben bewegen. Todmüde sank ich in die blühenden Grashalme. Der Hund atmete schwer. Ich legte ihn neben mich auf das Gänsefingerkraut, einen trittfesten Bodendecker, der dort üppig wuchs. Dann setzte ich mich und schaute über den Fluss, auf dem die Fähre schon längst wieder auf dem Rückweg war. Ich wusste nicht, was ich tun sollte. Mit der Fähre zurückfahren war natürlich unmöglich. Ich hatte kein Geld für die Überfahrt und konnte, nach allem, was passiert war, nicht darauf hoffen, erneut ohne Karte an Bord gelassen zu werden. Außerdem war es undenkbar, den Hund allein auf Rozenburg zurückzulassen. Und zusammen mit ihm überzusetzen, das war vollkommen ausgeschlossen.

Lange hockte ich dort am Ufer. Schiffe fuhren im Sommersonnenlicht vorüber. Es war, als wäre ich – weil ich nicht zurück konnte und mir auch nichts einfiel, wie ich diese merkwürdige Pattstellung, in die mein Leben auf einmal geraten war – in einen unerklärlichen Zustand der Glückseligkeit gelangt. Neben mir lag regungslos der Hund und trocknete langsam, wobei er immer wieder tapfer versuchte herauszufinden, ob er inzwischen genug Kraft hatte, um mit dem ganzen Schwanz zu wedeln. Irgendwann stand er auf und schüttelte sich. Nachdem er damit fertig war, legte er seine Vorderpfoten auf meine Schultern und leckte überschwänglich mein Gesicht.

Ich streichelte sein immer noch feuchtes Fell.

»Es gibt dich noch«, sagte ich zu ihm, »es gibt dich noch.« Sein Schwanz wedelte wie wild. »Jaja, es gibt dich noch, allerdings weiß ich nicht, wie wir zurückkommen sollen. Vielleicht müssen wir einfach warten, bis es dunkel ist. Oder bis der Matrose Feierabend gemacht hat. Vielleicht sollten wir darauf warten. Bestimmt wird man sich bei mir zu Hause Sorgen machen. Bei dir zu Hause auch?«

Als der Nachmittag längst vorüber und der Abend schon begonnen hatte, legte die Fähre wieder auf Rozenburg an. Der erste Mann, der von Bord ging, kam über den Flussdeich auf uns zu. Der Hund begann zu knurren, sprang auf und wollte fortlaufen. Ich sagte: »Bleib ruhig sitzen, ich bin bei dir, hier kann dir nichts passieren, wir sind zwei gegen einen.«

Der Mann, es war einer der anderen Matrosen, blieb bei uns stehen.

»Musst du nicht wieder zurück?«, fragte er.

»Ich habe kein Geld für eine Fahrkarte«, sagte ich.

»Das ist schlecht.«

»Stimmt.«

»Machen sich deine Eltern Sorgen, wenn du hier sitzen bleibst?«

»Ja.«

»Na, dann komm mit.«

»Und was ist mit dem Hund?«, fragte ich.

»Der Hund?«, sagte er. »Der Drecksköter gehört dir doch gar nicht?«

»Er gehört unseren Nachbarn«, erwiderte ich, »ich fahre nicht ohne den Hund zurück. Ich warte, bis es dunkel ist, mit etwas Glück kann ich dann ohne geschnappt zu werden rüberfahren.«

»Nun komm schon mit«, sagte er, »das ist schon in Ordnung, mein Kompagnon hat sich inzwischen bestimmt wieder beruhigt, denn weißt du ... sein Herrchen, das Herrchen des Hundes, ist ein Gottesleugner, ich habe es selbst in der Kirche gehört ... ich bin sicher, mein Kollege ist jetzt nicht mehr wütend, es ist gut gewesen, komm ruhig.«

Ich stand auf und sagte zu dem Hund: »Na komm, alles ist gut.«

Der Hund wollte nicht mitgehen, ich musste ihn auf den Arm nehmen. Als ich über die Laufplanke an Bord ging, begann er heftig zu strampeln.

»Lass das«, sagte ich, »nachher rutschst du mir aus den Armen und landest wieder im Wasser.«

Auch während der Überfahrt musste ich die ganze Zeit auf ihn einreden und ihn mit beiden Armen gut festhalten. Der Hund war immer noch von Todesangst erfüllt. Erst als wir wieder festen Boden unter den Füßen hatten, konnte ich ihn absetzen. Ängstlich lief er neben mir her. Nachdem wir die Deichtreppe hinuntergegangen waren, bog er nicht in die Pieter Schimstraat ab, sondern folgte mir. Deshalb machte ich auf halbem Weg zu unserem Haus wieder kehrt und ging mit ihm in die Pieter Schimstraat. Ich klingelte bei den Diepenburchs. Machteld öffnete die Tür. Sie sah mich nicht an, sondern sagte nur zu dem Hund: »Na, wieder da.« Der Hund ging ins Haus, wollte aber, als er bemerkte, dass ich Anstalten machte wegzugehen, wieder hinaus. Doch Machteld schloss schnell und geschickt die Haustür, ohne mich auch nur eines Blickes zu würdigen.

26

»Nutze den Sommertag«, sagte mein Vater, »geh mal an die frische Luft, hol deinen Flieger raus.«

»Der Wind ist nicht stark genug.«

»Dann mach den Schwanz eben kürzer.«

»Ich bin zu alt, um Drachen steigen zu lassen.«

»Zu alt? Du bist zu alt, um den ganzen Tag die Nase in Bücher zu stecken. Glaubst du etwa, dass es auch nur einen einzigen Jungen in deinem Alter gibt, der an einem so wunderschönen Sommertag von morgens früh bis abends spät liest? Was soll bloß aus dir mal werden? Meinst du, du könntest immer so weiterlesen, bis du achtzig bist? Meinst du, du könntest damit später dein Geld verdienen?«

Er schüttelte den Kopf und fügte hinzu: »Im Sommer müssten alle Bibliotheken geschlossen sein.«

Zum Glück blieben die Bibliotheken offen. An stillen, warmen Sommerabenden konnte ich die beiden weit entfernt gelegenen Büchereien besuchen. In der katholischen Bibliothek hatte meist die blasse, schnippische Bibliothekarin Dienst. Um zu verhindern, dass sie mit mürrischem Gesicht ein Buch aus meinem Stapel aussortierte, wählte ich Werke katholischer Autoren: Bernanos, Mauriac, Green. Aber auch das war nicht immer ausreichend; sogar *Die Sonne Satans* von Bernanos wurde brüsk einbehalten.

Allerdings durfte ich alle anderen Werke dieses Autors leihen, und so las ich jenen Sommer in meinem Mansardenzimmerchen das gesamte Œuvre dieses vulkanischen Geistes. Schaute ich abends von meiner Lektüre auf, dann sah ich das leere Wohnzimmer des Hauses in der Pieter Schimstraat.

»Der Kirchenrat schickt keine Presbyter mehr zu ihm«, sagte mein Vater. »Sie belassen es dabei, und sie wären auch mit dem Klammerbeutel gepudert, wenn sie einen so feinen Kerl wie Ginus mit dem Bann belegen würden. Dass er ein paar seltsame Ansichten vertritt, was macht das schon? Wer tut das nicht? Ich beklage mich ja schließlich auch nicht, obwohl ich am meisten darunter zu leiden habe. Jeden Tag liegt er mir damit in den Ohren, aber deswegen sage ich doch nicht: Fahr zur Hölle, Ginus. Ich lasse ihn sein Sprüchlein aufsagen, dann sage ich mein Sprüchlein auf, und anschließend gräbt er aufgeräumt ein Grab, und ich putze mit meiner nagelneuen Poliermaschine alle Buchstaben von einem Grabstein. So eine Maschine ist was Feines! Kurz Gas geben, und schon kann man nichts mehr lesen. Das wird die reichen Säcke lehren, sich über Vogelkacke zu beschweren. Ach, ich wünschte, ich könnte die ganzen Steine wegpolieren. Was ist das doch nur für eine elende Seuche, Grabsteine! Schreibt es euch alle deutlich leserlich hinter die Ohren, dass ich, wenn ich später tot bin, keinen Stein auf meinem Grab haben möchte. Wenn ihr es trotzdem wagen solltet, komme ich vor Wut rasend wieder aus meinem Grab, reiße euch die Beine aus und schlage euch das blutige Ende um die Ohren.«

Er rieb sich vergnügt die Hände, als streichele ihn, wie der Psalmendichter sagt, eine freudige Erwartung, und sagte: »Nein, nein, von jetzt an lassen sie Ginus in Ruhe, und mit dem katholischen Grab geht mir auch keiner mehr auf die Nerven. Letztendlich ist es also doch in ihre dumpfen Schädel gedrungen, dass sie wegen dieser Arbeit nicht bei mir anklopfen sollten. Wie mich das freut! Gar nicht dran zu denken, jeden Abend zu diesem Friedhof fahren und Katholen holen! Nein, nein, damit fang ich gar nicht erst an, und wenn sie mit Goldmünzen zahlen.«

Auf den strahlenden Sommer folgte ein goldener Herbst. Der einzige Unterschied war, dass es abends wieder früher dunkel wurde. An einem solchen Abend plagte ich mich, inzwischen bereits in die zehnte Klasse der Oberrealschule vorgedrungen, mit meinen Mechanikaufgaben. Mechanik fiel mir schwer. All diese geheimen Kräfte auf schrägen Ebenen – ich konnte sie einfach nicht begreifen. Mit dem widerspenstigen Lehrstoff ringend, schaute ich hin und wieder voller Verzweiflung aus meinem Mansardenfenster. Als ich mitten in der zweiten Aufgabe steckte, leuchtete gegenüber plötzlich der Kronleuchter auf. Das Licht beschien eine Tonsur. Darunter konnte man nicht viel mehr erkennen als eine graue Gestalt mit einem schneeweißen Kragen. Die Gestalt nahm am Tisch Platz. Der Hund sprang kurz an ihm hoch und wurde mit herzlichem Streicheln belohnt. Auch Ginus setzte sich an den Tisch.

Als Ginus' Frau den beiden Kaffee brachte, sprang ich auf und rannte die Treppe hinunter.

»Ginus hat Besuch«, rief ich.

»Was erzählst du mir da?«, sagte mein Vater. Er lehnte das Buch des christlichen Volksschriftstellers C. Baardman, das er gerade las, offen an das Stuhlbein, damit er später noch wusste, wo er zu lesen aufgehört hatte, und rannte hinter mir her die Treppe hinauf.

»Wen haben sie ihm jetzt auf den Hals geschickt?«, rief er.

»Es ist keiner aus unserer Kirche«, sagte ich.

Mein Vater stürmte weiter, er schien meine Antwort nicht gehört zu haben. Drei riesengroße Schritte, und er hatte das Mansardenfenster erreicht. Aufmerksam schaute er hinunter. Vom Zwerchfell her wand sich ein mächtiger Schrei nach oben.

»Der Pfarrer!«, rief er. »Ich könnte wetten, dass das der Pfarrer ist. Wenn er uns doch nur kurz seine Visage zeigen würde … na ja, wer sollte es sonst sein? Es gibt hier nur einen solchen Pfaffen. Was hat er dort drüben zu suchen? Will er mit Ginus über die Vergebung quatschen … ach was, nein, natürlich nicht, verdammt, der kommt nur, um Ginus zu überreden, dass er diese elende Arbeit … wie kann er es wagen, dieser Papist! Hinter meinem Rücken! Darum ist er auch in die Pieter Schimstraat hinabgestiegen! Er hat sich nicht getraut, aufs Grab zu kommen. Hat gedacht: Da läuft mir als erster der Grabmacher über den Weg. Das muss nicht sein, dem sollte ich aus dem Weg gehen. Na, dann geh ich eben abends mal in der Pieter Schimstraat vorbei. Nun schau sich das einer an, dort sitzt garantiert der Pfarrer. Ehe er Ginus auf die Bude gerückt ist, hat er zuerst noch seinen umgedrehten Kragen ordentlich waschen und stärken lassen.«

Eine Weile schaute mein Vater zu den beiden Männern hinüber, die sich im lieblichen gelben Lichtschein des Kronleuchters ruhig unterhielten und ab und zu ihren Kaffee nippten.

»Ginus …«, sagte mein Vater und schwieg dann wieder einige Zeit. Er tigerte durch mein kleines Zimmer. »Behalt sie für einen Moment genau im Auge, ich hole schnell meinen Tabak, ohne eine Fluppe kann ich das nicht mit ansehen, das geht wirklich nicht.«

Während ich mich wieder mit meiner Mechanikaufgabe beschäftigte, schaute ich ab und zu über die Regenrinne hinweg nach drüben, wo aber nichts anderes zu sehen war als zwei Männer, die vertraulich miteinander sprachen.

Mein Vater kam wieder und fing an, sich eine Zigarette zu drehen. Er fragte: »Sitzen sie noch da?«

Eine Antwort war überflüssig. Er stand bereits am Fenster, schaute hinaus, drehte seine Zigarette fertig, zündete sie an und blies dichte Rauchwolken gegen die Fensterscheibe. Wollte er sich selbst die Sicht auf etwas rauben, das ihn erschütterte? Er sagte: »Das muss man sich mal vorstellen. Nun reden sie ihm ins Gemüt. Jetzt biegen sie ihm langsam bei, dass er die Katholen rausholen muss. Und das, obwohl ihm Grabräumungen äußerst zuwider sind. Nicht einmal das Wort würde er in den Mund nehmen. ›Chef‹, sagt er immer, ›lass mich doch graben und polieren und Streifen ziehen und Blätter harken und Rasen mähen, und du übernimmst das Fegen.‹ Räumen nennt er immer fegen. Seltsam, nicht, so hat er es früher mal gehört, und das kriegt man nie mehr aus seinem Kopf. Chef, wenn du nur das Fegen übernimmst. Es ist durchaus ein gewisses Handicap für ihn, dass er den Anblick von Leichen nur schwer erträgt. Erst neulich brachte man uns einen Ertrunkenen. Niemand wusste, wer er war. Unbekannte Tote landen im Leichenhaus. Tja, wie immer hat Ginus einen großen Bogen um die Leiche gemacht, das Leichenhaus wollte er unter keinen Umständen betreten. All das üble Wasser, das herausgeleckt ist, habe ich allein aufwischen müssen. Als ich in gebückter Haltung mit dem Feudel zugange war, rutschte eine Hand des Toten von der Bahre herab und schlug mir gegen den Kopf. Es ist seltsam, aber man erschrickt trotzdem kurz. Während es mir nichts ausmacht, wenn ein Toter über mir liegt … ich erinnere mich noch genau, da lag auch einer dort, ebenfalls ertrunken, und der fing plötzlich an, fürchterlich zu rülpsen … tja, das passiert manchmal … Faulgase, die sich in der Leiche bilden … ich sage also zu ihm: ›Halt die Schnauze, sonst schlag ich dich tot.‹«

Vergnügt zog mein Vater an seiner Zigarette, blies die Rauchwolke erneut gegen die Scheibe und sagte: »Ob der Pfarrer ihn so weit kriegt? Er ist ein herzensguter Bursche, und wenn man ein wenig auf ihn einredet, dann hat man ihn in null Komma nichts da, wo man ihn haben will. Mit einer Ausnahme merkwürdigerweise: Wenn es um die Vergebung der Sünden geht. Seltsam, dass in einem so nachgiebigen Menschen ein derart harter Kern stecken kann, ein Granitbrocken. Tja, ich kenne das von früher, da hatten manche Bauern eine bestimmte Art von Ackergaul, Belgische Ardenner mit Schultern hoch wie Viadukte … man konnte alles mit ihnen machen, sie waren wie Wachs in deinen Händen, aber wenn sie das Sonnenlicht auf einem Stallfenster funkeln sahen, dann waren sie plötzlich zu nichts mehr zu gebrauchen. Dann waren sie wie versteinert. Hinter der Nachgiebigkeit verbirgt sich Sturheit. Seltsam, dass sich das so deutlich zeigt, wenn man ein Pferd mit einem Esel kreuzt. So ein Maultier, wir hatten seinerzeit eins … selbst wenn man es windelweich schlug – wenn es nicht wollte, wollte es nicht. Ja, Ginus erinnert mich oft an ein Pferd … verrat's nicht deiner Mutter, aber lass es dir von mir gesagt sein: Ein Pferd kann man sehr viel mehr lieben als eine Frau, sehr viel mehr … ach, ach, ich weiß noch gut … als ich noch als Knecht auf Leeuwenwoning gearbeitet habe, da hatten wir ein so liebes Pferd … eines Tages kam eine Zwergziege vorbei, die spielerisch mit ihren Hörnern nach ihm stieß … das Pferd war hinterher nie mehr wie vorher … Kleinigkeiten sind bei diesen Tieren manchmal entscheidend, sie sind so feinfühlig.«

Wieder blies er eine Rauchwolke gegen das Fenster.

»Nun schau dir nur einmal an, wie gemütlich die beiden plaudern. Oh, wenn das mal nicht … das ist doch auf jeden Fall meine Arbeit, davon müssen sie die Finger lassen, wirklich, ich bin durchaus bereit, es zu machen … mit einem Klein-Seilbagger … tja, damit ist die Sache doch geregelt, da müssen sie doch nicht … Ginus, mein Bester, bleib hart, tu's nicht, tu's nicht … denk an all die Scheiterhaufen … es sind Papisten, die sind Abschaum, die sind und bleiben Schweine … eigentlich müsste man auf dem Grab ein paar säugende Sauen haben, wenn dann wieder ein Ertrunkener gebracht wird, den man nicht identifizieren kann, dann könnte man ihn den Sauen vorwerfen … die fressen ihn säuberlich auf, die lassen nichts übrig … Auf Sizilien, die Mafia … wenn die eine Leiche loswerden will … in den Schweinekoben damit … ich verstehe überhaupt nicht, warum wir unsere Leichen nicht einfach an die Sauen verfüttern … dann müsste man keine Friedhöfe anlegen, man wäre von den elenden Grabsteinen befreit, und man müsste nie räumen … Ginus, hörst du mich, du müsstest niemals fegen … nun sieh dir das doch nur mal an, sogar der Hund in seinem Korb sabbert … was soll ich jetzt nur tun? Wenn er ja sagt, bin ich der Dumme, denn dann macht er sich an die Arbeit, und spätestens nach einer Woche oder zwei kommt er zu mir und sagt: ›Chef, das Fegen fällt mir so unendlich schwer, könntest du mir nicht ein wenig helfen?‹ Und dann könnte ich zwar Nein sagen, und ich würde wohl auch mit dem Neinsagen anfangen, aber am Ende liefe es doch darauf hinaus, dass ich ihn nicht allein schuften lasse, und dann habe ich die Sache immer noch am Hals … Ginus, mein Junge … was soll ich tun? Soll ich einfach zu ihm hingehen? Soll ich einfach bei ihm klingeln und sagen: Ich habe zufällig gesehen, dass du einen umgedrehten Kragen zu Besuch hast. Ich wollte mich nur ein bisschen dazusetzen, denn … he, verdammt, sieh dir das an.«

Mein Vater schwieg. Von meinen Hausarbeiten aufschauend, konnte ich über den Regenrinnenrand hinweg sehen, dass das Licht des Kronleuchters nun auf ein großes Buch schien, dessen Seiten beim Umblättern fast durchsichtig schienen.

»Sie haben die Bibel dazugeholt«, sagte mein Vater feierlich, »sie werden jetzt über das Vaterunser und die Vergebung der Sünden reden. Es hat keinen Sinn mehr hinzugehen. Entweder hat Ginus bereits Ja gesagt, und dann kann man keinen Rückzieher mehr machen, dann ist es vereinbart, oder Ginus hat sich gedacht: Ich will erst mal mit dem Pfarrer darüber sprechen, dass man mich, weil ich die Allmacht Gottes verkündige, dreimal von der Kanzel herab ermahnt und mit roher Gewalt vom Abendmahltisch ferngehalten hat. Mal sehen, was der Pfarrer dazu sagt. Und dann werde ich sehen, ob ich ihm ein wenig zu Diensten sein kann.«

Mein Vater drückte die Zigarette an der Fensterscheibe aus und murmelte: »Sie haben immer noch keinen Zoff.«

Als der Pfarrer aufstand und das Zimmer verließ, sagte mein Vater: »Seltsam, nicht, wenn ein Pastor kommt oder zwei Presbyter oder so ein roter Professor von der Freien Universität, dann haben sie alle ihre eigene Bibel dabei. Aber ein Pfarrer ... ob der überhaupt eine Bibel in der Tasche hat? Ich würde keinen Cent darauf wetten, dass er sie auswendig kann, aber er hat Ginus' Hochzeitsbibel nicht ein einziges Mal zu sich auf die andere Seite des Tisches gezogen, um darin auf eine Stelle hinzuweisen. Was mag er nur gesagt haben? Aber deswegen jetzt rübergehen? Ich will Ginus auch nicht den Eindruck vermitteln, dass ich ihn Abend für Abend beobachte. Mit etwas gutem Willen erfahre ich es morgen im Bahrhäuschen ... wenn Ginus mal bloß nicht gesagt hat, dass er die Arbeit übernehmen will ... in Gottes Namen ... hoffentlich hat er es nicht gesagt ... dann habe ich das Ganze am Hals ... du wirst schon sehen ... dann bin ich doch noch der Dumme ... dann darf ich, für einen Appel und ein Ei pro Leiche, an tausend freien Abenden tausend Tote rüberschaffen ... oh, oh, wie hat man mich wieder am Schlafittchen.«

27

Am nächsten Tag kam mein Vater um kurz nach fünf freudestrahlend nach Hause. Er wartete nicht, bis sein Abendkaffee vor ihm stand, er saß noch nicht mal am Tisch, als er sagte: »Ginus hat dem Pfarrer gesagt, er müsse zuerst mit mir darüber sprechen, ehe er zusagen könne.«

Mein Vater machte es sich in seinem Lehnstuhl bequem, nahm das Zigarettenpapier, tastete nach dem Tabaksbeutel und fuhr dann fort: »›Herr Pfarrer‹, hat er gesagt, ›Herr Pfarrer, ich kann nicht hinter dem Rücken meines direkten Vorgesetzten, an meinem Vorgesetzten vorbei, ohne Rücksprache mit meinem Vorgesetzten …‹, und der Pastor natürlich sofort: ›Nein, nein, das verstehe ich, das verstehe ich sehr gut, aber dein Chef hat so hohe Forderungen gestellt, und darum dachten wir …‹«

Mein Vater benetzte mit der Zunge ausführlich das Zigarettenpapier.

»Nun bin ich mal gespannt, ob dort drüben in der Pieter Schimstraat der ganze Zirkus wieder von vorne losgeht. Zuerst Alers, dann Kloet und zum Schluss der Bürgermeister. Ich habe ihm jedenfalls gesagt, dass er auf gar keinen Fall zusagen darf. Und wenn er es doch in Erwägung ziehen sollte, dann nur mit einem Klein-Seilbagger. Stell dir vor, daran hatte Ginus noch nicht gedacht, und so war es für mich ein gutes Argument, ihn davon abzuhalten, denn in seinem Herzen … das spürte ich ganz deutlich … in seinem Herzen hatte er bereits den Entschluss gefasst, es zu machen, wenn ich nichts dagegen hätte. Weil es ihm wegen all der Ermahnungen so miserabel geht – sogar auf der Straße spricht man ihn deswegen an, und meistens wird er nicht einmal angesprochen, sondern die Leute beschimpfen ihn gleich oder zischen ihm ›Gottesleugner‹ zu –, ist er verdammt froh darüber, dass er nicht von allen gemieden wird. Jedenfalls sieht er das so. Er meint, es sei eine große Ehre, dass der Pfarrer in die Pieter Schimstraat gekommen ist, um bei ihm wegen dieser grauenhaften Arbeit nachzufragen. Ihm ist nicht klar, dass der Pfarrer sich schon ganz verzweifelt die Haare rauft … na ja, Haare … dass der Pfarrer sich den kahlen Scheitel kratzt, weil er tausend Leichen umbetten muss.«

Mein Vater machte eine kurze Pause, um seine Zigarette anzuzünden, und sagte dann: »Du wirst es nicht glauben, aber der Pfarrer hat ihm, was die Allmacht Gottes angeht, zugestimmt. Ich sag zu Ginus: Das macht er nur, weil er mit tausend Leichen dasitzt, die verlegt werden müssen. Wenn er dich auf diese Weise so weit kriegt, dass du dich der Sache annimmst, leugnet er das einzigartige Opfer Christi nur allzu gern. Und Ginus erwidert: ›Er hat selbst davon angefangen. Er sagte, er habe hier und da auf der Straße dies und das über mich gehört, und dass er jetzt gern von mir selbst erfahren würde, was los ist. Also habe ich ihm das Ganze haarklein dargelegt, und daraufhin sagte er: ‚Ich begreife nicht, dass man in Ihrer Kirche so ein Aufhebens deswegen macht. So, wie Sie es verstehen, kann man es problemlos betrachten. Sie sagen schließlich auch, dass Christus die Menschen auf die Vergebung der Sünden hinweist, die vom Vater ausgeht.‘‹

›Ginus‹, sage ich, ›nun glaub mir doch, der Pfarrer hat dir nur nach dem Mund geredet, weil er übel in der Klemme steckt. Er muss es auf irgendeine Weise hinkriegen, einen ganzen Friedhof zu verlegen, und darum denkt er: Ha, dieser Ginus, dieser Gilkinus, den werde ich mal tüchtig bauchpinseln.‹

›Nein, Chef‹, erwidert Ginus, ›das siehst du vollkommen falsch. Ich habe mich eine Stunde lang mit dem Mann über das Evangelium und über die Briefe des Paulus unterhalten, und er war wirklich nicht in allem einer Meinung mit mir, überhaupt nicht, aber er hat mir zumindest zugehört. Und er hat mich nicht wie ein Stück Dreck behandelt, wie Pastor Baarvink und Schaarloo es immer tun. Er ließ mich nicht spüren, dass er weitergelernt hat, so wie es die Prediger tun und wie der Professor es getan hat. Er war schrecklich freundlich …‹

›Ja klar, was glaubst du denn? Schließlich will er dich zum Räumen … zum Fegen …‹

›Nein, das stimmt nicht, er war … nein, ich hätte nicht erwartet, dass er ein so sympathischer Mann sein würde, ein so durch und durch sympathischer Mann. Weißt du, was er zu mir gesagt hat? Er sagte: ›Sie kennen die Bibel sehr viel besser als ich, das sehe ich schon. Ich habe noch nie jemanden getroffen, der die Bibel so gut kennt, aber haben Sie schon mal über das Wort unseres Herrn nachgedacht, das in Matthäus 25 steht? Da sagt unser Erlöser, dass ein jeder, der sich der Kranken, Hungernden und Gefangenen erbarmt und sie besucht, speist und heilt, ihn selbst besucht, speist und heilt, und dass all diejenigen, die das nicht getan haben, ihn selbst gekränkt haben. Ihr Protestanten‹, sagte er, ›behauptet schon seit vier Jahrhunderten: nur durch den Glauben allein könne man ins Himmelreich gelangen. Aber Jesus selbst sagt etwas völlig anderes, er sagt: Wer die Geringsten speist, aufnimmt und kleidet, hat mich gespeist, aufgenommen und gekleidet, und er wird in mein Königreich eingehen; wer aber den Geringsten nicht hilft, der wird verstoßen werden.‹«

›Gute Taten, Ginus‹, sage ich zu ihm, ›der Pfarrer ist dir

mit den guten Taten gekommen; nachher sagt er noch: Wer tausend Leichen verlegt, verlegt tausendmal den Herrn.‹

›Nein, nein‹, erwidert Ginus, ›er wollte nur betonen, dass das alles nicht so einfach ist und dass man das Evangelium auf unterschiedliche Weisen auslegen kann und dass der eine den anderen nicht verketzern muss, weil man über einige Dinge unterschiedlich denkt. Das war alles, was er sagen wollte.‹

›Ach was‹, sage ich zu Ginus, ›er wollte nur eines sagen: Ich sitze hier und habe tausend tote Katholen am Hals. Wie kriege ich die ordentlich rüber?‹

›Wenn du so weiterredest‹, sagt Ginus zu mir, ›dann gehe ich in der Mittagspause zur Antoniuskirche und sage: Herr Pfarrer, ich mach's.‹

Jetzt hatte er mich also, und ich konnte nur noch zu ihm sagen: ›Ich hoffe nur eines: dass du niemals katholisch wirst.‹ Und er erwidert: ›Wie kommst du darauf? Ich, katholisch? Weihrauch? Diese potthässlichen Marienbilder? Ich, katholisch? Beichten? Letzter Ölwechsel? Nie im Leben. Aber er ist ein schrecklich netter Mann, wirklich, ich habe mich noch nie so angenehm, so ruhig und gemütlich über die Heilige Schrift unterhalten. Nicht mal mit dir, denn du wirst auch immer ein bisschen hitzig und giftig.‹

›Ja natürlich‹, sage ich, ›denn du bist vollkommen auf den einen Satz im Vaterunser fixiert.‹

›Das glaubst du vielleicht, aber es geht um sehr viel mehr. Die Rechtfertigung einzig durch den Glauben – wo sagt Jesus das? Nirgendwo, absolut nirgendwo, er hat diese Worte, oder auch nur welche, die diesen ähnlich sind, niemals in den Mund genommen.‹

›Lass uns um Himmels willen damit aufhören‹, sage ich. ›Nur eines will ich dir noch ans Herz legen: Komm ja nicht auf den bescheuerten Gedanken, hinter meinem Rücken den ganzen Friedhof zu räumen. Denn bedenke: Die Katholiken saufen alle wie die Löcher. Bier, Wein, Genever, die ekeln sich vor nichts, mein Vater sagte immer: Die katholischen Kirchen stehen immer gegenüber der Kneipe; die Toten liegen also da, weil sie alle furchtbare Schluckspechte waren, die sehen immer noch so aus wie zu dem Zeitpunkt, als sie eingesargt wurden. Hier geht es nicht um ein paar Knochen, die man im Handumdrehen aufgesammelt hat.‹

›Nein, das hatte ich auch schon befürchtet‹, sagt Ginus, ›und selbst wenn die Leichen verwest wären, ich finde es schon schrecklich, ein Grab zu fegen, in dem nur noch ein paar Knochen liegen.‹

›Wenn du dir das nur immer vor Augen hältst‹, sage ich zu ihm.

›Das werde ich tun‹, sagt er, ›das ist wirklich keine Arbeit für mich.‹

›Und für mich auch nicht‹, erwidere ich.

›Aber für wen denn dann?‹, fragt er.

›Nicht unser Problem‹, sage ich.

›Nein, trotzdem tut mir der Pfarrer leid.‹

›Du tätest mir leid, wenn du die Arbeit übernehmen würdest‹, sage ich, ›sehr leid sogar. Und dass du's nur weißt, ich lasse dich ganz allein schuften, ohne Klein-Seilbagger rühre ich keinen Finger für dich.‹«

28

An einem der letzten Tage meiner Sommerferien sagte meine Mutter zu mir: »Ich fühle mich nicht besonders wohl. Könntest du heute deinem Vater den Kaffee bringen?«

Mit nicht geringem Bedauern legte ich, um die Stelle zu markieren, an der ich zu lesen aufgehört hatte, ein abgebranntes Streichholz in *Du protestantisme à l'église* von Louis Bouyer. Obwohl ich das Buch, im Tausch gegen *Stad met roze huizen* von Clare Lennart, das die blasse Bibliothekarin beiseite gelegt hatte, blindlings aus dem Theologieregal genommen und ohne allzu große Erwartungen zu lesen begonnen hatte, fesselte es mich außerordentlich.

Kurze Zeit später ging ich mit einer Thermosflasche in einer aus Schilf geflochtenen Tasche den Aufgang zum Zuiddijk hinauf, Richtung Boonersluis.

»Soso«, sagte mein Vater, als ich das Bahrhäuschen betrat, »hatte deine Mutter heute keine Lust, den Kaffee selbst zu bringen?«

»Sie sagt, sie fühle sich nicht sonderlich wohl.«

»Ach was … sie wollte natürlich, dass du mal für eine Weile mit dem Lesen aufhörst. Tagein und tagaus lesen … das kann nicht gut sein. Wie denkst du darüber, Ginus?«

Ginus saß rittlings auf der hölzernen Kinderbahre. Er schaute auf und schwieg. Mein Vater sagte zu mir: »Er hat heute schlechte Laune, den ganzen Morgen über hat er tatsächlich kaum ein Wort gesagt. Ob er vielleicht taubstumm geworden ist? Tritt er in Rampennes Fußstapfen? Müssen wir demnächst mit kleinen Notizblöcken arbeiten?«

Mein Vater verpasste ihm einen kräftigen Schlag auf die Schulter.

»Was ist bloß los mit dir? Was bedrückt dich? Was hast du auf dem Herzen?«

Ginus sah uns kurz an, senkte den Blick, rutschte unruhig auf der Kinderbahre hin und her und schüttelte den Kopf.

»Los, raus mit der Sprache«, sagte mein Vater, »an das helle Licht des Tages damit. Warte, ich schenk dir erst mal einen ordentlichen Kaffee ein. Ein bisschen Quasselwasser kann nicht schaden.«

Während mein Vater die Kanne aufschraubte, fragte Ginus: »Wenn du so den ganzen Tag liest, was liest du dann?«

»Die Bücher von Antoon Coolen, Herman de Man und Theun de Vries«, antwortete mein Vater, noch ehe ich etwas sagen konnte.

»Was sind das für Bücher? Romane?«, wollte Ginus wissen.

»Ich glaube ja«, erwiderte ich.

»Warum liest du keine echten Bücher? Über Halogene oder über die Stromstärke, über Astronomie, über Chemie und Physik?«

»Das habe ich alles in der Schule, solche Bücher muss ich für meine Abschlussprüfung lesen.«

»Viel studieren …«, sagte Ginus.

»… macht den Leib müde«, sagte mein Vater.

»Prediger 12, Vers 12«, sagte Ginus.

»Du sagst es«, bestätigte mein Vater.

»Merkwürdig, dass dort steht: ›macht den Leib müde‹«, sagte Ginus, »man würde eher erwarten: macht den Geist müde. Viel graben macht den Leib müde, aber studieren …«

Es war, als würde er plötzlich und unerwartet von einem Faustschlag getroffen. Er krümmte sich. Mein Vater sagte:

»Die Halogene haben ihn kurz abgelenkt, aber jetzt bricht das Elend wieder mit aller Macht aus ihm heraus. Mann, was ist denn los? Nun schütte dein Herz doch aus. Was ist los? Sind sie bei dir an der Tür gewesen, um dir mitzuteilen, dass du bald tatsächlich aus der Kirche verbannt wirst? Tja, was hast du anderes erwartet? Nun kommt es vor allem darauf an, deine Ehre zu bewahren. Tritt aus der Kirche aus und wechsele einfach zu den Reformierten. Da gibt es einen, Pastor Smits, der das versöhnende Sterben des Erlösers so kommentiert hat: Das sagt mir nicht die Bohne.«

Ginus schüttelte den Kopf. Mein Vater fragte: »Nicht mit dem Bann belegt? Was ist es dann? Deine Tochter?«

Ginus nickte.

»Man muss ihm wirklich jedes Wort einzeln aus der Nase ziehen«, sagte mein Vater. »Er ist buchstäblich mit Stummheit geschlagen. Nun ja, dann müssen wir eben versuchen, es herauszufinden, indem wir Vermutungen äußern. Dann muss er nur noch nicken oder den Kopf schütteln. Nun denn, was dich bedrückt, hat also mit deiner Tochter zu tun. Lass mich raten: Hat sie etwa ein Brot im Ofen?«

Ginus nickte.

»Irgendwann musste das passieren«, sagte mein Vater, »man kann durchaus ein bisschen herumflirten, aber ehe man's sich versieht, hat einen der Storch ins Bein gebissen.«

Er schaute Ginus munter an, der immer noch unruhig auf der Kinderbahre hin und her rutschte.

»Du siehst aus, als wäre das nächste Reihengrab für dich bestimmt«, sagte mein Vater, »aber so schlimm ist es doch nicht. Wenn deine Tochter den Kerl jetzt schnell heiratet …«

Ohne dass sich Ginus' Lippen öffneten, ertönte ein schmerzlicher Schrei im Bahrhäuschen.

»Was ist denn jetzt los? Versuchst du, den zahmen Reiher zu imitieren? Erinnerst du dich noch, wie er einmal regungslos am Rand eines Grabes stand und in die Tiefe starrte, während du mit dem Trauerzug näher kamst. Da habe ich ihm mit dem Spaten ganz fürchterlich einen verpasst. So wie er damals gekreischt hat … und jetzt kreischst du fast genauso … will der Kerl deine Tochter nicht heiraten? Äffst du deshalb unseren Reiher nach?«

Ginus murmelte irgendetwas Unverständliches und betrachtete hilflos seinen dampfenden Kaffeebecher.

Mein Vater nahm den Becher, drückte ihn Ginus in die Hände und sagte: »Bitte, trink einen Schluck und erzähl uns dann, was los ist.«

»Aber …«, hob Ginus an.

»Ach, du meinst, mein Sohn sollte besser gehen?«

Ginus nickte.

»Ist er noch zu jung für solche Unannehmlichkeiten? Wolltest du das sagen? Ist das vielleicht lästig, wenn jemand mit einem Mal die Fähigkeit zu sprechen verliert. Nur gut, dass ich schon viele Jahre mit Rampenne geübt habe. Wie dem auch sei, du wolltest jedenfalls sagen, dass mein Sohn das Bahrhäuschen verlassen muss.«

Ginus nickte.

»In den Büchern der Autoren, die er vorhin aufgezählt hat, liest man nichts anderes. Es geht … jaja, ich lese ab und zu auch schon mal eine Seite, auch wenn mir ein richtiges Buch lieber ist, eines von Schippers oder Baardman … es dreht sich fast immer darum. Zuerst geht das Mädchen aufreizend umher, dann steht plötzlich irgendwo ein einsamer Heuhaufen herum. Wenn es jemanden bei sich hat, landet es zufällig darin, und im nächsten Kapitel ist es auf einmal in anderen Umständen. Der Vater könnte sie erschlagen und noch so dies und das, aber wenn dann der kleine Wurm kommt, ist er der erste, der das Kind in seine Arme schließt ... und seine Tochter dazu ... also, es wird alles wieder gut, bestimmt, aber erzähl mir jetzt erst einmal ... meinem Sohn macht das nichts aus ... der liest viel schlimmere Sachen ... und außerdem ist es gut für ihn, wenn er mal was über das wahre Leben erfährt ... na los, mach den Mund auf, erleichtere dein Herz, ich hab nämlich überhaupt keine Lust, dir jedes Wort einzeln aus der Nase zu ziehen.«

Ginus nippte an seinem Kaffee, verschluckte sich und musste fürchterlich husten. Mein Vater klopfte ihm auf den Rücken und sagte: »Nun pass doch auf, das offene Grab in der dritten Klasse hast du selbst gegraben. Bist du etwa darauf erpicht, in einem Grab zu landen, das du eigenhändig ...«

»Nein«, sagte Ginus.

»Er spricht wieder«, jubelte mein Vater, »man hält es kaum für möglich, er spricht wieder, ›nein‹ hat er gesagt.«

Mein Vater machte es sich in einem Korbstuhl bequem. »Wer ist es? Kennen wir den Saukerl?«

Ginus sah meinen Vater an, sah mich an, öffnete den Mund, wollte etwas sagen, aber es kam kein Laut über seine Lippen. Mein Vater erschrak und murmelte: »Du willst doch nicht etwa sagen ... du willst doch nicht etwa sagen ... sind es mehrere? Weiß sie nicht, wer der Vater ist? Sind es mehrere? Hat sie nicht nur in verschiedenen Heuhaufen, sondern auch mit verschiedenen Kerlen ...«

Mein Vater langte nach einem länglichen schwarzen Bahrenbalken. Er betrachtete ihn und sagte: »Der muss unbedingt mal neu gestrichen werden. Ich werde ihn heute Nachmittag erst mal ordentlich abschmirgeln. Könnte ich das vielleicht mit der neuen Poliermaschine machen, oder hat die zu viel Kawumm?«

Er nahm den schmalen Balken von der rechten in die linke Hand und wieder zurück. Er sagte: »Tja, wenn es mehrere sind, dann wird es schwierig. Vor allem, wenn sie auch noch voneinander wissen. Weißt du da was drüber? Wissen sie voneinander?«

»Keine Ahnung«, murmelte Ginus.

»Du wirst dir einen aussuchen müssen, der … einen aus unserer Kirche … obwohl … wenn sie dich demnächst rausschmeißen … Mannomann, du steckst ziemlich in der Tinte, von allen Seiten macht man dir das Leben schwer … Was weißt du von den Burschen … die Namen? Wie wäre es, wenn wir uns den attraktivsten raussuchten? Dann würde ich zu ihm hingehen und sagen: ›Lieber Freund, wenn du sie mit einem dicken Bauch sitzen lässt, solltest du wissen, dass mein Kollege und ich noch ein sehr tiefes leeres Grab haben.‹«

»Gestern«, sagte Ginus.

»Was war gestern?«, fragte mein Vater. »Hast du es gestern erfahren?«

»Ja, gestern Abend.«

»Und dann?«

»Nachdem sie es uns erzählt hatte, ist sie seelenruhig schlafen gegangen.«

»Und sie wollte nicht sagen, wer der Vater …«

»Sie sagte, sie wisse es nicht, es könne von fünf oder sechs …«

»Allmächtiger«, sagte mein Vater, »eine ganze Schulklasse.«

Ginus begann plötzlich zu schluchzen.

»Nein, nein«, sagte mein Vater, »hier wird nicht geheult, keine Tränen. Nicht hier im Bahrhäuschen. Hier wird schon genug geweint. Schlimm genug, dass man nach einem Begräbnis manchmal die Motorpumpe über dem Wassergraben einschalten muss, um den Grundwasserspiegel wieder sinken zu lassen. Wir wollen dafür sorgen, dass es hier im Bahrhäuschen trocken bleibt. Hör also auf damit. Ich verstehe sehr gut, dass du dich beschissen fühlst, aber flennen kannst du zu Hause ... Wenn es fünf oder sechs sind, dann ist bestimmt einer dabei ... du musst es von der sonnigen Seite aus betrachten ... ja, ich weiß nur zu gut, dass du nicht gerne auf der sonnigen Seite gehst, aber in diesem Fall solltest du die Straße einmal überqueren ... wenn es sechs sind, dann hast du eine gewisse Auswahl. Du musst keinen Schwiegersohn schlucken, der dir nicht gefällt. Du kannst dir den besten aussuchen.«

Ginus hob sein schneeweißes, tränennasses Gesicht und sah meinen Vater an. Er wollte etwas sagen, brachte jedoch nur ein schauerliches Jammern hervor.

»Willst du damit etwa sagen, dass auch verheiratete Männer darunter sind?«

Ginus nickte.

»Ausschließlich?«

Ginus schüttelte den Kopf.

»Prima, dann können wir loslegen. Aus denen, die nicht verheiratet sind, wählen wir den attraktivsten. Und den knöpfe ich mir dann vor, das ist wirklich die richtige Aufgabe für mich, dafür bin ich wie geschaffen. Wenn ich mich mit dem Burschen unterhalten habe, dankt er dem Himmel, dass er auf Knien zum Standesamt kriechen darf.«

Ginus richtete sich auf und sagte klar verständlich: »Heute Nacht bin ich ... ich konnte nicht schlafen ... in den Schuppen gegangen. Ich habe ein Beil genommen und bin rauf in ihr Mansardenzimmer. Sie ist nicht aufgewacht, als ich reinging. Ich bin ein paar Schritte auf ihr Bett zugegangen, ich habe das Beil ... ich habe das Beil ... da bildete sich eine Spuckeblase an ihrem Mund ... sie platzte ... ich schaute sie an ... sie lag so ruhig da und schlief ... eine Hand über der Decke, sie lag so ruhig da und schlief ...«

Ginus brach erneut in Schluchzen aus.

»Allmächtiger Gott«, sagte mein Vater, »jetzt fängt er schon wieder an, komm zur Freiwilligen Feuerwehr, immer Löschwasser zur Hand ... was hast du mit dem Beil gemacht? Hast du es wieder ordentlich in den Schuppen zurückgebracht?«

Ginus nickte.

»Gott sei Dank! Was greinst du dann rum? Hör auf, vom Flennen kriegt man Kopfschmerzen. Sieh dich vor, sonst knall ich dir eins an die Birne, dass dir Hören und Sehen vergeht. Dann weißt du wenigstens, warum du heulst.«

Mein Vater trommelte mit dem kleinen Balken auf den Betonfußboden. Er sagte: »Soso, du wolltest also mit dem Beil ... mein lieber Mann, aber ich muss zugeben: Wenn irgendeiner dieser losen Vögel meiner Tochter ein Kind machte, dann würde ich ihm wohl auch eins mit dem Beil überziehen wollen, einem solchen Schurken würde ich das nie verzeihen.«

»Und deiner Tochter?«, fragte Ginus.

»Ob ich das meiner Tochter auch nie verzeihen würde? Ich weiß nicht ... ich weiß allerdings sehr wohl, dass ich dir, wenn du nicht auf der Stelle aufhörst zu flennen, auch nie vergeben ... vergeben, he, da geht mir auf einmal ein ganzer Kronleuchter auf ... du ... wenn es überhaupt einen gibt, der vergeben muss, der seiner Tochter vergeben muss, dann doch wohl du.«

Ginus sah meinen Vater erstaunt an.

»Ja«, sagte mein Vater, »du hast keine Wahl. Wenn du ihr nicht vergibst, dann vergibt Gott dir nicht, dass du mitten in der Nacht ein Beil aus dem Schuppen geholt hast, um damit deine Tochter in ein Reihengrab dritter Klasse zu befördern, das du selbst gegraben hast. Was sonst habe ich mir monatelang wieder und wieder von dir anhören müssen? Deiner Ansicht nach vergibt Gott, wie auch wir vergeben. Dazu bedarf es keines Sühnebluts.«

Ginus schluckte und starrte auf die große Bahre, die an der Wand hing.

»Nun werden dir endlich mal die Konsequenzen deines verrückten Glaubens vor Augen geführt«, fuhr mein Vater fort, »jetzt dringt es allmählich auch bis in dein dumpfes Hirn durch, dass es manchmal gar nicht so einfach ist zu vergeben, dass es manchmal sogar unmöglich ist und dass einem dann, wenn man glaubt, wie du glaubst, niemals von Gott vergeben werden kann. Er vergibt nur, wie auch wir vergeben, sagst du immer. Wenn wir also nicht vergeben, vergibt er auch nicht. Aber so ist es nicht! So haben wir nicht gewettet. Gott vergibt uns, weil sein Sohn am Kreuz für unsere Sünden gebüßt hat, und nicht weil wir vergeben. Weißt du, was ich denke: dass der Herrgott dir eine gesalzene Lektion erteilt. Er hat deine Tochter schwanger werden lassen, um dir tüchtig unter die Nase zu reiben, dass man längst nicht immer in der Lage ist zu vergeben, ja, dass es sogar Situationen gibt, in denen man einfach nicht vergeben kann.«

Mein Vater wedelte mit dem kleinen Balken, klopfte damit gegen die Beine seines Korbstuhls und sagte: »Es wäre nicht schlecht, wenn du dir – dank des Malheurs mit deiner Tochter – endlich die Verrücktheiten über das Vergeben aus dem Kopf schlagen würdest. Dann hast du eine gute Chance, dass man davon absieht, den letzten und längsten Teil der Verbannungsformel von der Kanzel herab vorzulesen. Allein schon unseretwegen solltest du dich dazu durchringen, wir Kirchenbesucher müssen uns sonst diesen elend langen Text anhören, und der Gottesdienst dauert noch zehn Minuten länger. Du musst damit rechnen, dass der Kirchenrat es eilig haben wird, dich aus dem Tabernakel hinauszuwerfen, wenn er erfährt, was mit deiner Tochter passiert ist. So eine Geschichte, genau darauf haben sie gewartet, genau das brauchen sie, um kurzen Prozess mit dir zu machen.«

»Vergeben«, sagte Ginus, »ich wünschte, ich wüsste, was das ist. Ist es vergessen? Nein, denn vergessen wird man so was nie. Es ist etwas anderes, aber was?«

»Soll ich dir mal sagen, was vergeben ist?«, sagte mein Vater. »Wir machen hier den ganzen Tag nichts anderes.«

»Wir machen hier den ganzen Tag nichts anderes?«

»Sand darüber.«

»Sand darüber«, echote Ginus.

»Apropos Sand«, sagte mein Vater, »solltest du nicht mal so langsam an dem Sandhaufen in der zweiten Klasse anfangen?«

Ginus sah mich an und fragte: »Wie alt bist du eigentlich?«

»Gütiger Gott«, sagte mein Vater, »du denkst doch nicht etwa daran, meinen Sohn mit deiner Tochter … Ginus, verschwinde wie ein geölter Blitz in die zweite Klasse, ehe ich dir etwas antue. Ich habe hier auch irgendwo ein Beil rumliegen, dass du's nur weißt.«

Nachdem Ginus gegangen war, sagte mein Vater: »Hast du's gemerkt? Auf einmal schoss es ihm durch den Kopf: Der Junge meines Chefs, das könnte doch einer für meine Tochter sein. So ein Mädchen, so ein abgelecktes Butterbrot, einen Briefkasten …«

29

Ich erinnere mich noch gut daran, wie ich an jenem Oktobersonntag, auf dem Weg zur Jabokkerk, unsere Haustür öffnete. Eine Spinne hatte ein riesiges Netz zwischen unsere Türpfosten gespannt. Weil unsere Straßenseite noch im Schatten lag und die Sonne unbändig auf die Häuser gegenüber schien, bemerkte ich das Netz erst, als ich hindurchlief. Dutzende von Spinnenfäden hingen auf meinem Sonntagsanzug, und in meinem Nacken zappelte die verzweifelte Spinne, deren Netz ich zerstört hatte. Vorsichtig nahm ich sie zwischen Daumen und Zeigefinger und setzte sie auf die Türschwelle unserer neuen Nachbarn. Wenn sie wollte, konnte sie dort ein neues Netz spinnen, ausgestattet mit der Erfahrung, die sie während der Bauarbeiten bei uns erworben hatte.

In der Jabokkerk schmückten die letzten Gladiolen in riesigen Glasvasen den Abendmahltisch. Beim Anblick der kräftig leuchtenden rosafarbenen, gelben, violetten und blauen Blütenkronen erschrak ich plötzlich. Mit bangen Vorahnungen entfernte ich noch ein paar Spinnenfäden von meinem Revers.

Eine Viertelstunde später – ich war immer noch damit beschäftigt, heimlich Spinnenfäden zu entfernen – sagte Pastor Baarvink nach der Kollekte, dass ihm eine traurige Pflicht obliege. Er seufzte ein paarmal nachdrücklich, blätterte mannhaft in seiner Bibel und las dann vor:

»Geliebte im Herrn Jesus Christus, es ist euch bekannt, dass wir zu verschiedenen Zeiten und mit einer gewissen

Verschärfung euch mitgeteilt haben, welch große Sünde unser Mitbruder Gilkinus van Diepenburch begangen und welch große Verärgerung er hervorgerufen hat; dies, damit er, durch eure christlichen Ermahnungen und Gebete, zu Gott sich bekehren und, aus den Stricken des Teufels befreit (der ihn gefangen hält und ihm seinen Willen auferlegt), den Willen des Herrn erkennen möge. Mit großer Traurigkeit können wir jedoch nicht verschweigen, dass bei uns bisher niemand erschienen ist, der auch nur im Mindesten zu verstehen gegeben hätte, dass er, durch die vielfältigen Ermahnungen, die an ihn gerichtet wurden (insbesondere vor Zeugen und in der Gegenwart vieler), eine wie auch immer geartete Reue wegen seiner Sünden empfindet, und er hat auch nicht das geringste Zeichen wahrer Bußfertigkeit gegeben. Dieweil er sein Vergehen, das an und für sich schon nicht gering ist, durch seine Verstocktheit tagtäglich noch größer macht und weil wir euch beim letzten Mal angekündigt haben, dass wir, für den Fall, dass er, nachdem die Kirche so lange Geduld mit ihm gehabt hat, sich nicht bekehrt, gezwungen sein würden, weiterhin betrübt über ihn zu sein und zum äußersten Mittel greifen zu müssen, sehen wir uns dazu veranlasst, nun mit seinem Ausschluss fortzufahren, gemäß dem Befehl und dem Auftrag, der uns in Gottes Heiligem Wort gegeben ist, um ihn auf diese Weise (wenn möglich) zur Scham über seine Sünden zu bringen; auf dass dieses von Fäulnis befallene und bis jetzt unheilbare Glied nicht den gesamten Körper der Gemeinde gefährde und der Name Gottes nicht gelästert werde.«

Mein Blick wanderte zu dem Glasmalfenster, auf dem Elia gen Himmel fuhr. Jedes Mal, wenn ich das Fenster betrachtete, ging mir durch den Sinn: Die Himmelfahrt des Elia ist die wunderbarste Geschichte in der Bibel. Aber wieso? Elia macht sich auf den Weg zum Jordan, Elisa will ihn begleiten, aber sein Meister sagt: »Bleib doch hier.«

Da unterbrach Baarvinks Stimme meinen Gedankenflug bereits wieder:

»Darum, wir Diener und Aufseher der Gemeinde Gottes allhier, versammelt im Namen und mit der Kraft unseres Herrn Jesus Christus, erklären wir vor euch allen, dass Gilkinus van Diepenburch aus vorgenannten Gründen hiermit ausgeschlossen wird und ausgeschlossen ist aus der Gemeinde des Herrn und dass er außerhalb der Gemeinschaft Christi, der Heiligen Sakramente und aller geistigen Segnungen und Wohltaten Gottes steht, die dieser seiner Gemeinde verspricht und erweist, solange er hartnäckig und unbußfertig in seinen Sünden verharrt; darum seid ihr gehalten, ihn wie einen Heiden und Zöllner zu behandeln, so wie Christus befiehlt, der sagt, dass im Himmel gebunden ist, was seine Diener auf Erden binden.

Des Weiteren ermahnen wir euch, geliebte Christen, keinen Umgang mit ihm zu pflegen, damit er beschämt werde; doch sollt ihr ihn auch nicht wie einen Feind behandeln, sondern ihn bisweilen ermahnen, wie man einen Bruder ermahnt.

Außerdem spiegele sich ein jeder an diesem und ähnlichen Beispielen und lerne, den Herrn zu fürchten und emsig bemüht zu sein, wenn er meint zu stehen, nicht zu fallen, sondern in der wahren Gemeinschaft mit dem Vater und seinem Sohn Jesus Christus zu leben sowie mit allen gläubigen Christen und darin bis zum Ende zu bleiben, auf dass er die ewige Seligkeit erlange. Ihr habt gesehen, geliebte Brüder und Schwestern, wie unser ausgestoßener Bruder zu fallen begann und wie er allmählich immer weiter zu Fall kam. Seht an ihm, wie listig Satan dabei ist, den

Menschen ins Verderben zu stürzen und ihn von allen heilsamen Mitteln zur Seligkeit zu entfernen.«

Ich schaute wieder zu dem Elia-Fenster. »Bleib doch hier.« Aber Elisa wollte mit. Am Jordan angekommen, hatte Elia mit seinem Mantel ins Wasser geschlagen, sodass die beiden Propheten »trocken hindurchgingen«. Am anderen Ufer hatte Elia gesagt: »Bitte, was ich dir tun soll.« Und Elisa hatte erwidert: »Dass mir werde ein zwiefältig Teil von deinem Geiste.«

»So hütet euch also«, fuhr Baarvink fort, »auch vor den kleinsten Anfängen des Bösen und legt ab, gemäß dem Wort des Apostels, alle Last und Sünde, die uns leichthin umgibt, folgt mit Geduld dem Weg, der uns vorgeschrieben ist, blickend auf den vornehmsten Verkünder und Vollender des Glaubens, Jesus. Seid nüchtern, wacht und betet, auf dass ihr nicht in Versuchung geratet. Heute, so ihr hören werdet seine Stimme, so verstocket eure Herzen nicht, sondern bemüht euch durch Angst und Beben um eure Seligkeit; und ein jeder bereue seine Sünden, auf dass Gott uns nicht wieder erniedrige und wir wieder Reue empfinden müssen für einen von euch, sondern dass ihr, einträchtig in Gottes Seligkeit lebend, unsere Krone und Freude sein möget im Herrn.«

Daraufhin hatte Elia erwidert: »Du hast ein Hartes gebeten.« Und dann hatte er hinzugefügt, dass Elisas Wunsch in Erfüllung gehen werde, wenn er sehe, wie Elia von ihm genommen werde. Was dann folgte, kannte ich auswendig: »Und da sie miteinander gingen und redeten, siehe da kam ein feuriger Wagen mit feurigen Rossen, die schieden die beiden voneinander; und Elia fuhr also im Wetter gen Himmel. Elisa aber sah es und schrie: Mein Vater, mein Vater. Wagen Israels und seine Reiter!«

Unbeirrbar fuhr Baarvink fort:

»Da es Gott ist, der in uns wirkt, sowohl mit Gedanken als auch mit Taten, so wie es ihm behagt, so lasst uns ihm unsere Sünden bekennen und seinen heiligen Namen also anrufen:

Oh, rechtschaffener Gott, barmherziger Vater, wir klagen uns selbst vor deiner hohen Majestät an ob unserer Sünden und bekennen, dass wir den Kummer und den Schmerz, der uns durch den Ausschluss unseres ehemaligen Mitbruders angetan wurde, verdient haben. Ja, wir alle sind würdig, um unserer großen Schuld willen ausgeschlossen und verbannt zu werden, wenn du über uns richten wolltest. Doch, Herr, erbarme dich unser um Christi willen, vergib uns unsere Sünden, denn wir bereuen sie von Herzen, und wecke in unseren Herzen stets größeres Bedauern darüber, auf dass wir uns, dein Urteil fürchtend, das du über die Verstockten fällst, befleißigen mögen, dir zu gefallen.«

Vorsichtig öffnete ich die Augen. Sollte Baarvink dieses Gebet auswendig können? Ich beobachtete ihn. Es sah so aus, als hätte er die Augen offen und läse das Gebet ab.

»Gib, dass wir uns vor allem Schmutz der Welt hüten und vor denjenigen, die aus der Gemeinschaft der Kirche ausgeschlossen wurden, auf dass wir uns nicht ihrer Sünden teilhaftig machen und damit die Ausgeschlossenen ob ihrer Sünden beschämt sind. Und da dich nicht nach dem Tod des Sünders gelüstet, sondern danach, dass er sich bekehrt und lebt, und da der Schoß deiner Kirche den Reuigen immer offen steht, so entflamme in uns doch den Eifer, auf dass wir versuchen, durch gute christliche Ermahnungen und Beispiele den Ausgeschlossenen und all diejenigen, die durch Unglauben und Leichtsinn in die Irre gehen, auf den rechten Pfad zurückzuführen. Schenke unseren Ermahnungen deinen Segen, auf dass wir Grund haben, uns wieder über jene zu freuen, über die wir nun Trauer empfinden müssen, damit also dein heiliger Name gepriesen werde durch unseren Herrn Jesus Christus, der uns zu beten gelehrt hat: Unser Vater in dem Himmel! Dein Name werde geheiligt. Dein Reich komme. Dein Wille geschehe auf Erden wie im Himmel. Unser täglich Brot gib uns heute. Und vergib uns unsere Schuld, wie wir unseren Schuldigern vergeben. Und führe uns nicht in Versuchung, sondern erlöse uns von dem Übel. Denn dein ist das Reich und die Kraft und die Herrlichkeit in Ewigkeit. Amen.«

Nachdem er – ohne dass auch nur das geringste Zögern zu spüren gewesen wäre bei der Zeile, mit der alles angefangen hatte – das Wort »Amen« durch die Kirche hatte hallen lassen, herrschte große Stille. Niemand räusperte sich, niemand rührte sich. Wie ein ausgepumpter Zauberer zog Pastor Baarvink ein großes weißes Taschentuch aus den Falten seines Talars, wischte sich damit die Stirn ab und sah dann ins Kirchenschiff. Langsam wanderte sein Blick zu dem Platz, wo Ginus und seine Frau saßen. Dann ruhten seine Augen auf dem Ehepaar. Weil ich im Seitenschiff saß, konnte ich Ginus mehr oder weniger ins Gesicht sehen. Mit erhobenem Haupt schaute er Pastor Baarvink an. Lange sahen sie einander an. Schließlich senkte Pastor Baarvink kurz den Blick, doch sofort schaute er Ginus wieder an, wedelte dabei mit seinem weißen Taschentuch und sagte: »Wären Sie bitte so freundlich, die Kirche zu verlassen, damit wir mit dem Gottesdienst fortfahren können.«

Ginus' Frau wollte aufstehen, doch er hielt sie zurück und zog sie wieder auf die Bank. In die Bänke der Presbyter kam jetzt Bewegung. Eine Reihe von Brüdern erhob sich. Pastor Baarvink rief: »Um Christi willen, geh!«

»Nun komm doch, Ginus«, sagte seine Frau und zog ihn in die Höhe. Bereitwillig standen die anderen Kirchenbesucher in ihrer Bank auf, um ihn durchzulassen. Ginus und seine Frau schlurften in Richtung Gang. Dort angekommen, schritt Ginus, gefolgt von seiner Frau, mit erhobenem Haupt über den geräuschdämpfenden, von den Vereinigten Seilfabriken gespendeten Verto-Teppichboden in Richtung der üppigen Gladiolen. Am Abendmahltisch angekommen, hielten Ginus und seine Frau genau vor der Kanzel eine Zeit lang inne. Draußen kam die Sonne hinter einer Wolke hervor. Durch das farbige Glasfenster, auf dem Elia in seinem mit feurigen Rossen bespannten Wagen gen Himmel fuhr, strömte plötzlich Licht ins Kircheninnere. Es sah so aus, als ertränken Ginus und seine Frau im Sonnenlicht. Der Küster sprang auf und eilte zu der Schalttafel, von wo aus die Vorhänge bedient werden konnten, und drückte auf einen der Knöpfe. Die Vorhänge am Elia-Fenster schlossen sich langsam mit einem summenden Geräusch. Ginus und seine Frau gingen weiter. Der Küster bemühte sich rasch zum Ausgang, hielt ihnen diensteifrig die Tür auf, und wir sahen, wie die beiden in die Eingangshalle traten, die ebenfalls im Oktobersonnenlicht badete. Pastor Baarvink sagte erschöpft: »Liebe Gemeinde, lasst uns singen, Psalm 118, fünfte Strophe:

Die Heiden wollen mich umbringen,
auf Gottes Namen ich vertrau
und hoff', dass es mir soll gelingen,
dass ich sie allesamt umhau'.«

30

»Ich verstehe nicht«, sagte meine Mutter zu meinem Großvater, »wo er nur wieder bleibt. Er ist immer um fünf nach fünf zu Hause, und jetzt ist es schon zwanzig nach fünf.«

Mein Großvater pochte ungeduldig mit seinem schweren Spazierstock auf den Teppich. Seinen Hut hatte er aufbehalten, woraus man schließen konnte, dass er nur kurz hereinschauen und gleich wieder gehen wollte.

»Ich kann ihm auch sagen, dass du heute Abend nicht kommen kannst, um Dame zu spielen«, sagte meine Mutter, der es am liebsten gewesen wäre, wenn er sofort wieder gegangen wäre.

Mein Großvater machte jedoch keinerlei Anstalten aufzustehen. Er trommelte mit seinem Stock auf den Fußboden, gab ein paar seltsame Geräusche von sich, die vielleicht am besten mit »hi, hi« wiedergegeben werden können, und starrte zum Fenster.

Fünf Minuten später erklang das befreiende Scheppern des Regenfallrohrs. Wenige Augenblicke danach polterten die Holzschuhe meines Vaters über den Granitfußboden des Flurs. Mit hochrotem Gesicht betrat er das Wohnzimmer. Es schien, als bemerkte er die Anwesenheit seines uralten Vaters nicht. Ihn vollkommen ignorierend, sank er in seinen Lehnstuhl. Während er seinen Tabak hervorkramte, sagte er: »Da spricht mich auf dem Nachhauseweg doch tatsächlich Pastor Baarvink oben am Aufgang zum Deich an! Weißt du, was er zu mir gesagt hat: ›Bruder‹, sagt er zu mir, ›ich wäre dir überaus dankbar, wenn du in Zukunft, wenn jemand aus unserer Kirche begraben wird, wieder wie früher an der Spitze des Trauerzuges gehen würdest.

Neulich, als Schwester Weltevreden beigesetzt wurde, da ging van Diepenburch vorneweg. Die Familie war darüber zutiefst entsetzt.‹

›Davon habe ich aber nichts bemerkt‹, erwidere ich.

›Ich aber sehr wohl‹, sagt er, ›und nicht nur die Verwandten waren entsetzt, ich war es auch. Schau, der Abtrünnige … wäre es nicht möglich, bei der Gemeindeverwaltung darauf zu drängen, dass er zum Grünflächenamt versetzt wird? Für alle Mitglieder unserer Kirche ist es eine geradezu schreckliche Vorstellung, dass beim eigenen Begräbnis möglicherweise so ein Belialskind vorneweg geht. Und dass es vielleicht dein Grab gräbt und dieses Grab dann vielleicht auch wieder zuschaufelt. Darum wäre ich sehr dafür, ihn zu versetzen. Für dich selbst, Bruder, wäre es auch viel besser.‹

›Besser für mich? Auf so einen Prachtkerl verzichten, nur weil er über einen kleinen Satz im Vaterunser gestolpert ist?‹

›Nun ja … er leugnet das einzigartige Opfer unseres Erlösers. Bruder, ach Bruder, genau das ist der Unterschied zwischen Tod und Leben, zwischen Himmel und Hölle. Auch für dich wäre es viel besser, wenn er woanders, bei Ungläubigen und Abtrünnigen, beschäftigt würde.‹

›Mir fällt er überhaupt nicht zur Last, mit mir spricht er nie über die Bibel.‹

›Er spricht mit allen darüber, zweifellos also auch mit dir.‹

›Er weiß seit Langem, wie ich in dieser Hinsicht denke, und ich weiß seit Langem, wie er darüber denkt, und darum kabbeln wir uns nicht mehr deswegen; ansonsten erinnert er mich immer an ein mordsmäßiges Zugpferd, das wir früher auf dem Leeuwenwoning-Hof hatten. Er nimmt mir unglaublich viel Arbeit ab. Für kein Geld der Welt würde ich auf ihn verzichten. Und wie er vor dem Trauerzug hergeht … nicht mal die Königin könnte das besser … und in meiner Uniform sieht er aus wie aus dem Ei gepellt … nein, ganz ausgeschlossen; aber ich werde mit ihm besprechen, ob wir, wenn ein Orthodox-Reformierter beerdigt wird … Grundgütiger, worüber regen die sich eigentlich so auf? Als würde es einen Toten auch nur im Geringsten stören, dass Ginus an der Spitze des Trauerzuges geht.‹

›Es verletzt … es kränkt die Hinterbliebenen.‹

›Tja, was mich betrifft, so will ich gern mit Ginus darüber reden, dass ich in Zukunft die Orthodox-Reformierten wieder selbst beerdige, auch wenn ich der Ansicht bin … neulich erst hat der Heißwasserhändler seine Frau mit zwei leeren Eimern vor die Tür gesetzt, weil ihr ihn aus der Kirche geschmissen habt …‹«

»Das hast du doch nicht etwa gesagt? Rausgeschmissen?«, fragte meine Mutter erschrocken.

»Doch«, sagte mein Vater wütend, »das habe ich gesagt, und ich habe auch zu Baarvink gesagt, dass ich es verdammt unchristlich finde, jemanden wegen einer Meinungsverschiedenheit über einen Satz im Vaterunser plötzlich so zu behandeln, als wäre er der letzte Dreck. Das Ganze ähnelt mehr und mehr einer Art von Boykott. Jetzt darf ich auch schon nicht mehr vor dem Trauerzug hergehen.«

»Hi, hi«, sagte mein Großvater und klopfte laut mit dem gebogenen Ende seines Stocks auf die Stuhllehne. Es schien, als bemerkte mein Vater erst jetzt seine Anwesenheit. Er sah ihn grimmig an und sagte: »Als ich gerade erst bei der Gemeinde angefangen hatte und als Handlanger bei Piet Verbrugge, dem Straßenbauarbeiter, gearbeitet habe, da mussten wir die ganze Konigin Wilhelminalaan neu pflastern. Wenn wir vor einer Haustür beschäftigt waren, dann öffnete die sich garantiert um halb elf, und Piet und mir wurden auf einem schönen Tablett zwei Tassen herausgereicht. Nur bei Baarvink blieb die Tür verriegelt und verrammelt. Nicht dran zu denken, dass Baarvinks Frau uns Kaffee bringen würde. Wir waren ihr einfach viel zu gewöhnlich. Und ich erinnere mich noch genau daran, dass die Tür irgendwann aufging und Baarvink selbst aus dem Haus trat. Sein Blick fiel auf mich, und man sah ihn denken: Ich glaube, der ist Mitglied unserer Gemeinde, also muss ich ihn wohl grüßen, da komme ich nicht drumherum, und da kramte er das allerkleinste Nicken hervor, das sich in seinem Körper versteckte, davon nahm er dann noch die Hälfte weg, und so wie er dann seinen Kopf bewegte … der Rand seines Hutes geriet vielleicht zwei Millimeter aus seiner ursprünglichen Bahn … und er war noch nicht weg, da sagte Piet Verbrugge zu mir – tja, ausgerechnet Piet, der Kommunist ist und alles hasst und verflucht, was mit Kirche zu tun hat –: ›Ist das nicht ein Pastor deiner Kirche?‹, und ich habe nicht geantwortet, denn ich wollte ihm einfach nicht das Vergnügen gönnen, Pastor Baarvink durch den Dreck ziehen zu können, denn predigen kann er schließlich wie kein anderer, und Piet hat auch nichts mehr gesagt, aber jedes Mal, wenn ich zufällig zu ihm hinüber schaute, dann ahmte er dieses idiotische, sparsame Nicken nach … dieses minimale Nicken … man konnte kaum erkennen, dass sich sein Kopf und sein Hut bewegten … aber dennoch verstand Piet es, dieses Nicken sogar mit seiner Mütze zu imitieren … na ja, imitieren, eigentlich musste er gar nichts machen, und das war es ja gerade eben. Am Ende des Tages wusste ich, wenn ich zu Piet rübersah, nicht einmal mehr, ob er immer noch das Nicken zu imitieren versuchte. Weil es ein so verdammt winziges Nicken war, sah es, auch wenn sich Piets Mütze überhaupt nicht bewegte, trotzdem so aus. Und dann spürte ich vom Scheitel bis zur

Sohle, wie die Erniedrigung durch mein Seelement zog. Und ebendieser Baarvink, der … und der will jetzt, dass ich Ginus … bin ich froh, dass Alers und Kloet nicht Mitglied unserer Kirche sind, denn sonst würde er wütend zu ihnen hinstiefeln, und ich wäre Ginus los; es ist doch nicht zu glauben, ob ich bitte dafür sorgen könnte, dass er nicht mehr vor dem Trauerzug hergeht, wenn jemand aus unserer Kirche begraben wird. Da kriegt man ja beinahe Lust, sich einer anderen Kirche anzuschließen, am Sonntag werde ich mal den Gottesdienst der Christlich-Reformierten besuchen, wie man hört, haben die zur Zeit einen verdammt guten Pastor.«

»Hi, hi«, machte mein Großvater.

»Wenn du, denn lange wird es bestimmt nicht mehr dauern, demnächst beerdigt wirst«, sagte mein Vater schnippisch, »wirst du dich damit abfinden müssen, dass Ginus an der Spitze des Trauerzugs geht. Ich habe dann nämlich frei, weil ein naher Verwandter von mir begraben wird. Du weißt also, was auf dich zukommt.«

»Hi, hi«, sagte mein Großvater, er sah meinen Vater schlitzohrig an und grinste ausgelassen, als bereite ihm die Aussicht auf sein Begräbnis ein köstliches inneres Vergnügen.

»Jaja«, sagte mein Vater, »lach du nur. Kannst du es etwa nicht erwarten, demnächst unter die Erde gebracht zu werden? Dann merk dir, dass es danach mit dir noch nicht aus und vorbei ist. Neulich erst hatte ich so eine reiche Schnepfe auf dem Grab. Die sagt zu mir: ›Ach, Herr Totengräber, ich kann es mir kaum vorstellen, dass ich irgendwann nicht mehr bin und in einem tiefen Grab liege und dass dann alles aus und vorbei ist.‹ ›Ach, gute Frau‹, sage ich daraufhin zu ihr, ›glauben Sie nicht, dass dann alles vorbei ist; das Schlimmste kommt erst noch. Dürften Sie doch nur in dem Grab liegen bleiben, aber nein, das Schlimmste ist, dass man geräumt wird.‹«

»Dein Vater wollte nur Bescheid sagen, dass er heute Abend nicht Dame spielen kommt«, sagte meine Mutter beschwichtigend.

»Das passt mir gut«, antwortete mein Vater, »mir steht heute Abend sowieso nicht der Sinn danach.«

Mein Großvater grinste noch immer, er stand auf und ging, ohne sich zu verabschieden, aus dem Haus. Draußen auf der Straße verklang allmählich das eifrige Ticken seines Spazierstocks.

31

Ende November kam mein Vater eines Donnerstagnachmittags schon um Viertel vor fünf nach Hause. Er knallte sein schweres Fahrrad der Marke »Fongers« gegen das Fallrohr. Das Scheppern muss bis in die Pieter Schimstraat zu hören gewesen sein. Wir hatten noch den flüchtigen Nachhall im Ohr, als mein Vater ins Wohnzimmer trat. Er ging nicht zu seinem Lehnstuhl, sondern marschierte zur Küchentür, öffnete sie und rief: »Du glaubst nicht, was jetzt wieder passiert ist!«

»Dein Kaffee kommt sofort«, sagte meine Mutter.

»Zwei umgedrehte Kragen haben miteinander konferiert«, sagte er.

»Zwei umgedrehte Kragen?«

»Ja«, sagte er, über so viel Unverständnis verstimmt, »zwei Pfarrer. Der große, rote Schlappschwanz aus Nieuw Huys ter Lucht und der Waschbär von hier.«

»Ja, und?«, fragte meine Mutter.

»Das haben sie sauber gedeichselt, ich weiß nicht … es ist nicht zu fassen … es ist … verdammt noch mal …«

»Nicht fluchen.«

»Ja, aber diese Kerle, diese Kragen … sie haben … es ist …«

»Nun setz dich erst mal hin, dann bringe ich dir deinen Kaffee.«

Mein Vater blieb stehen, trat dreimal gegen die Schwelle der Küchentür und sagte: »Dieser Ginus … hinter meinem Rücken … hätte er nur zuerst mit mir darüber gesprochen. Jetzt haben wir es doch noch am Hals … jetzt muss ich demnächst tausend Katholen schütten, jetzt bin ich doch noch der Gelackmeierte. Ginus, ich sage noch zu ihm, ich sage …«

»Du bist ja vollkommen aufgelöst«, sagte meine Mutter erstaunt.

»Ach was«, widersprach mein Vater, »das kommt nur von den umgedrehten Kragen … die urbien und orbien hinter unserem Rücken herum, keine Ahnung, was die so treiben … und am Ende habe ich das Ganze doch noch am Hals, und das nur, weil Ginus' Tochter ein wandelnder Briefkasten ist und weil nicht ein anständiger Bursche zu finden ist, der so ein abgelecktes Butterbrot heiraten will … nun ja, ich bin der letzte, der das nicht versteht … so einen Briefkasten … so einen Jedermannsschlitz … jeder durfte mit ihr … sogar alte Kerle, wie ich gehört habe … sogar Männer aus Nieuw Huys ter Lugt … und jetzt … einzig und allein in Nieuw Huys ter Lugt scheint es einen jungen Kerl zu geben … ein Sohn von Chardon … du erinnerst dich, sein Vater war seinerzeit hinter deiner Schwester her … wie ist es bloß möglich, ein Katholik …«

»Wahrhaftig, der? Mein Vater hat ihn mit der Luftpumpe von der Herenlaan gejagt. Und meine Schwester wusste auch noch, dass er hinter ihr her war.«

»Genau, den meine ich. Und von dem wiederum ein Sohn.«

»Vielleicht gar keine schlechte Wahl.«

»Meinst du? Ein Katholik?«

»Sein Vater hat ein ordentliches Geschäft.«

»Glaubst du, dass er seinem Sohn etwas mitgibt? Er hockt mit seinem dicken Hintern auf seiner Habe, sein Geld ist ihm die liebste Erinnerung an seinen Vater, und darum geht er auch überaus sparsam damit um … nein, der … tja, sie ist nicht meine Tochter, mir würde das so nicht passieren, aber Ginus wird von allen Seiten in die Enge getrieben, der ist wirklich ... er kann in keinem orthodox-reformierten Laden mehr einkaufen, und auch bei den calvinistisch-reformierten fängt man an, ihn nur noch mit dem Hintern anzuschauen ... schon seit Wochen ist er nicht mehr in der Lage, eine gerade Linie zu ziehen ... Ginus ist wirklich am Ende, er weiß vor Kummer nicht mehr, was er tun soll.«

»Aber jetzt sag mal, warum bist du so außer dir?«

»Ich außer mir? Wie kommst du da drauf?«

»Wenn du nicht außer dir bist, setz dich erst mal hin.«

»Zuerst drehe ich mir eine Zigarette.«

»Dazu kannst du dich doch am besten hinsetzen.«

»Warum soll ich mich unbedingt hinsetzen?«

»Du setzt dich immer gleich hin, wenn du nach Hause kommst.«

»Was du nicht sagst.«

»Doch, und dann bringe ich dir Kaffee, und du zündest dir eine Zigarette an. Und heute? Du bist vollkommen aus der Fassung.«

»Weil ich noch stehe? Wolltest du sagen, dass ich aus der Fassung bin, weil ich noch stehe? Tja, dann bin ich aber nicht der Einzige.«

»Nun setz dich schon hin.«

»Das wird ja immer schöner. Ich soll mich hinsetzen. Warum?«

»Weil du dich immer ...«

»Wie kommst du darauf?«

»Ich schenk dir erst mal Kaffee ein.«

Meine Mutter goss den Kaffee ein und reichte die Tasse meinem Vater, der immer noch in der Türöffnung stand.

»Was soll ich mit dem Kaffee?«, fragte er.

»Austrinken.«

»Hier? Im Stehen? Kannst du mir den Kaffee nicht einfach auf den Tisch stellen?«

»Nicht, wenn du mir hier im Weg stehst.«

»Steh ich dir im Weg? Wolltest du sagen, dass ich dir im Weg stehe?«

»So habe ich dich noch nie erlebt«, sagte meine Mutter, »du benimmst dich wie mein Vater.«

»Ich dein Vater? Willst du behaupten, dass ich deinem Vater ähnele? Diesem Schuft?«

»Nur jetzt eben«, sagte meine Mutter beschwichtigend.

Sie nahm meinem Vater Tasse und Untertasse brüsk aus der Hand, schob ihn beiseite, stellte den Kaffee auf die Tischdecke und ging in den Flur.

»Was hast du vor?«, wollte mein Vater wissen.

»Kurz was besorgen.«

»Etwas besorgen? Um diese Tageszeit?«

Er schwieg, ging zu seinem Lehnstuhl, ließ sich hineinfallen und sagte verdattert: »Deine Mutter geht kurz etwas besorgen.«

Meine Mutter zwängte sich in ihren langen, grauen Mantel, kam wieder ins Wohnzimmer, warf einen Blick auf meinen inzwischen sitzenden Vater, ging zurück in den Flur und zog den Mantel wieder aus. Mein Vater trommelte mit seinen weißen Knöcheln auf die Armlehnen des Stuhls. Meine Mutter fragte: »Ist der Kaffee nicht gut?«

»Warum sollte der Kaffee nicht gut sein?«

»Weil du nicht trinkst.«

»Ist es vielleicht erlaubt, den Kaffee ein wenig abkühlen zu lassen? Oder wünschst du, dass ich ihn auf der Stelle in mich hineinschütte? Glaubst du, ich habe da drinnen ein Bleirohr?«

»Mann«, sagte meine Mutter, »nun sag doch einfach, was los ist.«

»Das habe ich dir doch erzählt. Zwei umgedrehte Kragen …«

»Ja, aber was hast du damit zu schaffen?«

»Verstehst du denn nicht? Man kann sich doch an fünf Fingern ausrechnen, wie der Hase läuft. Was geht da vor? Ginus' Tochter ist schwanger, muss also heiraten, muss also Hals über Kopf vor den Traualtar treten. Tja, fragt sich nur, wer der Vater ist. So ziemlich alle frei herumlaufenden Burschen von hier und auch noch ein paar hoch aufgeschossene Knilche aus Nieuw Huys ter Lugt haben mit ihr im Heuhaufen nach Nadeln gesucht … und außer mit den Grünschnäbeln hat sie es auch noch mit ein paar Männern getrieben, die zu Hause schon ein Weib und einen Stall voll Kinder haben … tja, die kommen schon mal nicht in Frage … bleiben also nur ein paar der hoch aufgeschossenen Lümmel übrig … aus Nieuw Huys ter Lugt, denn hier gibt es natürlich niemanden, der so bescheuert wäre, mit so einem Flittchen zum Standesamt zu gehen. Hier tun alle so, als wüssten sie von nichts, wie du dir vorstellen kannst, und darum bleibt nur das Gesocks aus Nieuw Huys ter Lugt … da weiß man noch nicht so genau … oder aber die Leute dort sind etwas blöder, was weiß ich …«

Er schwieg und schlürfte lautstark seinen Kaffee. Meine Mutter seufzte hörbar. Mein Vater sagte: »Und jetzt weiß ich tatsächlich nicht, wie sich das Ganze abgespielt hat. Hat Ginus den Pastor getroffen? Ist der Pastor zu Ginus gegangen?«

Plötzlich sah er mich an. »Hast du beim Hausaufgabenmachen etwa gesehen, dass der Pfarrer dort drüben wieder zu Besuch war?«

»Nein, sonst hätte ich dir Bescheid gesagt.«

»Das möchte ich dir auch geraten haben«, erwiderte mein Vater. »Tja, ob nun der Pfarrer zu Ginus … oder umgekehrt … ich weiß es wahrhaftig nicht … aber eines steht fest: Sie haben zusammen was ausgeheckt, und wenn ich mich nicht irre, hat der Pfarrer gesagt: ›Ginus …‹, tja, ob er ihn bei seinem Vornamen genannt hat, weiß ich eigentlich nicht … ›Bruder‹ sagt so ein Mann ja auch nicht. Aber was sagt er zu ihm? Ärgerlich, dass ich das nicht weiß, wie soll ich jetzt meine Geschichte erzählen?«

»Wie hat Ginus sie dir denn erzählt?«, fragte meine Mutter.

»Du darfst nicht glauben, Ginus könnte noch ordentlich erzählen. Man muss ihm jedes Wort einzeln aus der Nase ziehen.«

Mein Vater schlürfte erneut lautstark seinen Kaffee.

»›Ginus‹, sagt der Pfarrer … aber vielleicht hat der Pfarrer das ja gar nicht zu ihm gesagt, verdammt, wie soll ich jetzt weitererzählen?«

Mein Vater nahm das blaue Van-Nelle-Päckchen, langte nach dem Zigarettenpapier, das auf dem Kaminsims lag, und fabrizierte mit großer Hingabe eine Zigarette.

»Ich weiß«, sagte er, »dass der Pfarrer zu ihm gesagt hat, er sei durchaus bereit, mit seinem Kollegen aus Nieuw Huys ter Lugt zu reden. Wohl weil er meint, diesen so weit kriegen zu können, dass er sich den Jungen von Chardon mal ordentlich vornimmt. Gute Chancen, sehr gute Chancen, dass der Junge sich überreden lässt, Briefkasten oder nicht, aber, eine Hand wäscht die andere, so ist das auf der Welt … er tut was, Ginus tut auch was … nun ja, vielleicht nicht sofort, nicht heute, es würde schon genügen, wenn Ginus verspräche … keine große Sache … ein paar Tote vorsichtig ausgraben, um sie anschließend woanders wieder ordentlich unter die geweihte Erde zu bringen … nur ein paar Abende … und weißt du, was Ginus sagt? Der sagt natürlich: Einverstanden, Herr Pfarrer, denn Ginus steckt fürchterlich in der Klemme. Aus unserer Kirche wurde er rausgeschmissen, seine Tochter hat einen dicken Bauch, seine Frau kriegt nirgendwo mehr ein Brötchen oder einen Eimer warmes Wasser … ohoh, du wirst schon sehen: Am Ende habe ich die Sache doch noch am Hals.«

»Wieso«, entgegnete meine Mutter, »du hast doch nichts versprochen?«

»Ich kann diesen unerfahrenen Burschen doch nicht allein schuften lassen. Vor allem nicht jetzt, wo er nicht mehr weiß, wo vorn und wo hinten ist. Er ist vollkommen durcheinander. Wenn er diesen katholischen Friedhof allein verlegen muss, geraten die Katholen auf dem neuen Grab kunterbunt durcheinander. Dann findet man keinen mehr wieder. Dann steht dort kein Stein mit so einem Jesus dran, von dem man sicher weiß, dass darunter der Richtige liegt. Und ich nehme an, dass so ein Jesus gern über der richtigen Leiche hängt, oder etwa nicht?«

»Wäre es denn so schlimm, wenn sie hinterher ein wenig durcheinander lägen?«

»Das ginge mir gegen die Handwerkerehre. Ginus ist mein Kollege. Wenn hinterher der ganze Kladderadatsch komplett durcheinandergeraten ist, sagt man womöglich noch: Tja, so hat Ginus es von seinem Chef gelernt. Und dann werde ich dafür verantwortlich gemacht. Oh, da gehen meine freien Abende dahin! Es ist wirklich nicht zu glauben, eine einzige zügellose Tochter in sämtlichen Heuhaufen von Ter Lugt, und schon hat man den verdammten Mist am Hals.«

»Was für ein Unsinn! Lass ihn allein buddeln.«

»Ich denke nicht dran. Es steht geschrieben: ›Denn der Herr hat geschworen, dass einen jeglichen sein Vetter und der ihn verbrennen will nehmen und die Gebeine aus dem Hause tragen muss und sagen zu dem, der innerhalb des

Friedhofs ist: Sind ihrer auch noch mehr da?‹ Ich werde mal zu dem Pfarrer hingehen und mich erkundigen. Es wird doch wohl hoffentlich irgendein Register geben, in dem steht, wen sie dort so alles verbuddelt haben. Ich muss so ungefähr wissen, wer, was, wo und wie viele rübergebracht werden müssen. ›Herr Pfarrer‹, werde ich sagen, ›so spricht der Herr: Ich werde ihre Gräber öffnen und sie aus ihren Gräbern auferstehen lassen.‹«

»Warte damit lieber noch ein Weilchen«, sagte meine Mutter, »womöglich findet die Hochzeit doch nicht statt. Der Junge von den Chardons hat noch nicht Ja gesagt, wenn ich dich richtig verstanden habe. Der muss erst noch bearbeitet werden. Und überhaupt ... ein katholischer Junge und ein orthodox-reformiertes Mädchen, das gibt nie eine Hochzeit, ganz bestimmt nicht.«

»Orthodox-reformiertes Mädchen? Ginus ist mit seiner ganzen Familie aus der Kirche geschmissen worden. Er ist nicht mehr orthodox-reformiert. Nein, das ist kein Hinderungsgrund. Und wenn der Pfarrer selbst sich dahinterklemmt ... du weißt, wie der Pfarrer aus Nieuw Huys ter Lugt ist, das ist ein Bluthund, gegen den hat der Junge von Chardon keine Chance. Er kann machen, was er will, heiraten wird er.«

»Ja, aber der Pfarrer hat überhaupt kein Interesse daran, den Jungen von Chardon und Ginus' Tochter zu trauen. Es ist nicht sein Friedhof, der verlegt werden muss.«

»Das nicht, aber er ist ein echter Katholik. Und du weißt, wie die Katholiken sind. Die setzen sich schon seit Jahrhunderten für die Interessen anderer Katholiken ein. Durch dick und dünn. Die sind nur darauf aus, wieder die Mehrheit im Parlament zu erringen. Dann greifen sie zu ihren Holzvorräten und machen wieder Scheiterhaufen daraus ...«

»Jetzt übertreibst du wieder.«

»Glaubst du das nicht? Als ich selbst noch in Nieuw Huys ter Lugt auf dem Leeuwenwoning-Hof gearbeitet habe, da sagte so ein Kathole immer zu mir: ›Nachbar, du bist ein prima Kerl, wenn wir wieder Protestanten verbrennen, werde ich dafür sorgen, dass du erwürgt wirst, ehe du ins Feuer gehst.‹«

»Das war doch ein Witz, um dich zu ärgern.«

»Meinst du? Solche Witze … vermutlich hat es früher auch den ein oder anderen Deutschen gegeben, der zum Spaß zu einem Juden gesagt hat: ›Ins Gas mit dir.‹ Tja, bei dieser Art von Scherzen weiß man nie …«

»Na, so weit ist es jedenfalls noch nicht, noch haben sie nicht die Mehrheit.«

»Nein, da hast du recht, aber Ginus' Enkelkind, das muss natürlich katholisch erzogen werden … wieder einer mehr … ich kann beim besten Willen nicht begreifen, wie er sich damit einverstanden erklären konnte.«

»Was hätte er sonst tun sollen«, meinte meine Mutter lakonisch.

32

Am Samstag, den 23. Dezember schob ich die Brotkarre in Richtung Bahnübergang. Tags zuvor war der Bäcker gekommen und hatte gefragt, ob ich, in Anbetracht des zu erwartenden Hochbetriebs, aushelfen könnte. Wenn ich bereit wäre, in fünf Straßen jenseits der Gleise das Brot auszuliefern, dann würde dies eine willkommene Entlastung für sein fest angestelltes Personal bedeuten. Natürlich nahm ich das Angebot an. Aber schon am nächsten Tag tat mir dieser Entschluss sehr leid. Es fror nämlich nicht nur zehn Grad unter Null, sondern es wehte zudem ein Polarwind, der direkt aus Sibirien kam und durch alles hindurchging. Es war so bitterkalt, dass ich selbst an den noch warmen Broten kaum meine Finger wärmen konnte. Die Münzen froren zwischen meinen Fingern fest, aber mit dicken Handschuhen konnte ich kein Wechselgeld herausgeben. Offenbar sah ich aus wie ein Eiszapfen. Erschrocken bat man mich überall, wo ich klingelte, ins Wohnzimmer, wo die Anthrazitöfen wie Hochöfen glühten. Es war dumm, sich jedes Mal daran zu wärmen, denn wenn ich in die Polarkälte zurückkehrte, hatte ich das Gefühl zu erstarren. Außerdem kam ich nicht recht vorwärts, sondern erhielt stattdessen einen Eindruck von den übervollen Wohnzimmern in den niedrigen Häusern an der Mole. Zwischen den riesigen Sesseln, in denen ich Platz nehmen durfte, um heißen Kakao zu trinken, fehlte oft der Platz zum Gehen. Wer woanders hin wollte, musste klettern.

Auch an diesem Samstag war es wieder ein großes Rätselraten, was die Kunden kaufen würden. Rosinenstuten?

Geschnittenes Milchbrot? Bauernbrot? Wir wussten es nicht, und obwohl ich eine riesige Auswahl in meiner Karre mitführte, hatte ich bereits nach zwei Straßen kein geschnittenes Brot mehr. Das war eine Katastrophe. Nachdem ich zunächst überall sehr herzlich ins Wohnzimmer gebeten und mit heißer Schokolade versorgt worden war, wurde ich nun beinahe gelyncht, wenn ich mitteilen musste: »Tut mir leid, ich habe kein geschnittenes Weißbrot mehr.« Zum Glück kam gegen Mittag der Bäcker selbst vorbei, um nachzusehen, wie die Lage war. Mit einer anderen Lieferkarre wurde mir anschließend eine gewaltige Menge geschnittenes Brot gebracht.

Am Ende dieses bitterkalten Tages kam ich zu ein paar Häuschen, die um einen kleinen Innenhof herum standen und zwischen der orthodox-calvinistischen Evangelisationsbibliothek und dem Nachbarschaftszentrum Hinnom eingeklemmt lagen. Die Leute in diesen Häusern, die der letzte Fluchtort für all diejenigen waren, die nicht einmal die unterste Stufe der gesellschaftlichen Leiter betreten hatten, kauften immer die teuersten Brotsorten. Natürlich geschnitten. Fehlte das ein oder andere Brot im Angebot, konnte man von Glück sagen, wenn man den Innenhof mit heiler Haut wieder verließ. Erhob eine der Bewohnerinnen ihre Stimme, um zu klagen, öffneten sich augenblicklich alle umliegenden Türen, in denen mit Teppichklopfern und Besen bewaffnete und mit langärmeligen Kitteln bekleidete hexenartige Wesen erschienen. Bedrohlich näherten sie sich dann der Brotkarre.

Weil der Bäcker meinen Karren aufgefüllt hatte, gelang es mir an diesem Nachmittag, den gesamten Innenhof ohne nennenswerte Probleme zu versorgen. Hier und da wurde ich sogar auf ein Glas Anismilch ins Haus gebeten, doch ich lehnte die Einladungen ab. Ganz abgesehen davon, dass ich mich vor den hexenartigen Wesen fürchtete, hatte ich inzwischen gelernt, dass es besser war, draußen zu bleiben, wo der kräftige Nordostwind, über die Gleise hinweg, genau in den Innenhof hineinwehte. Dort entstanden schauerliche Wirbel. Auf dem trostlosen Hof knisterten verblichene, feuchte Geburtstagsgirlanden, die vom Sturmwind hin und her geworfen wurden.

Ich ging durch den umherwehenden Papierschmuck zum letzten Haus auf dem Innenhof. Meine Hand lag bereits auf der Klingel, als plötzlich ein heiseres Kreischen ertönte. Dann folgten ein paar erstickte Schreie. Ich stand da und lauschte, ich hörte das Wispern der herumwirbelnden Luftschlangen, aber ich hörte auch, dass dort drinnen offenbar jemand geschlagen wurde. Derjenige, der die wohlgezielten Schläge bekam, ließ sich allerdings nicht willenlos verprügeln. Die Schmerzensschreie wurden ganz offensichtlich von zwei Menschen abgegeben. Wenn die Schreie verstummten, waren deutlich Schimpfwörter zu hören: elender Drecksack, verdammtes Arschloch, Hurensohn. Diese gingen einher mit einer Auflistung schrecklicher Krankheiten. »Ich wünsch dir den Krebs an den Hals, die fliegende Schwindsucht«, rief eine tiefe, schwere Altstimme. Mir schien es, die Hand auf der Klingel, das Vernünftigste zu sein, mit meinem Bäckerkarren so schnell wie möglich zum Bahnübergang zu verschwinden. Mischte ich mich in diesen Streit ein, und sei es auch nur, indem ich klingelte und scheinbar arglos »der Bäcker ist da« rief, dann bestand die Gefahr, dass sich die beiden Kampfhähne auf mich stürzten. Meine Erfahrung hatte mich damals schon gelehrt, dass zwei streitende Parteien ihre Meinungsverschiedenheiten sofort vergessen, wenn ein Friedensstifter auftaucht. Dieser wird dann von den sich verbündenden Kampfhähnen in Stücke gerissen.

Und doch ging es mir gegen meine Aushilfsbäckerehre, die Hand zurückzuziehen, die bereits auf der Klingel lag. So kräftig wie möglich zog ich an dem Kupferknopf. Wie in dem Roman *Der kleine Rudolf* von Aart van der Leeuw hatte die Klingel einen Klang wie geborstenes Eisen. Im Haus verstummten die Geräusche. Kurze Zeit später wurde die Haustür aufgerissen. Ein hoch aufgeschossener Bursche, etwas älter als ich, erschien in der kleinen Türöffnung. Sein Gesicht war blutig, das rabenschwarze Haar darüber aber trotzdem perfekt frisiert. Er hatte eine Pat-Boone-Frisur, ich konnte die Pomade riechen.

»Der Bäcker«, sagte ich schlicht.

Er sah mich nicht einmal an, stürmte an mir vorbei, knallte den offenstehenden Deckel der Bäckerkarre mit Wucht zu und trommelte anschließend wild mit den Fäusten auf das Holz. Dann rannte er in Richtung Bahnübergang. In dem kleinen Häuschen blieb es totenstill.

»Der Bäcker«, rief ich munter in den dunklen Flur hinein. Niemand kam. Aber es musste jemand da sein. Eine Frau, ein Mädchen. War sie verletzt? Sollte ich Hilfe holen? Erneut zog ich an dem kupfernen Knopf, und die Klingel hörte sich jetzt, weil die Tür weit offen stand, wie eine geborstene Schiffsglocke an. Ich hörte Schritte, aber es kam niemand.

»Alles in Ordnung?«, rief ich. »Soll ich Hilfe holen?«

»Nein«, rief eine Mädchenstimme.

»Der Bäcker«, rief ich, »brauchen Sie etwas?«

»Ich komme«, erwiderte die Stimme.

Ich wartete. Der Nordostwind legte noch einmal zu und beachtete meinen dicken Wintermantel nicht. Er drang geradewegs durch ihn hindurch und biss sich in meiner Haut fest. Ich stampfte mit den Füßen, um mich ein wenig aufzuwärmen, ich pustete in meine Hände und schlug die Arme gegeneinander, wie ich es die Gemüsehändler und Scherenschleifer an Wintertagen immer hatte tun sehen. Während ich also meine Ellenbogen rhythmisch bewegte, näherte sie sich durch den Flur. Es war dort so dunkel, und sie hatte sich so verändert, dass ich sie zuerst nicht erkannte. Sie aber erkannte mich, schaute mir zum ersten Mal gerade ins Gesicht und sagte herablassend: »Ich brauche nichts.«

In diesem Moment erkannte ich sie und erschrak sehr. Sie war vollkommen unförmig, was durch ihr graues und potthässliches Kleid noch betont wurde. Ihr Gesicht war aufgedunsen und bleich, ihr Haar, ihr wunderschönes Haar, war struppig. Das Lockige war daraus verschwunden. Es war erschütternd, sie so zu sehen, und erst als ich: »Machteld, du ...« gestottert hatte, dämmerte mir, wodurch ihre Formlosigkeit hervorgerufen wurde. Nach der Geburt ihres Kindes würde sie wieder so sein, wie sie früher gewesen war – das mit Abstand schönste Mädchen, das mir jemals begegnet war.

Sie stand da, lehnte sich schwer gegen den Türrahmen und zischte mich nochmals an: »Ich brauche nichts, verdammt. Hörst du nicht, was ich sage?«

»Das kann nicht sein«, erwiderte ich, »morgen ist Sonntag, und übermorgen ist Weihnachten. Die Geschäfte öffnen erst am Mittwoch wieder. Du musst für drei Tage Brot im Haus haben.«

»Ich brauche nichts«, sagte sie, »soll er doch selbst was kaufen, dieses Arschloch. Ich kaufe nichts, und wenn nichts im Haus ist, hat diese miese Ratte eben nichts zu fressen.«

»Du aber auch nicht«, warf ich ein.

»Das ist mir scheißegal.«

»Ja, aber ... aber ...«, stotterte ich.

»Was ja aber?«, herrschte sie mich an.

»Dein Kind«, sagte ich.

Einen Moment lang sah sie mich sprachlos an, dann schimpfte sie los.

»Was geht das dich an, du kleiner, dreckiger, hinterhältiger Zwerg, du fieser, schmieriger Spanner, das ist nicht dein Bier, du elender, gemeiner, verdammter Besserwisser. Lern lieber deine Katechismusfragen und kümmere dich um deinen eigenen Dreck. Was glaubst du eigentlich, wer du bist?«

Ich sah sie an. So wie sie da in der Türöffnung hing, mit diesem schrecklichen bleigrauen, formlosen Kleid, dessen unterer Saum zudem noch halb aufgerissen war, verkörperte sie für mich den Inbegriff der völligen Zerrüttung, der unbegreiflichen Verluderung, der erschütternden Verwahrlosung. Und dennoch empfand ich Triumph. Sie redete mit mir. Endlich! Sie schaute nicht an mir vorbei, sie sah mich an, sie beschimpfte mich, und sie schien sich sogar daran zu erinnern, dass ich im Konfirmationsunterricht den Heidelberger Katechismus fehlerlos hatte aufsagen können. Alles konnte noch gut werden. Von dem Drecksack aus Nieuw Huys ter Lugt, der sie geschlagen hatte, würde sie sich scheiden lassen, das ging nicht anders, dann würde das Kind geboren werden, und sie würde bald wieder so aussehen wie früher, und dann gab es außer mir niemanden mehr, der sie noch haben wollte. Sie muss gesehen, geahnt haben, was ich dachte, denn auf dem geschundenen, aufgedunsenen Gesicht war einen kurzen Moment lang Erstaunen zu sehen. Dann aber brach sie in gellendes Lachen aus, das mit dem Klang der altmodischen Hofglocke wetteiferte. Sie trat einen Schritt vor, packte mich bei meinen Locken, zog daran und versetzte mir mit der flachen Hand einen Schlag ins Gesicht.

»So«, sagte sie, »und nun hau ab. Oder willst du noch mehr?«

»Ja«, hörte ich mich selbst sagen.

»Kannst du haben«, schrie sie.

Mit beiden Fäusten schlug sie mir auf die Brust. Sie trat mir gegen die Schienbeine.

Ringsherum gingen die Haustüren auf, und auf den Schwellen erschienen bewaffnete, hexenartige Frauen.

»Was ist los, Machteld? Hat dieser Schweinehund kein geschnittenes Brot mehr? Brauchst du Hilfe?«

»Nein«, schrie sie, »verzieht euch, ich komme allein zurecht!«

Eine der Hexen kam trotzdem näher und reichte ihr einen Teppichklopfer. Machteld riss ihr die Waffe aus der Hand, zögerte keine Sekunde und rückte mir damit zu Leibe, als wäre ich ihr pomadiger Ehemann. Während ein Schauer von Schlägen auf mich niederprasselte, dachte ich: Es ist gar nicht so schlimm, das lässt sich gut aushalten und tut kaum weh; eigentlich ist es sogar angenehm, es wird einem wieder warm davon. Bei diesem erstaunlich gut zu ertragenden wärmenden Schmerz stellte sich ein allumfassendes Gefühl der Wonne ein, weil ich von dem Mädchen geschlagen wurde, das ich jahrelang zutiefst bewundert hatte. Sie hatte mich einfach ignoriert, aber jetzt, jetzt ignorierte sie mich nicht mehr, jetzt schlug sie mich aus Leibeskräften, jetzt schlug sie sich und mich mit dem Teppichklopfer warm, der sich den Schlägen weniger gewachsen erwies als ich. Seine Besitzerin rief plötzlich: »Hör auf! Mein guter Teppichklopfer geht kaputt.«

Dann sagte eine andere, krumm gewachsene Hexe, die schlurfend näher kam: »Ja, du kannst besser aufhören. Das ist einer von denen, die es herrlich finden, wenn man sie … die ganz spitz werden, wenn sie Schläge bekommen. Schaut ihn euch nur an, der genießt das regelrecht, dem läuft schon der Sabber aus dem Mund, ohoh, wie eklig.«

Die anderen stimmten ihr zu und riefen: »Verdammt, du fieser Drecksack!«

Die bucklige Hexe spuckte auf die kleinen gelben Pflastersteine, mit denen der Innenhof umsäumt war, und sagte: »Perverses Schwein.«

»Und aus den Fingern dieses Widerlings haben wir vorhin unser Brot bekommen«, schrie eine andere Hexe.

»Pfui, wie ekelhaft, fort mit der Drecksau, diesem widerlichen, perversen Schweinehund!«

Sie drängten sich um mich, schoben mich mit ihren kämpferisch vorgeschobenen Schultern aus dem Innenhof hinaus und warfen hinter mir mit einem lauten Schlag das Tor zu.

33

»Ist das so in Ordnung?«, fragte mein Vater mürrisch. Er drückte mir ein liniertes Blatt in die Hand, das er aus einem Notizblock gerissen hatte.

Ich las: »werte Herren, grene möchte ich mich um die Stehle als Grabmacher bewerben hochachtungsvoll«

»Das will ich zur Gemeindeverwaltung in Delft schicken«, sagte mein Vater. »Ich habe gehört, dass man dort einen neuen Grabmacher sucht.«

»Und du willst hier aufhören?«, fragte ich erstaunt.

»Ja«, erwiderte er, »zusammen mit Ginus bin ich beim Pfarrer gewesen, um über den Friedhof zu reden. Die Anzahl der toten Katholen, die verlegt werden sollen, ist gar nicht mal so groß, aber der Pfarrer hat eine ganze Reihe von Bedingungen gestellt. Wenn ich ihn richtig verstanden habe, will er, dass irgendein Kaplan, so eine Art Hilfsgeistlicher ... was mag das nur für ein komischer Kauz sein, ein Hilfsgeistlicher? ..., die Aufsicht hat, während wir graben. Da kommt also irgendein Kerl und steckt seine Nase in das Loch, dieweil wir uns unten in der Erde abrackern. Warum? Vertraut man uns nicht? Denken die Katholen, dass wir den Schmuck und die goldene Ringe unterschlagen? Ginus ist alles egal, der ist total mürbe nach allem, was man ihm angetan hat, der ist sogar froh, dass er überhaupt noch irgendwo geduldet wird, und sei es auch bei den Katholiken. Aber ich habe keine Lust, den Friedhof zu räumen, während gleichzeitig ein Kap... ein Hilfsgeistlicher mir auf die Finger schaut ... Hilfsgeistlicher, schon bei dem Wort wird mir ganz anders. Nein, ich bedaure sehr, dass ich zu dem Pfarrer gegangen bin. Nun ja, ich ahnte es ja schon, ich habe nicht umsonst immer gesagt: Damit fange ich gar nicht erst an. Und jetzt bin ich Gott verdammt noch mal doch der Dumme. Aber wenn ich noch rechtzeitig nach Delft wechsle, bin ich alle Probleme los. Glaubst du, die nehmen mich mit meinem Bewerbungsschreiben?«

»Nein«, erwiderte ich, »es ist viel zu kurz, und ich sehe nirgendwo Punkte oder Kommata, und man schreibt nicht ›grene‹, sondern ›gerne‹, und es muss heißen ›Stelle‹ und nicht ›Stehle‹.«

»Was macht das schon? Das sind doch nur meine alektischen Fehler.«

»Alektische Fehler?«

»Ja, wenn man ›Dorf‹ schreiben will und stattdessen ›Drof‹ schreibt, macht man alektische Fehler. Das ist was ganz Besonderes, das kommt nur selten vor, aber ich, ich leide darunter«, sagte mein Vater stolz.

»Wenn du mich fragst, dann bist du einfach nur wortblind.«

»Wortblind? Ich? Wie kommst du da drauf! Ich habe schon als Kind alektische Fehler gemacht.«

»Ich glaube nicht, dass man in Delft, wenn man dort ›grene‹ und ›Stehle‹ liest, noch sonderliches Interesse an dir hat …«

»Wieso nicht? Dann weiß man dort gleich, dass ich alektische Fehler mache. Ein Mensch ist nicht weniger wert, bloß weil er an dieser Krankheit leidet. Das sollen die in Delft ruhig wissen, dann können sie hinterher auch nicht sagen, ich hätte sie übers Ohr gehauen.«

»Ja, schon, aber … und außerdem ist der Brief viel zu kurz. Da muss auf jeden Fall drinstehen, dass du schon seit Jahren Grabmacher bist, und auch, was du vorher gemacht hast. Außerdem muss rein, dass wir orthodox-reformiert sind und dass …«

»Weißt du was, schreib du doch einen ordentlichen Brief. Den schreibe ich dann ab und schicke ihn nach Delft.«

Also verfasste ich ein langes Bewerbungsschreiben. Mein Vater schrieb es mit der Hand ab, und wieder stand in seinem Brief, dass er sich »grene« um die »Stehle« des Grabmachers bewerben wolle. Außerdem hatte er all meine Kommata und Großbuchstaben weggelassen, sodass mein Brief nun aussah wie ein Stück experimentelle Prosa. Ich sagte zu meinem Vater: »So geht das nicht. In der Schulbibliothek steht eine Schreibmaschine. Ich werde mal fragen, ob ich den Brief da tippen darf. Anschließend kannst du ihn unterschreiben und abschicken.«

»Meinetwegen«, erwiderte mein Vater, »aber es ist gegen meine Prinzipien, mich anders darzustellen, als ich eigentlich bin. Eigentlich sollte man in Delft gleich wissen, aber warte … kannst du nicht in dem Brief schreiben, dass ich alektische Fehler mache?«

»Was haben die in Delft denn davon, wenn sie das wissen? Auch wenn du alektische Fehler machst, gräbst oder harkst du deswegen doch nicht anders?«

»Nein, das stimmt, dann lass es eben weg. Ich werde es ihnen unter die Nase reiben, wenn sie mich zu einem Vorstellungsgespräch einladen.«

Wir schickten den Brief ab, erhielten eine Benachrichtigung, worin der Empfang des Briefes bestätigt wurde, und hörten danach nichts mehr. Mein Vater meinte ab und zu: »Ich glaube nicht, dass man sich in Delft besonders viel Mühe mit meiner Bewerbung macht. Tja, eigentlich weiß ich nicht einmal so recht, ob ich dort überhaupt noch hin will. Es gefällt mir hier ja durchaus, und es wäre natürlich auch eine Sauerei, Ginus allein die Katholenbande räumen zu lassen … das wäre wirklich ein übler Streich, ihn im Stich zu lassen, jetzt, wo ihm das Wasser bis zum Hals steht und seine Frau bis zum Hoofd gehen muss, um ein halbes Graubrot zu kaufen, und bis zur Weverskade für ein bisschen Petroleum und bis zum Stort für ein wenig Hackfleisch ... es ist doch wirklich nicht zu glauben, dass man überall rausgeekelt wird, wenn man einen winzigen Satz in der Bibel ein wenig anders liest, als der Pastor das gerne hätte. Aber dieser Kerl, dieser Hilfsgeistliche, der passt mir gar nicht, das sind so Dinge, die ich überhaupt nicht leiden kann. Ich weiß, dass mein Vater immer gesagt hat: ›Habe Vertrauen, aber vertraue niemandem‹, aber ich habe überhaupt keine Lust, unter Aufsicht zu räumen. Wenn ich bei mir räume, wird das Tor hermetisch abgeschlossen, dann kommt keiner aufs Grab, nicht mal Rampenne. Und bei den Katholen ... die schicken uns einfach einen Topfgucker ... Was denken diese Leute überhaupt? Wovor fürchten die sich? Leichenschändung? Grabraub? Na ja, wenn es so weit ist und der Kaplan oben am Grabrand kiebitzt und Ginus und ich unten buddeln, dann fällt uns beiden bestimmt was ein. Garantiert finden wir irgendeinen Knochen, an dem noch faulige Fleischreste hängen und der ein wenig blutig und eklig aussieht. Den halte ich ihm dann hin und sage: ›Herr Kaplan, könnten Sie den mal kurz nehmen und beiseite legen. Der Knochen ist viel zu groß, als dass er von der Frau sein könnte, die hier beerdigt ist.‹ Es wäre doch gelacht, wenn es uns nicht gelänge, ihn so weit zu bringen, dass er kotzend das katholische Grab verlässt ... wenn es sich mal nur nicht um einen ganz Harten handelt, einen ganz Zähen, na ja, wir werden sehen, noch ist es nicht so weit, über das Ganze wird schon seit Jahren geredet, ohne dass etwas passiert. Es sieht fast so als, als schreckten sie am Ende doch davor zurück, die Sache anzugehen.«

34

»Kaum ist man mal einen Tag mit der Freiwilligen Feuerwehr unterwegs, und was passiert? Ausgerechnet den Tag kommen zwei Herren aus Delft vorbei, um sich das Grab anzusehen«, sagte mein Vater.

»Die sind also gestern da gewesen?«, fragte meine Mutter.

»Genau. Während man uns in Antwerpen vorgeführt hat, wie man dort in der Feuerwache bei Alarm an den langen, glatten Stangen herunterrutscht, sind zwei Kerle aus Delft stundenlang auf dem Friedhof herumgerannt. Und wen haben sie getroffen? Du darfst einmal raten.«

»Ginus natürlich.«

»Ja, natürlich, das ist ja klar, es wäre merkwürdig, wenn sie dem nicht begegnet wären. Nein, sie haben noch jemand anderen getroffen, und dem haben sie ein Loch in den Bauch gefragt. Na los, rat noch mal.«

»Ai van der Leeuw vielleicht?«

»Warum sollte der auf dem Grab sein?«

»Um einen Grabstein zu bringen.«

»Dann hätte er das vorher angekündigt, nein, der war es auch nicht, nein, weißt du, wen sie getroffen haben? Weißt du, bei wem sie sich erkundigt haben? Du wirst es nicht glauben, und Ginus hat mir zunächst auch gar nichts davon erzählt, aber ich konnte genau zurückverfolgen, wo sie überall gewesen sind und worüber sie gesprochen haben.«

Aus der Brusttasche seiner Arbeitsjoppe zog mein Vater einen Stapel weißer Zettel hervor.

»Schau«, sagte er, »die habe ich überall gefunden. Und

diesen Zetteln kann ich beinahe Wort für Wort entnehmen, was alles gesagt worden ist. Hier, schau, die lagen vor dem Stein von Frau Klinge im Beet und auf dem Pflaster verstreut. Auf einem der Zettel steht: ›Alle Buchstaben ab.‹ Und auf einem anderen: ›Hat der Grabmacher getan.‹ Was ist also passiert? Die Leute aus Delft kommen aufs Grab und laufen Rampenne in die Arme, und der schleppt sie mit zu dem Stein von Frau Klinge und sagt zu den beiden: ›Schauen Sie, hier wurden alle Buchstaben vom Stein poliert. Das ist das Werk des Grabmachers. Wenn ihr den in Delft einstellt, macht er auch dort alle Buchstaben von den Steinen.‹«

»Das kann er gar nicht alles gesagt haben«, entgegnete meine Mutter.

»Nicht so ausführlich, wohl aber mit Gesten. Er hat kräftig mit den Armen gewedelt, und die Kerle aus Delft werden ihn bestimmt verstanden haben. Auf jeden Fall habe ich hier einen Zettel, auf dem steht: ›Nicht nehmen. Scheißkerl.‹«

»Aber sie werden sich doch nicht auf das verlassen, was so ein merkwürdiger Mann sagt?«

»Keine Ahnung. Ich glaube jedenfalls nicht, dass dies eine gute Reklame für mich war. Rampenne! Kannst du das verstehen? Seit Jahren kommt er fast täglich kurz vorbei, und in all den Jahren habe ich ihn noch nie mit einer Harke vom Grab gejagt. Ich behaupte nicht, dass ich immer freundlich zu ihm gewesen bin, ich habe ihn oft genug angebrüllt: ›Markus 9, Vers 25: Du sprachloser und tauber Geist, ich gebiete dir, dass du von hier ausfahrest und fahrest hinfort nicht mehr hierhin.‹ Aber ich bin nie richtig fies zu ihm gewesen, und trotzdem ist er mit den Männern aus Delft an allen Grabsteinen gewesen, von denen ich die Buchstaben abpoliert habe. Bei jedem der entsprechenden

Steine habe ich ein paar weiße Zettel gefunden. Und dann ist er mit ihnen zum Ufer des Wassergrabens gegangen. Auch da habe ich einen Zettel gefunden, auf dem nur ein einziges Wort stand: ›Reiher‹. Also hat er sie auch noch, so gut es eben ging, wissen lassen, dass sich auf dem Grab schon seit Jahren ein zahmer Reiher herumtreibt. Als wäre das meine Schuld! Schon seit Menschengedenken versuche ich, das Vieh auf anständige Weise loszuwerden. Neulich gehe ich an der Spitze eines Trauerzugs – eines orthodox-reformierten, ist ja klar – über den Friedhof, und da steht dieser Reiher, ein wenig fröstelnd in sich gesunken, genau neben dem Grab. Ich sage zu ihm: ›Verzieh dich, Kanaille‹, aber was sollte ich machen, ich hatte nichts bei mir, um ihm eine zu pfeffern, und Ginus konnte ich auch nirgends entdecken. Der hockte natürlich im Bahrhäuschen und ärgerte sich, dass er nicht vornweg gehen durfte, weil ein armer Schlucker aus unserer Kirche beerdigt wurde. Ich überlege also: Wie kriege ich den Reiher ohne allzu viel Lärm hier weg? Tja, das war leider unmöglich, der Reiher blieb einfach regungslos am Rande des Grabes stehen und hielt Wache, während die Trauergäste sich um ihn herum gruppierten … natürlich ließen sie ein bisschen Platz, denn sie empfanden doch eine gewisse Abneigung gegen den Reiher … und Baarvink schaut mich an, als wollte er sagen: Soll der jetzt etwa der Feierlichkeit beiwohnen, und ich mache eine Geste, die besagen soll, dass ich auch nicht recht wisse, was ich tun soll, und die Träger legen den Sarg auf die Drähte des Lifts, und der Reiher steht da und fröstelt vor sich hin. Mit hochgezogenen Schultern. Als trauerte er mit. Baarvink hielt seine Trauerrede über Psalm 103, und dann mussten wir »Ein feste Burg ist unser Gott« singen. Du hättest den Reiher sehen sollen, als wir das Lied anstimmten. Er schaute sich plötzlich mächtig erschrocken um. Als wollte er sagen: Ihr glaubt doch nicht etwa, dass ich dieses Lied auswendig kann. Es war, als bemerkte er erst in diesem Moment, dass eine Beerdigung stattfand und dass er mittendrin dabei war. Da fängt er an, mit den Flügeln zu schlagen, und stößt dabei einen Schrei aus! Ich kann dir sagen, wir alle hatten eine Gänsehaut! Er erhebt sich in die Luft und lässt dabei einen Riesenhaufen auf den Sarg fallen. Das sah aus wie Dreck von einem, der Dünnpfiff hat. Und im Wegfliegen hielt er es für notwendig, noch einmal kräftig zu schreien, und als er an seinem Stammplatz beim Wassergraben an den Gleisen angekommen war, brachte er noch zweimal zum Ausdruck, dass die Beerdigung ihn tief berührt hat. Reiher können ja kreischen ... ich denke, sogar Rampenne kann ihn hören; darum hat er den Herren aus Delft ... aber wie dem auch sei, ich hätte dem Vieh schon längst den Hals umdrehen müssen, doch das sagt sich so leicht. Wirklich zur Last fällt er uns nicht, er ist dort eben einfach zu Hause, seine feste Adresse lautet nun mal: Gleisgraben, Gemeindefriedhof, Boonersluis.«

»Aber Rampenne kann den Männern aus Delft doch unmöglich diese ganze Geschichte erzählt haben.«

»Nein, bestimmt nicht, Rampenne war bei der Beerdigung gar nicht dabei. Aber er hat ihnen erzählt, dass ein zahmer Reiher auf dem Grab lebt. Ich wette zehn zu eins, dass sie ihn nicht nur gesehen haben, sondern dass er auch sein heiseres Schreien hat hören lassen. Und Rampenne stand daneben und hat sich die Hände gerieben.«

Ich betrachtete meinen Vater von der Seite und dachte: Wirklich wütend ist er nicht. Ein wenig entrüstet vielleicht, aber mehr auch nicht. Er findet das gut so, er will gar nicht nach Delft.

Mein Vater spürte offenbar meinen Blick. Es sah mich pfiffig an und sagte: »Du siehst, dein schöner Brief hat seine

Wirkung doch nicht verfehlt, auch wenn du verschwiegen hast, dass ich alektische Fehler mache. Aber Rampenne hat alles verdorben … zumindest … schau, diesen Zettel habe ich vorhin noch gefunden, als ich schon auf dem Heimweg war. Weißt du, was da mit Riesenbuchstaben draufsteht? ›Nehmt Ginus.‹ Nun erntet Ginus am Ende doch noch die Früchte dafür, dass er – auch wenn ich ihm hundertmal gesagt habe: ›Verpass diesem Rampenne einen kräftigen Tritt in den Hintern‹ – immer so freundlich zu dem alten Lahmarsch gewesen ist. Und Rampenne hat zwar gelegentlich mit ihm über die Vergebung der Sünden diskutiert, aber soweit ich weiß, hat ihm keine Menschenseele erzählt, dass Ginus aus der Kirche rausgeschmissen worden ist.«

»Er weiß doch sonst immer alles?«

»Jaja, aber dieser Fall ist viel zu kompliziert, um ihn einem Taubstummen zu verklickern. Wenn man es ihm berichtet hätte, dann hätte er wohl nicht so schnell ›Nehmt Ginus‹ geschrieben.«

Mein Vater zog vergnügt an seiner Zigarette. »Kaum dass ich den Zettel aufgehoben hatte, kam Ginus. Ich sage zu ihm: ›Rampenne hat Werbung für dich gemacht.‹ ›Ja‹, erwidert er, ›die Kerle sind hier eine ganze Zeit lang herumspaziert, und am Ende haben sie eine Weile bei mir im Bahrhäuschen gesessen und geplaudert. Schließlich haben sie mich gefragt, ob ich nicht Lust hätte, zu einem Gespräch nach Delft zu kommen.‹

›Und? Hättest du Lust?‹

›Es wäre die Lösung für viele meiner Probleme. Hier müssen wir weg, so viel steht fest. Meine Frau kann nirgendwo mehr einkaufen. Mir spuckt man auf der Straße einfach so ins Gesicht, und man ruft mir alles Mögliche hinterher. Aber wenn sie mich haben wollen und ich die Stelle annehme, bist du wieder allein.‹

›Ja, ich würde ungern auf dich verzichten, aber ich denke doch, du solltest dich um die Stelle bewerben. Du hast hier nur noch einen einzigen Anhänger, nämlich Rampenne; alle anderen gucken dich mehr oder weniger nur noch mit dem Hintern an. Leider Gottes ist es so.‹

›Du würdest es mir also nicht übelnehmen …‹

›Pass mal auf, du bist ein Pfundskerl, ich werde dich sehr vermissen, aber du und ich, wir beide wissen nur allzu gut, auf welcher Seite dein Butterbrot bestrichen ist. An deiner Stelle würde ich gehen, da wäre nur …‹

›Der katholische Friedhof.‹

›Genau. Wegen deiner Tochter hast du dem Pfarrer aus purem Elend versprochen, dass du ihm seinen Laden räumen und verlegen wirst. Ich hoffe nur, das hat dir ein wenig weitergeholfen; dieser und jener hat mir berichtet, dein Schwiegersohn habe … eine recht lockere Hand … na ja, das spielt im Moment auch keine Rolle … Du hast dem Pfarrer dein Wort gegeben, und daraufhin habe ich zu dir gesagt: ‚Ich lass dich nicht allein schuften.' Aber demnächst wohnst du gemütlich in Delft, und verdammt noch mal, obwohl ich immer gesagt habe, dass ich es ohne Klein-Seilbagger nicht mache, habe ich das Ganze dann doch am Hals. Ohne dich, ohne Klein-Seilbagger, aber dafür mit einem Kaplan. Eine schöne Bescherung.‹

›Noch habe ich die Stelle in Delft nicht.‹

›Die wären doch mit dem Klammerbeutel gepudert, wenn sie dich nicht nähmen. Du bist der Beste, den sie kriegen können; dein einziger Nachteil ist, dass du es nur verdammt schwer ertragen kannst, zusammen mit einem Toten im Leichenhaus zu sein. Das hat Rampenne bestimmt nicht erzählt.‹

›In letzter Zeit fällt mir das ein wenig leichter.‹

›Ach ja? Und wie war das mit dem Säufer, den man letzte

Woche aus dem Waterweg gefischt hat? Ich habe gesehen, wie du in die vierte Klasse gekotzt hast.‹

›Das stimmt, aber der war auch schon mindestens eine Woche tot. Der sah schrecklich aus … und wie der gestunken hat …‹

›Du kannst froh sein, dass du in Delft von einem richtigen Fluss weit entfernt bist. Aber rechne damit, dass die Leichen dort ebenfalls stinken wie die Pest; die stinken überall wie die Pest. Nur mit so einem Ertrunkenen wirst du es dort wohl nicht so bald zu tun haben, mit so einem Gasballon.‹

›Hoffentlich nicht. Aber Delft ist gar nicht so weit weg. Wenn man mir die Stelle gibt, kann ich immer noch, wenn die Katholen gefegt werden müssen, abends mit dem Fahrrad herkommen und dir helfen.‹

›Das ist verdammt nobel von dir. Lass uns erst mal sehen, wie der Hase läuft. Besonders eilig scheinen die Katholiken es nicht zu haben. Es hat fast den Anschein, als trauten sie sich nicht, den Friedhof zu verlegen. Ich weiß nicht mal mehr, wie lange es inzwischen her ist, dass der Pfarrer mich das erste Mal gefragt hat, ob ich die Sache übernehmen könnte. Wenn wir mit der Arbeit anfangen, bist du längst in Delft. Nun ja, ich verlasse mich darauf, dass du abends mit dem Rad herkommst, um tüchtig beim Räumen zu helfen. Am besten fährst du über den Treidelpfad, dann kommst du hintenrum ins Dorf, und niemand sieht dich; dann musst du auch keine Angst haben, dass man dir ins Gesicht spuckt oder dir was hinterherruft.‹«

35

»Könntest du deinem Vater heute Morgen den Kaffee bringen?«, fragte meine Mutter.

»Warum gehst du nicht selbst?«

»Im Bahrhäuschen sitzen bestimmt lauter Kerle.«

»Kerle? Was für Kerle?«

»Eine Kommission, eine katholische Kommission. Es soll geprüft werden, ob dein Vater wirklich der richtige Mann ist, um den Friedhof zu verlegen.«

»Wer sagt, dass sie in der Kaffeepause kommen?«

»Bestimmt tun sie das. Dann macht man die Tür des Bahrhäuschens auf und guckt plötzlich in katholische Visagen. Darauf habe ich keine Lust.«

»Meinetwegen, ich geh hin.«

Kurze Zeit später trug ich die Thermoskanne in einer geflochtenen Tasche die Auffahrt zum Deich hoch. Es war der Donnerstag vor Ostern. Eine leichte, lustige Brise wehte durch die Wipfel der Bäume. Wir hatten Mitte April, und um diese Zeit sind die Niederlande am schönsten. Alle Bäume tragen dann frische, junge Blätter, die Sonne wärmt bereits, brennt aber noch nicht.

Auf dem Friedhof zwitscherten Dutzende von Singvögeln durcheinander. Hier und da erschallte das offenherzige Schlagen der Finken, schrill ertönten das piepsende Lied der Heckenbraunelle und das unerschütterliche Sägen der Kohlmeise. Immer wieder übertönten Zaunkönige das muntere Pfeifen mit ihrem ohrenbetäubenden Geplärre. Gellend und scharf schnitt da der flüchtige, hohe Schrei des Feldschwirls hindurch, der in den hohen Schilfwedeln entlang des Gleisgrabens nistete. Nur der Gelbspötter fehlte, der war offenbar noch nicht wieder da. Auch der eintönige, leicht jammernde, ursommerliche Tenor des Grünlings war noch nicht zu hören. Wohl aber erklangen aus den Wipfeln der hohen Koniferen, welche die Gräber der ersten Klasse umsäumten, bereits die wahnsinnig hohen Koloraturen des Wintergoldhähnchens. So viel Leben auf einem Totenacker, dachte ich in einem Anflug von Poesie. Der Kies knirschte unter meinen Schuhen, und all das junge, liebreizende Grün und das helle Sonnenlicht machten mich ein wenig schwindlig, glücklich und übermütig.

Die Tür des Bahrhäuschens stand halb offen. Dichte blaue Rauchschwaden wälzten sich ins Freie. Da drinnen wurde eifrig geraucht, so viel war klar. Ich versetzte der Tür mit der Kaffeetasche einen Stoß, sodass sie ganz aufging. Meine Mutter hatte recht. Ich schaute in die blassen, aufgedunsenen Visagen von drei Männern in schwarzen Anzügen, die starke Zigarren rauchten und auf Stühlen saßen, die mein Vater offenbar für diesen Anlass extra aus der Kapelle geholt hatte. Weil ich aus der sonnigen Gründonnerstagswelt in das dunkle, fensterlose Bahrhäuschen schaute, dauerte es einen Moment, bis ich die Männer genau sehen konnte. Mein Vater sagte: »Komm rein und mach die Tür hinter dir zu. Die Scheißvögel da draußen machen einen schrecklichen Lärm.« Er nahm mir die Tasche ab und rief fröhlich: »Da kommt der Kaffee!«

Er wandte sich an die drei Männer: »Ich hoffe, meine Frau hat genug für euch drei gemacht. Wenn nicht, spar ich mir einen Becher vom Munde ab, und mein Sohn ist bestimmt auch bereit zu verzichten.«

»Nur keine Umstände«, sagte eines der Kommissionsmitglieder, »wir sind nicht hergekommen, um Kaffee zu schlürfen.«

»Nein, das nicht, aber es ist bestimmt genug für uns alle da«, sagte mein Vater. »Mein Frau wusste, dass ihr heute kommt.«

Er machte eine schwungvolle Geste in meine Richtung.

»Das ist übrigens mein Sohn. Er lernt weiter. Darum hat er jetzt gerade Ferien. Auf diesen höheren Schulen haben die Kinder ständig Ferien.«

»Was willst du später mal werden?«, wollte einer der Männer wissen.

»Was er werden will, weiß er noch nicht, aber was ich mir wünsche, was er später mal wird, das weiß ich sehr wohl. Am liebsten wäre mir, er würde Bürgermeister, oder noch besser Arzt. Dann kann er später in den Dschungel gehen, wie Albert Schweitzer. Das ist in meinen Augen ein wahrhafter Christ. Der tut, was Jesus uns vorgelebt hat. Und eines steht fest: Er ist kein Katholik.«

Die drei Herren antworteten nicht, sondern zogen nur an ihren dicken Zigarren und stießen riesige Rauchwolken aus. Mein Vater ergriff wieder das Wort und sagte zu mir: »Findest du das nicht auch unglaublich? Erst quatschen sie mir jahrelang die Ohren voll, ob ich nicht den katholischen Friedhof verlegen will, und wenn man dann Ja gesagt hat, mehr oder weniger widerwillig und auch nur, um dem Kollegen aus dem Schlamassel zu helfen, dann schicken sie einem eine Kommission von umgedrehten Kragen auf den Hals, die herausfinden soll, ob man überhaupt der geeignete Mann dafür ist.«

»Es handelt sich nur um eine Formalität«, sagte einer der Raucher.

»Mag ja sein«, erwiderte mein Vater, »und ich muss sagen, dass wir es bisher sehr gemütlich gehabt haben und dass es jetzt noch gemütlicher wird, weil wir Kaffee haben, aber es ist schon verrückt. Erst kommt der Pfarrer und fleht mich an, dann kommt mein direkter Vorgesetzter und fleht mich an, dann der Chef des Grünflächenamts und schließlich der Bürgermeister persönlich. Was ich damit sagen will: Warum schickt ihr nicht erst eine Kommission, um zu prüfen, ob ich der Richtige für die Aufgabe bin, und fangt dann an zu betteln, wenn ich für genehm befunden wurde?«

»Ja, ja«, sagte ein Kommissionsmitglied, »natürlich, Sie haben ja recht, aber der Pfarrer wusste auch nicht so genau ... tja, Sie müssen es einfach so sehen: Es handelt sich nur um eine Formalität, aber derart delikate Arbeiten ... wir müssen doch auf Nummer sicher gehen, und außerdem: Sie sind Protestant.«

»Orthodox-reformiert«, erwiderte mein Vater.

»Also Protestant. Wir hätten es natürlich lieber gesehen, und das will ich Ihnen auch nicht verhehlen, wenn diese Arbeit von jemandem aus unserer Gemeinde oder aus einer der Nachbargemeinden verrichtet würde ...«

»Oh, ich bin gar nicht so erpicht darauf, Abend für Abend Gräber zu räumen. Sucht euch nur ruhig irgendeinen netten katholischen Totengräber aus eurer eigenen Gemeinde, gerne sogar.«

»Nein, nein, Sie sind ...«

»Ich bin zweite Wahl, weil nirgends ein katholischer Buddler zu finden ist, der sich an dieser widerlichen Arbeit die Finger schmutzig machen möchte. Tja, feine Sache, ich schenke uns erst Kaffee ein, mal sehen, ob ich noch ein paar saubere Tassen habe.«

Mein Vater kramte in dem hellblauen Schrank. Er sah mich kurz an und sagte: »Als die Herrschaften heute Morgen aufs Grab kamen, da hat unser Reiher sich zu Tode erschrocken. Er konnte nicht schnell genug abhauen. Wir hatten früher auf Leeuwenwoning auch so ein Pferd. Wenn es umgedrehte Kragen sah, ist es sofort hinter die Scheune geflüchtet.«

Während er die Tassen klirren ließ, fragte er wieder an die Kommissionsmitglieder gewandt: »Und? Wem müsst ihr nun Bericht erstatten? Dem Papst persönlich? Dann müsst ihr euch bestimmt bis nach Ostern gedulden, denn der muss sich doch jetzt auf seinem Balkon warmlaufen, weil er nächsten Sonntag von dort urbien und orbien will.«

Die drei Männer ließen sich nicht provozieren. Zwei von ihnen lächelten freundlich. Das dritte Kommissionsmitglied saß ganz hinten im Bahrhäuschen und wurde weitestgehend von der schweren Bahre verdeckt, die an der Wand hing. Der Mann verschanzte sich zudem fortwährend hinter dicken Rauchwolken und gab dabei ein Geräusch von sich, das mich an das lautstarke Schnauben des Pferdes vom Scherenschleifer erinnerte.

Während mein Vater Tassen und Löffel verteilte und anschließend aus der von mir mitgebrachten Thermoskanne einschenkte, fragte einer der Herren: »Werden Sie die Arbeit allein machen?«

»Die Gemeinde hat mir Hilfe zugesagt. Aber die beiden Burschen, die man dafür ins Auge gefasst hat, kann ich nicht gebrauchen. Schade, dass mein Kollege weg ist.«

»Wenn ich den Pfarrer richtig verstanden habe, wollten Sie mit einem gewissen Gilkinus van Diepenburch zusammenarbeiten.«

»Ja, aber Ginus ist mir nichts, dir nichts nach Delft umgezogen. Dort brauchte man dringend einen neuen Grabmacher, und als sie mal hier waren, um sich umzusehen, und ich zufällig an dem Tag nicht da war, waren sie von Ginus sofort hin und weg, und seit dem 1. April arbeitet er nun in Delft. Nein, das ist kein Witz, ich bin hier jetzt wieder ganz allein, aber man hat mir zugesagt, dass ich demnächst wieder einen Mitarbeiter bekomme. Aber ich weiß nicht ... ich glaube nicht, dass wir den gleich ins kalte Wasser werfen sollten, nein, es wird also wohl darauf hinauslaufen, dass ich diese katholische Mistarbeit ganz allein erledigen muss ... nun ja, Ginus hat zwar gesagt, dass er abends mit dem Fahrrad aus Delft herkommen will, aber ich bezweifle ... er ist neu dort, er muss sich erst eingewöhnen und sich auch einarbeiten. Wenn er abends nach Hause kommt, ist er natürlich todmüde. Und dann gleich nach dem Abendessen fünfzehn Kilometer mit dem Rad fahren, um Gräber zu räumen ... ich denke, das wäre wirklich ein wenig zu viel verlangt.«

»Aber er war doch, wenn ich recht informiert bin, derjenige, der das Ganze mit dem Pfarrer vereinbart hat.«

»Jaja, er hat mit dem Pfarrer einen Handel abgeschlossen. Seine Tochter war schwanger und noch nicht verheiratet. Genau wie Maria! Und wer der Vater war ... das wusste nur Gott allein ... sie hatte auf jeden Fall in einem Heuhaufen in Nieuw Huys ter Lugt mit einem – es ist nicht zu fassen – katholischen Weihwasserburschen herumgeschäkert. Ginus sollte sich bereit erklären, diese Drecksarbeit zu erledigen, und der Pfarrer aus Nieuw Huys ter Lugt wollte im Gegenzug dem katholischen Lümmel – sozusagen als Freundschaftsdienst für den hiesigen Pfarrer – die Daumenschrauben ansetzen. So hängt das alles zusammen. Der katholische Junge von Chardon hat tatsächlich Ginus' Tochter geheiratet, und die beiden haben einander drei, vier Monate lang mehr oder weniger jeden Tag grün und blau geschlagen, und das Ende vom Lied war, dass sie wieder zu Ginus und seiner Frau zurückgegangen und nun mit nach Delft umgezogen ist. Tja, die sind wir auch los. Alles in allem hat Ginus also ganz umsonst zugesagt, dass er die Drecksarbeit erledigen würde, null Komma nichts hat ihm das Ganze gebracht; jetzt sitzt er da, mit einer Tochter im Haus, die katholisch verheiratet ist und sich folglich nicht mal mehr scheiden lassen kann von diesem elenden katholischen Dreckskerl, der jeden Tag wie ein Vieh auf sie eingeschlagen hat, nein, nein, man hält es kaum für möglich, und am Ende läuft es nun darauf hinaus, dass ich ... tja, ich bin wirklich völlig bekloppt ... und um dem Ganzen die Krone aufzusetzen, kommt außerdem noch eine Kommission vorbei, um zu prüfen, ob ich überhaupt der richtige Mann dafür bin ... obwohl ich das Ganze gegen meinen Willen am Hals habe ... nein, nein, nein ... sucht euch doch einen aus eurer eigenen Gemeinde.«

»Ausgeschlossen, so jemanden gibt es nicht.«

»Und warum seid ihr dann hier? Wenn ich der einzige bin, der es machen kann, dann müsst ihr doch nicht erst herkommen, um zu sehen, ob ich auch geeignet bin?«

»Das ist nur eine Formalität.«

»Ja, das habe ich heute schon mal gehört, und da kann ich nur hoffen, dass ihr nun genug wisst. Für mich wird es so langsam Zeit, mal wieder an die Arbeit zu gehen. Aber eines wollte ich euch noch fragen: Wollt ihr lieber beerdigt oder eingeäschert werden?«

Noch bevor einer der drei antworten konnte, sagte er: »Ach, was bin ich doch nur für ein Dämel, ihr Katholiken äschert ja gar nicht ein. Jedenfalls äschert ihr eure eigenen Leute nicht ein. Ihr äschert nur Protestanten ein. Und die sogar vor ihrem Tod.«

Der Mann, der die ganze Zeit über das Wort geführt hatte, tat so, als habe er nichts gehört, er erwiderte nur: »Wir werden dann mal gehen. Vielen Dank für den Kaffee.«

Die drei Herren erhoben sich. Aus dem hinteren Teil des Bahrhäuschens trat der Mann vor, der sich die ganze

Zeit hinter der großen Bahre versteckt hatte. Als er rasch an mir vorbeiging, sah er mich kurz an. Ich glaube nicht, dass mich zeit meines Lebens jemand so misstrauisch beäugt hat. Erst als er bereits draußen war und das Geräusch seiner schweren Schritte auf dem knirschenden Kies verebbte, fiel mir ein, wer da so schnell an mir vorbeigegangen war. Seedy eye.

36

An einem Nachsommertag sagte mein Vater nach dem Abendessen: »Wir lassen deinen Flieger steigen.«

»Jetzt? Drachen steigen lassen?«

»Ja, wir lassen ihn mal wieder fliegen, oben auf dem Dachboden gammelt er nur vor sich hin.«

»Aber der Wind ist viel zu schwach.«

»Es weht eine muntere Brise. Gerade stark genug, um ihn in die Luft zu kriegen, und weiter oben ist der Wind kräftiger.«

»Woher weißt du das?«

»Das ist immer so.«

»Aber in einer Stunde wird es schon dunkel, ich verstehe das nicht ... Drachen steigen lassen ... einfach so ... plötzlich ... merkwürdig.«

Ungeachtet meiner Proteste gingen wir kurze Zeit später mit dem Drachen durch die menschenleeren Straßen.

»Erst kurz zum Markt, einen Hering kaufen«, sagte mein Vater.

»Einen Hering?«, fragte ich erstaunt.

»Ja«, erwiderte er, »davon kriegt man neues Licht in den Augen. Das können wir heute Abend gut brauchen.«

Wir gingen zum Heringsstand auf dem Markt, und während wir schnell einen Hering verputzten, wuchs meine Verwunderung.

»Wo lassen wir ihn steigen?«

»Im Sluispolder.«

»Aber der ist doch komplett vollgebaut, da gibt es nirgendwo mehr eine freie Fläche, wo man Drachen steigen lassen kann.«

»Wir brauchen nur ein winziges Fleckchen«, erwiderte mein Vater, »wir sind zu zweit, wir haben das schon öfter gemacht, ein Fläche so groß wie eine Zeitung reicht.«

Mein Vater marschierte zügig weiter. Zielstrebig ging er durch die Straßen, die demnächst saniert werden sollten. Nach etwa zehn Minuten befanden wir uns zwischen den früher einmal so begehrten Laubenganghäusern, die inzwischen aussahen, als hätte es keinen Zweck mehr, sie zu sanieren, weil sie bald von allein einstürzen würden. Durch die windigen Alleen näherten mein Vater und ich uns dem alten katholischen Friedhof. Als wir ihn fast erreicht hatten, sagte mein Vater: »So, hier halten wir mal Ausschau nach einem hübschen Fleckchen Erde, von dem aus wir ihn in höhere Sphären schicken können.«

Wir bogen um eine Ecke und hörten das Rauschen der Zitterpappeln, die den Friedhof umgaben. Mein Vater sagte: »Hier ist ein liebliches Stückchen Land unbebaut geblieben, hier versuchen wir es.«

Tatsächlich war gleich neben dem Friedhofsgraben noch ein schmaler Streifen des rätselhaften, chamäleonartigen Sandes sichtbar. Weil der Sommerabendhimmel aussah, als wäre er mit Indigo gefärbt, lag über dem Sand ein leichenfarbener, blauvioletter Schimmer. Es bedurfte Totengräbermuts, ihn zu betreten. Mein Vater stiefelte unbekümmert darüber, doch ich blieb lieber auf dem schmalen Grasstreifen, der den Sand von der asphaltierten Straße trennte. Auf der Grenze zwischen Gras und Sand hatte das trittfeste Gänsefingerkraut es tatsächlich geschafft, Wurzeln zu schlagen.

In der Mitte des Sandstreifens sagte mein Vater: »So, und jetzt an die Arbeit.«

Er nahm den Drachen und hob ihn in die Höhe.

»Du hast junge Beine, du rennst, und ich halte ihn hoch.«

Eilig rollte ich ein Stück Drachenschnur ab.

»Mach doch nicht immer alles so hastig«, sagte mein Vater, »das hier ist keine Auftragsarbeit.«

Einigermaßen beleidigt rannte ich los. Mein Vater ließ den Drachen los. Weil es zwischen den hohen Wohnhäusern und den Zitterpappeln offenbar ständig zog, gab es tatsächlich genug Wind, um den Drachen etwa zwanzig Meter in die Höhe zu tragen. Als er aber über die Laubenganghäuser hinaus stieg, wurde er von einer hinterlistigen Brise gepackt, sodass er sich schwindelerregend um die eigene Achse drehte. Er sank zurück in den gleichmäßigen Luftstrom zwischen Wohnhäusern und Pappeln, und sofort stabilisierte sein Flug sich wieder. Augenblicklich stieg er daraufhin erneut in die Höhe, wo er abermals von den heftigen Winden in den höheren Luftschichten erfasst wurde.

»Hol ihn runter«, sagte mein Vater, »an seinem Arsch muss ein längerer Schwanz hängen.«

»Er steigt gut in die Höhe.«

»Das schon, aber wenn er über die Häuser hinaus steigt, wird er ein wenig zu stark gekitzelt. Wenn er mehr Schwanz hat ...«

»... kriege ich ihn wahrscheinlich nicht in die Luft, denn hier unten herrscht längst nicht so ein kräftiger Wind.«

»Du kriegst ihn bestimmt in die Luft. Du musst einfach nur schneller rennen.«

Wir verlängerten den Schwanz. Ich rannte etwas schneller, und der Drachen stieg tatsächlich problemlos nach oben, wurde jedoch jenseits der Dächer und Baumkronen wieder von der lästigen Brise erfasst. Er torkelte, er stürzte, er stieg wieder höher, er drehte sich heftig um seine Achse, richtete sich wieder auf. Mein Vater rief: »Weiterrennen!«

»Du hast gut reden«, rief ich zurück, »wohin denn? Gleich kann ich nicht mehr weiter.«

»Renn einfach so weit, wie du kannst.«

Ich rannte so weit, wie ich konnte, und als ich vom Zaun aufgehalten wurde, der den Schulhof umgab, torkelte der Drachen langsam aus dem tiefblauen Himmel gen Erde.

»Das sah sehr gut aus«, sagte mein Vater. »Noch ein wenig mehr Schwanz, und er steigt in die Höhe wie das Gebet einer frommen Witwe.«

»Das glaube ich nicht.«

»Das musst du auch nicht glauben, du sollst nur rennen.«

Und wir versuchten es weiter, ich rannte immer wieder über die Gänsefingerkrautgrenze, und mein Vater blieb optimistisch, obwohl der Drachen die Barriere, die von der Luftschicht gleich über den Flachdächern gebildet wurde, vorerst nicht zu überwinden vermochte. Nach lächerlich vielen Versuchen stieg der Drachen plötzlich senkrecht in den Himmel. Sogar über den Baumkronen gewann er immer noch an Höhe, und als ich vorsichtig die neue Gemeindeschnur abrollte, verschmolz er langsam mit dem tiefblauen Abendhimmel.

»Siehst du«, sagte mein Vater.

»Ich habe allerdings auch wie blöd rennen müssen«, erwiderte ich, »und jetzt bin ich todmüde.«

»Das höre ich gern, besser todmüde als totgeboren.«

Wir standen nebeneinander, ich, die Füße hintereinander gestellt, auf dem Grasstreifen, mein Vater auf dem leichenfarbenen Sand. Er sagte: »Lass mich ihn mal halten.«

Er übernahm den Drachen.

»Fühl doch, wie herrlich er in der Hand liegt. Man kann ihn kaum noch sehen, aber man spürt, wie strahlend und ruhig er am Himmel steht. Ich wünschte, ich könnte oben auf ihm draufsitzen, dann könnte ich besser sehen, ob auf dem katholischen Friedhof schon was passiert ist.«

Er übergab mir den Drachen wieder.

»Jetzt erst mal eine Zigarette, die hab ich mir verdient.«

Während er seinen Tabak hervorholte, sagte er: »Ich hoffe nur, dass wir heute Abend noch etwas zu sehen bekommen. Sonst haben wir den Flieger ganz umsonst steigen lassen.«

»Was zu sehen kriegen?«, fragte ich.

»Ja, warte nur ab, wenn mich nicht alles täuscht, dann habe ich vorhin schon ein paar Schemen und Schatten gesehen. Es wäre doch bescheuert, wenn sie einen so schönen, ruhigen Abend ungenutzt verstreichen lassen würden. Am Himmel steht ein hübscher Mond, man hat also gutes Licht, und künstliches Licht werden sie wohl kaum benutzen wollen, das fällt gleich so auf.«

Er zündete seine Zigarette an, und als sie glimmend in seinem Mundwinkel schaukelte, wollte er wieder den Drachen halten.

»Das ist wirklich ein verdammt guter Flieger, den wir beide da aus der Verpackung gebaut haben, in der damals das Kreuz für Frau Rabenvanger war. Das war gutes Material, genau wie die Jesusfigur übrigens; es ist unbegreiflich, sie hängt noch immer da, obwohl die vermaledeiten Wildtauben sie als ihre Privattoilette benutzen. Zuerst denkt man: Diesen Jesus, den will ich so schnell wie möglich hier weghaben, aber ich muss sagen, dass ich inzwischen dran hänge. Ich hebe immer die Hand, wenn ich an ihm vorbeigehe. Er kann schließlich auch nichts dafür, dass die Katholiken überhaupt keinen Geschmack haben. Und wenn zu viel Taubendreck an ihm hängt, wische ich ihn manchmal mit einem nassen Tuch ab. Allerdings hatte ich erwartet, dass kleine Singvögel in seiner Dornenkrone ihr Nest bauen würden, aber das ist leider nicht passiert, nun ja, daran sind natürlich die Wildtauben schuld, wer hat denn schon Lust, in einem Scheißhaus zu nisten, warte, ich glaube, jetzt geht es los, übernimm du den Flieger wieder, ich muss die Hände frei haben, um besser sehen zu können.«

Zwischen den Pappelstämmen hindurch konnte ich vage ein großes, schwarzes Monster erkennen, das über den katholischen Friedhof kroch.

»Schau dir das an«, sagte mein Vater, »das ist kein Klein-Seilbagger, das ist ein Tieflöffelbagger. Jetzt gehen die sogar noch einen Schritt weiter, während ich immer zu hören bekommen habe: ›Nein, nicht mit einem Klein-Seilbagger, das muss mit der Hand gemacht werden.‹ Und was machen sie selbst? Sie lassen einen Tieflöffelbagger kommen, mein lieber Mann, die trauen sich was.«

»Sie sind also jetzt dabei ...«

»Du vergisst ein Wort, das Wort ›heimlich‹. Sie sind jetzt heimlich dabei umzubetten und hoffen, dass keiner was bemerkt. Mit dieser Schaufel löffeln sie die Katholen ruckzuck aus der Erde. Als würde man einen Teller warme Suppe löffeln. Und wenn sie die Katholen einmal aufgelöffelt haben, schaufeln sie sie auf einen Laster. Und dieser Leichenwagen fährt dann wie der Blitz zum neuen Friedhof, und dort werden all die aufgelöffelten Genossen in eine irrsinnig tiefe Grube gekippt. Sie machen das tatsächlich genau so, wie ich es mir vorgestellt hatte. In der Bibel steht zwar ›aber der Unterhauptmann glaubte dem Steuermann und dem Schiffsherrn mehr denn dem, was Paulus sagte‹, aber in diesem Fall haben sie sehr genau auf mich gehört. Was ich aber nicht verstehe, was mir partout nicht in den Kopf will ...«

Er schwieg kurz und sagte dann: »Gib mir den Flieger mal, ich glaube, dort drüben steht ein besonders eifriger

Bursche und schaut in unsere Richtung. Er soll nicht glauben, dass wir sie beobachten, sondern denken: He, da drüben lässt tatsächlich jemand am späten Abend fröhlich seinen Drachen steigen.«

Er übernahm den Drachen von mir.

»Mann, zieht der phantastisch! Und wie wunderbar er in der Hand liegt! Flieger, Flieger in der Höh', hörst du, wie der Grabmacher seufzt vor Ach und Weh.« Und mein Vater seufzte tatsächlich, und dann sagte er: »Ein Seufzer befreit ein Herz voll Schmerz.«

»Ist es so schlimm?«, fragte ich ihn.

»Nun ja«, erwiderte er, »offenbar bin ich aus dem gleichen harten Holz wie der Jesus auf dem Grab von Frau Rabenvanger, sonst wäre ich ... ich habe in letzter Zeit ziemlich viel schlucken müssen ... zuerst mal die Bewerbung ... anscheinend findet man mich in Delft nicht gut genug und nimmt stattdessen so einen unerfahrenen Burschen wie Ginus ...«

Er überreichte mir den Drachen wieder.

»Das schreit nach einer Zigarette.« Während er sich eine drehte, fuhr er fort: »Da kommt eine stattliche Kommission von drei hohen papistischen Tieren aufs Grab, um ein wenig zu sondieren, ob ich wohl der richtige Mann bin, diesen katholischen Friedhof zu verlegen ... ach ja, es ist nur eine Formalität, sagen sie, und du hast natürlich überhaupt keinen Grund, daran zu zweifeln, sonst wäre es doch sehr merkwürdig, dass sie dich erst jahrelang anbetteln und anflehen, diese Scheißarbeit schnell für sie zu erledigen ... tja, in Frieden und Harmonie gehen sie schließlich weg, und dann? Dann hört man nie wieder was von ihnen. Von keinem anderen als Rampenne habe ich schließlich erfahren, dass sie inzwischen mehr oder weniger heimlich abends dabei sind, den ganzen Kram mit einem Tieflöffler und einem

Laster zu verlegen; ohne Rampenne wäre das alles hinter meinem Rücken passiert, ohne dass ich etwas davon mitbekommen hätte. Diese katholischen Wendehälse ... erst flehen sie einen an, dann ignorieren sie einen völlig, erst wird man gelockt und dann fallen gelassen ... was könnte ich nur falsch gemacht haben? Du warst doch dabei, als diese drei Schwarzröcke bei mir im Bahrhäuschen saßen ... was habe ich denn getan?«

»Du hast sie ziemlich getriezt.«

»Komm, komm, ein bisschen frotzeln, das können so große, kräftige Kerle doch sicher vertragen?«

»Du hast die ganze Zeit versucht, sie zu provozieren. Du hast angefangen, von Albert Schweitzer ...«

»Sie haben über meine Scherze gelacht, und doch haben sie mich für zu leicht befunden; ich verstehe das nicht. Erst klopfen sie katzbuckelnd an meine Tür, und anschließend machen sie sich nicht mal die Mühe, mir Bescheid zu sagen, dass sie sich nach längerer Überlegung ...«

»Du solltest froh darüber sein, ich habe dich immer nur sagen hören, dass du es nicht machen willst.«

»Ach, nachdem ich mich an den Gedanken gewöhnt hatte ... aber gut, auch wenn ich vielleicht nicht wollte ... nein, ich wollte es machen, ich wollte es sehr gern machen, allerdings mit einem Klein-Seilbagger, nun gut, vielleicht auch nicht, aber so viel steht fest: Was mir überhaupt nicht gefällt, ist, dass die Kommission mich offenbar nicht für den richtigen Mann gehalten hat, um die Arbeit zu erledigen. Wieso? Ich habe zwei kräftige Arbeiterpranken, die überall zupacken können, ich habe Erfahrung ... ja, ja, ich bin nicht katholisch, und es stimmt, ich habe erwähnt, dass Schweitzer Protestant war; vielleicht haben sie das in den falschen Hals gekriegt.«

»Du hast noch sehr viel schlimmere Dinge gesagt. Über

den Papst, über das Einäschern, du wolltest sie eben vor den Kopf stoßen, du wolltest die Arbeit nicht, und darum …«

Mein Vater sah mich an, eine Weile stand er schweigend da und rauchte, dann sagte er: »Es ist nicht so, dass ich das unbedingt machen wollte, was mich aber wurmt, ist, dass mir nun die Möglichkeit genommen wurde, das Angebot stolz abzulehnen. Man will ablehnen, aber nicht abgelehnt werden. Ich verstehe nicht, wieso die Kommission ein negatives Urteil über mich gefällt hat. Tja, nun schweig aber still, wir müssen genau beobachten, was dort drüben passiert.«

Er flüsterte: »Schade, dass wir wegen der Bäume so eine schlechte Sicht haben, aber ich glaube, sie heben zuerst mit einem großen Greifer die Steine ab, und anschließend buddeln sie ein wenig mit dem Tieflöffler.«

Ich sah nicht viel anderes als riesige, dunkle Ungeheuer, die leise brummend über den Friedhof krochen. Manchmal meinte ich, einen weißen Grabstein an Seilen schaukeln zu sehen, manchmal waren Rufe zu hören, manchmal tauchte hinter den Bäumen ein Mann auf, um sofort wieder zu verschwinden. Ob der Tieflöffler tatsächlich ganze Gräber ausbaggerte und auf den Laster kippte, konnte ich unmöglich erkennen. Ich fragte mich, ob ich meinem Vater erzählen sollte, dass ein Kommissionsmitglied das Bahrhäuschen voller Argwohn verlassen hatte. Immer wieder hatte ich darüber nachgedacht, mich schließlich aber dagegen entschieden, weil ich dann auch hätte zugeben müssen, dass ich Mitglied einer römisch-katholischen Bibliothek war. Das hätte mein Vater bestimmt nicht gutgeheißen. Ich hatte es also für mich behalten und gedacht: Es gibt keinen Grund, weshalb er es erfahren müsste. Doch nun hatte sich die Situation plötzlich verändert, nun stellte sich auf einmal heraus, dass mein Vater stillschweigend übergangen worden war bei der Übertragung eines Auftrags, den er nie hatte haben wollen. Das – und so gut kannte ich meinen Vater durchaus – bedrückte ihn tatsächlich sehr. Ich spähte wieder zu den nur undeutlich sichtbaren Ungeheuern hinüber, die so verstohlen auf dem katholischen Friedhof hin und her krochen, und dachte: Es ist kaum zu glauben, dass man an ein paar warmen Sommerabenden heimlich, still und leise einen ganzen Friedhof verlegen kann. Dann fragte ich ihn: »Schicken wir noch Wünsche hinauf?«

»Tja ... ich könnte bitten: Erkläre mir, warum mich die Katholiken für zu leicht befunden haben. Ich habe mir tagelang das Hirn zermartert, woran das in Gottes Namen gelegen haben könnte. Erst kriechen sie zu Kreuze, und dann lassen sie einen einfach links liegen. Wie kommt das nur? Auch wenn ich nirgendwo einen Zettel gefunden habe, so war ich doch eine Weile davon überzeugt, dass sie Rampenne in die Arme gelaufen sind. Neulich kam Rampenne – der alte Totenschädel ist wahrlich nicht ängstlich – doch tatsächlich wieder aufs Grab und schrieb in aller Seelenruhe für mich auf einen Zettel, dass sie demnächst mit den Arbeiten auf dem katholischen Friedhof anfangen würden ... keine Ahnung, woher der Kerl das wusste ... er ist taubstumm, er hört also nichts, aber dennoch weiß er alles ... aber wie dem auch sei, ich schrieb sofort auf seinen Zettel: ›Hast du etwa mit der katholischen Kommission gesprochen?‹ Aber ich konnte sofort an seiner Visage sehen, dass er das nicht getan hatte.«

»Du hast gesagt«, fiel ich ihm ins Wort, »du würdest Rampenne zur Schnecke machen, wenn er noch einmal aufs Grab käme.«

»Als er angehumpelt kam, dachte ich: Eigentlich ist es gar nicht übel, was er getan hat, er hat Ginus sehr geholfen, der konnte hier wirklich nicht bleiben, und dort in Delft ... wen interessiert in einer fremden Stadt, was man früher ausgefressen hat. Ich wünschte, ich würde mal erfahren, wie es ihm dort geht, und seiner Tochter, und seiner Frau ... weißt du, was Rampenne getan hat? Er kam zu mir, verbeugte sich fast bis zum Boden, er nahm seinen Notizblock, schrieb etwas und hielt mir ein Blatt vor die Nase, worauf mit Riesenbuchstaben stand: ›Vergebung?‹«

»Und wie hast du reagiert?«

»Ich habe ihm den Zettel aus der Hand genommen, habe mich hingehockt, habe ihn auf den Boden gelegt, und dann habe ich – ich hatte gerade ein Reihengrab gemacht, und da lag ein riesiger Erdhaufen – händeweise Sand auf den Zettel geschaufelt. Es ist komisch, aber dieser Ginus ... die ganze Geschichte ist doch nicht spurlos an mir vorübergegangen. Vergib uns unsere Schuld, wie auch wir vergeben unseren Schuldigern ... seitdem kalkuliere ich ein bisschen mit ein, dass Ginus möglicherweise recht haben könnte. Sand darüber, vielleicht war das auch die Botschaft unseres Herrn Jesus Christus. Erst streuen wir Sand darüber, dann streut Gott auch Sand darüber ... das ist gar kein so merkwürdiger Gedanke, schon gar nicht für einen Grabmacher.«

Epilog

Vor einiger Zeit bekam ich einen Brief von Amnesty International. Während der alljährlich in meiner Heimatstadt stattfindenden Furieade wollte man die Aufmerksamkeit der Besucher auf die Menschenrechte lenken. In der Nähe des Rathauses, auf dem Kai, sollte ein Käfig aufgestellt werden. Darin sollte jemand gefesselt angekettet werden, um so auf das Schicksal der politischen Gefangenen hinzuweisen. An mich richtete man die Frage, ob ich für den guten Zweck bereit sei, die Rolle des Gefangenen zu übernehmen.

»Was ist die Furieade?«, fragte mich meine Frau.

»Ein Spektakel am ersten Samstag im Oktober.«

»Und was genau passiert dort?«

»Am Hafen und auf dem Markt werden allerlei Stände aufgebaut. Es gibt ein Feuerwerk. Man kann die Schiffe besichtigen, die im Hafen liegen, und man kann eine Ballonfahrt machen. Mit einem Helikopter kann man Rundflüge über den Fluss machen, und man darf die Innenräume von Dirkzwagers Schiffsagentur besichtigen, man kann …«

»Und das Ganze nennt sich Furieade? Wieso?«

»Vor Jahren lag im Hafen ein Schiff, das vor sich hin rostete, die ›Furie‹. Um Geld für die Restaurierung zu sammeln, ist man an die Geschäftsleute herangetreten, die daraufhin den Vorschlag machen, Stände am Hafen aufzubauen und alles Mögliche zum Verkauf anzubieten. Ein Teil der Einnahmen sollte anschließend der Instandsetzung der ›Furie‹ zugute kommen. Die Veranstaltung war ein großer Erfolg, und deshalb wurde beschlossen, sie im nächsten

Jahr zu wiederholen. Damit war die Furieade geboren. Inzwischen ist es so weit gekommen, dass die Leute schon am Freitagabend brennende Kerzen in die Fenster stellen. Die Furieade hat sich zu einem riesigen Volksfest entwickelt.«

»Und, machst du mit? Hockst du dich gefesselt in einen Käfig?«

»Es ist für Amnesty International.«

»Wenn du Lust dazu hast.«

Lust? Hatte ich Lust dazu? Als ich den Brief gelesen hatte, war mir sofort eine Werbung für die Tabaksorte »Van Rossums Trost« in den Sinn gekommen, die ich aus meiner Jugend kannte. Ein Mann steht am Pranger, Arme und Hals sind eingeklemmt, aber trotzdem schaut er, fröhlich Pfeife rauchend, munter in die Welt. Wenn ich als Kind diese Reklame sah, schoss mir immer ein Gedanke durch den Kopf: Wenn ich mal groß bin, darf ich dann auch eine Weile so am Pranger stehen?

Am Hafen in einem Käfig angekettet zu werden, das kam dem unheimlichen, erregenden Pranger schon recht nahe. Quasi als Buße für das schlechte Bild, das ich in meinen Büchern von meiner Heimatstadt gezeichnet hatte, würde ich dort zur Schau gestellt werden.

Am ersten Oktoberwochenende spendete die Sonne freigebig ihre milde Herbstwärme. Eine halbe Stunde vor meinem Termin am Stand von Amnesty spazierte ich zum Hafen. Die über alle Toppen geflaggten Schiffe waren in Zweierreihen festgemacht, und auf dem Kai und über die Laufplanken schlenderten bereits Hunderte von Menschen. Sogar auf der anderen Seite des Hafenbeckens drängelten sich Furieade-Besucher auf dem abschüssigen Kai.

Warum ist es eines der größten Vergnügen im Leben, inmitten von Hunderten von redenden, lachenden Menschen mutterseelenallein ziellos durch die Straßen, über die Kais und Plätze zu gehen? Am liebsten gehe ich dieser Beschäftigung in einer Stadt nach, in der mich niemand kennt.

Als ich auf der Höhe der Stelle war, wo ich den Stand von Amnesty International vermutete, bog ich in eine unansehnliche Seitenstraße ein. Dort blieb ich stehen. Ich beobachtete den Hafen. Obwohl die umherschlendernden Besucher mir die Sicht auf die Marktstände weitestgehend nahmen, entdeckte ich doch neben einer der Buden eine riesige Mausefalle. Das musste der Käfig sein, in dem ich eingeschlossen werden sollte. Der Käfig bestand aus senkrechten Stäben, die so weit auseinander standen, dass ich mich notfalls würde hindurchzwängen können. Trotzdem schreckte ich plötzlich davor zurück, mich in dem Käfig einschließen zu lassen. Es war durchaus möglich, dass etliche meiner Stadtgenossen schimpfend und spuckend an mir vorbeigehen würden.

Ich ging durch die Gasse zu einer schmalen Straße und bog dann in Richtung Deich ab. Ich ging bis zu einer Schleuse, schaute über eine tiefer liegende Gracht und dachte: Wenn man mich fragt, dann ist dies der schönste Fleck auf Erden. Natürlich wusste ich, dass es nur für mich so war, und vielleicht noch für zwei oder drei andere ehemalige Bewohner der Stadt, die aus dem Paradies ihrer Jugend verbannt worden waren. Ich sog den Geruch der Stadt ein, den Geruch von Mehl und Teer, ich betrachtete eingehend den Lichteinfall. Bildete ich mir das ein, oder war das Licht hier tatsächlich wunderbarer, sanfter, heller, wärmer als überall sonst? Ich lauschte den vertrauten Geräuschen, dem Rasseln der Ankerketten, dem gedämpften Plätschern des mit einer dicken Ölschicht bedeckten Wassers, dem singenden Tonfall der lärmenden Passanten.

Was war bloß mit mir los? Längst nicht jeder, vielleicht sogar die allerwenigsten hingen so mit jeder Nervenfaser an der Stadt ihrer Jugend. Wenn man sich anderswo heimatlos fühlt, sollte man zurückkehren. Aber wenn ich zurückkehrte, vermisste ich einen Mann aus meiner Jugend nur noch schmerzlicher, als ich es ohnehin schon tat.

»Mein Vater, mein Vater. Wagen Israels und seine Reiter!«

Als ich auf dem gleichen Weg zurückging, dachte ich: Er ist nun schon fast ein Vierteljahrhundert tot. Und gleich danach wurde mir bewusst, dass in all den Jahren kein Tag vergangen war, an dem ich nicht an ihn gedacht hatte.

Inzwischen war ich wieder an der Stelle angekommen, wo der Deich an den Kai grenzt. Ich ging nun zum Stand von Amnesty International. Ein anmutiges Mädchen sagte: »Guten Tag, Sie sind wunderbar pünktlich.«

Einige Mitglieder von Amnesty International, die aus der Gegend stammten, wurden mir vorgestellt. Eine Dame mit Brille, die ganz offenbar nicht so richtig zu dem Stand gehörte, aber dennoch irgendwie etwas mit der Organisation zu tun hatte und die ziemlich alt und verlebt aussah, schaute mich erwartungsvoll an und sagte: »Erkennst du mich nicht?«

»Du bist allerdings ein bisschen älter geworden«, sagte ich, um Zeit zu gewinnen.

»Das sind wir alle«, sagte sie bissig.

»Dein Gesicht kommt mir sehr bekannt vor«, log ich.

Sie schaute mir tief in die Augen, runzelte die Stirn, zuckte verächtlich die Achseln und sagte: »Ich glaube einen Dreck, dass du mein Gesicht erkennst.«

In ihrem alten, ausgezehrten Gesicht war die Enttäuschung deutlich zu erkennen. Böse dachte ich: Ihr Frauen könnt euch so unglaublich verändern. Wenn ihr alt werdet, schneidet ihr eure Haare kurz. Außerdem verschwindet meist das Lockige, das Gesicht wird fülliger, die Figur schwerfälliger. Um ein mögliches Wiedererkennen zu verhindern, setzt ihr euch dann noch eine Brille auf. Kurzum: Es ist unmöglich, ihr könnt doch nicht von mir erwarten, dass ich jedes Mädchen aus meiner Jugend, von denen mich fast alle nicht einmal eines Blickes gewürdigt haben, auf der Stelle erkenne.

In die Enttäuschung mischte sich bei ihr nun auch Missbilligung. Ihre Brillengläser blitzten giftig in der tief stehenden Oktobersonne. Scharf und mit großem Nachdruck wiederholte sie, von gekränktem Stolz erfüllt, zwei Wörter ihres Satzes: »Einen Dreck.«

Dank dieser beiden Wörter, und vor allem dank des bissigen Tones, in dem sie ausgesprochen wurden, kam es mir plötzlich so vor, als wehte ein Luftzug verspielt fahlgelbe Vorhänge empor.

Ich sah sie wieder an, erkannte sie zwar immer noch nicht, sagte aber trotzdem: »Machteld, du bist Machteld, Machteld van Diepenburch«, und auf dem alten, mürrischen Gesicht erschien ein Lächeln, das tatsächlich an die Machteld von früher erinnerte. Mir selbst schossen beim Anblick dieser Frau beinahe die Tränen in die Augen. War das Machteld? Wie war es in Gottes Namen bloß möglich, dass ein so unsagbar schönes Mädchen sich in so eine wehrhafte Matrone verwandeln konnte?

»Nimm mal die Brille ab«, sagte ich.

Gehorsam nahm sie die Brille ab.

»Da hast du's«, sagte ich, »die Brille war dran schuld, dass ich dich nicht sofort erkannt habe. Ansonsten hast du dich kaum verändert.«

»Erzähl das einer anderen«, sagte sie schnippisch.

»Aber ich habe dich doch erkannt«, erwiderte ich, »wenn du dich wirklich sehr verändert hättest, dann hätte ich dich doch nicht wiedererkannt?«

»Ein Dreck ist noch von meinem früheren Aussehen übrig«, sagte sie. »Ich bin ein altes, hässliches Weib geworden. Nach mir dreht sich kein Mann mehr um.«

»Dafür hatte früher jeder Mann, der dich ansah, sofort einen Kloß im Hals.«

»Männer, die mich früher gekannt haben, kriegen jetzt sofort einen Kloß im Hals, wenn sie sehen, wie ich heruntergekommen bin«, sagte sie verbittert.

»Du bist eine zynische alte Dame geworden.«

»Zynisch war ich immer schon, und alt wird man von allein.«

»Wie kommst du denn hierhin? Wohnst du wieder hier?«

»Nein, Gott sei Dank nicht, ich wohne zur Zeit in Den Haag. Amnesty International hat bei uns angefragt, ob wir unseren Käfig für einen Nachmittag verleihen würden. Wozu, wollten wir wissen. Um jemanden drin einzuschließen und so auf das Los der Gefangenen aufmerksam zu machen, sagte man uns. Ich bin mitgefahren, um unseren Käfig ein bisschen im Auge zu behalten.«

»Wem gehört der Käfig denn?«, wollte ich wissen.

»Unserem Klub.«

»Welchem Klub?«

»Das erzähl ich dir später.«

»Ich kann es kaum glauben, dass du einfach so mit mir sprichst«, sagte ich. »Früher hast du immer an mir vorbeigeschaut, als wäre ich Luft für dich.«

»Du warst noch ein Kind, noch nicht trocken hinter den Ohren.«

»Hast du mich deshalb so konsequent ignoriert?«

»Nicht deswegen«, sagte sie streng.

»Wieso dann?«

»Das erste Mal … als du vor unserer Tür standest … wir wohnten damals noch auf dem Stronikaadje … wieso standest du eigentlich vor unserer Tür?«

»Mein Drachen, der weggeflogen war, stand in eurem Fenster.«

»Ach, wegen des verdammten Drachens? Na, wie dem auch sei, du klopftest an die Tür, ich öffnete, du sahst mich an … ich dachte: Gleich springt mir der Kerl an die Kehle und verschlingt mich … so hast du mich angesehen … wie ein Kater, der eine Maus sieht … und so hast du mich immer angesehen … dir fielen praktisch die Augen aus dem Kopf, wenn du mich gesehen hast, du hast dich mit deinem Blick regelrecht an mir festgesaugt … zur Hölle, wie gruselig, keiner hat mich so angesehen … so eindringlich, so gebannt … schaust du Frauen öfter so an?«

»Keine Ahnung, so wie ich dich angesehen habe, habe ich später ein paar Jahre lang ein Mädchen angesehen, das an einer der Grachten gewohnt hat; ich war schrecklich in sie verliebt, und ich glaube, sie erschrak auch jedes Mal, wenn sie meinen Blick bemerkte.«

»Armes Kind. So wie du gucken kannst! Im Konfirmationsunterricht hast du mir oft genau gegenüber gesessen … und dann sprangen diese Augen über den Tisch auf mich zu … als hätten sie Widerhaken … als feuertest du aus deinen Augen Harpunen auf mich ab … ich konnte es manchmal beinahe nicht aushalten …«

»Hättest du doch nur ein Wort gesagt. Aber du hast nie mit mir gesprochen, du tatest immer so, als gäbe es mich nicht.«

»Was sollte ich sonst tun? Wenn ich etwas zu dir gesagt hätte, wären augenblicklich riesige Tintenfischtentakel mit lauter Saugnäpfen aus deinen Augen hervorgeschossen, und du hättest dich damit an mir festgesaugt.«

»Darf ich euer Gespräch kurz unterbrechen«, sagte das anmutige Amnesty-Mädchen, »es ist jetzt zwei Uhr, und wir sollten so langsam anfangen.«

»In deinen Käfig«, sagte Machteld gebieterisch und zog mit einem Ruck die Tür auf.

Ich betrat den kleinen Raum, setzte mich auf einen niedrigen Hocker, und Machteld kettete mit zwei Handschellen meine Arme an den Stäben fest. Anschließend legte sie mir ein breites Lederhalsband an, das sie mit zwei Schnallen zumachte. An dem Halsband war eine lange Kette befestigt, die unter Zuhilfenahme eines Bügelschlosses ebenfalls an den Stäben befestigt wurde.

»Woher habt ihr diese Halsfessel?«, fragte ich.

»Gehört dem Klub«, sagte Machteld barsch.

Auch meine Fußgelenke wurden mit ähnlichen Fesseln ans Gitter gekettet.

»Werde ich jetzt auch ab und zu gegeißelt?«

»Würdest du das wollen?«, fragte sie unnahbar.

»Nur wenn du die Geißelung vollziehst.«

Sie sah mich grimmig und missbilligend an, erwiderte nichts, woraufhin ich vertraulich und entschuldigend zu ihr sagte: »Genau wie damals.«

»Wie damals?«, fragte sie erstaunt.

»In dem Innenhof«, sagte ich, »als ich an deiner Tür geklingelt habe und Brot bringen wollte.«

»Hab ich dich damals … was für ein Unsinn … ich habe dir zwei, drei unschuldige Schläge mit dem Teppichklopfer verpasst, das war alles.«

»Du hast damals fast den Teppichklopfer kaputtgeschlagen …«

»Komm, jetzt ist aber … du bist nur hierher gekommen, um … ich mach dich wieder los … du bist … du willst …«

»Und was ist mit dir? Aus was für einem Klub stammen denn dieser Käfig und all diese professionellen Fesseln?«

Sie sah mich lange an, und ich erwiderte ihren Blick. Die goldene Oktobersonne streichelte ihr Gesicht, und es war fast so, als kehrte peu à peu etwas von diesem bestürzend schönen Antlitz von früher zurück. Sie wirkte wieder ein wenig jünger. Es schien, als käme das Gesicht ihres Vaters in Reichweite.

»Wie geht es eigentlich deinem Vater?«, fragte ich.

»Der ist etwa zehn Jahre nach unserem Umzug nach Delft an Krebs gestorben«, sagte sie kurz angebunden.

»Eine Folge der langjährigen Arbeit mit Teer?«

»Dieser Ansicht war der Arzt jedenfalls.«

»Und davor?«, fragte ich. »Wie ist es ihm gleich nach eurem Umzug ergangen?«

»Gut«, sagte sie, »durch seine Arbeit kam mein Vater schon bald in Kontakt mit einem taufgesinnten Pastor. Der gab ihm in vielerlei Hinsicht recht, der hat sich sehr gut um ihn gekümmert ... meine Eltern sind dann zu ihm in den Gottesdienst gegangen ... sie sind taufgesinnt geworden ... tja, Delft ... dort konnten wir endlich aufatmen. Was war ich froh, dass ich aus diesem Scheißkaff weg war.«

»Nie Heimweh gehabt?«, fragte ich.

»Nach diesem Loch? Dieser Drecksstadt? Diesem Nest, wo jeder jedem auf die Finger schaute und bestimmt auch heute noch schaut? Hin und wieder lese ich eines deiner Bücher ... ich kann überhaupt nicht verstehen, dass du ... du bist schon so lange fort aus diesem Kaff, aber in Wirklichkeit wohnst du immer noch hier; du hast dich nicht eine Sekunde von dieser Stadt losmachen können ... wie angeschmiedet hängst du hier fest ... ich verstehe das nicht. Und dann diese ganzen Kirchenangelegenheiten! Als wären sie eine Wunde, die sich nicht schließen will ... ich werde daraus nicht schlau. Mit vierzehn wusste ich: Gott und dieser ganze Mistkram, das ist alles großer Unsinn. Fertig. Das lässt man hinter sich, man denkt nicht mehr dran. Vorbei. Aber du ... du quasselst immer weiter über dieses Thema.«

»Weil es die Kirchen immer noch gibt. Weil der protestantische Rundfunk der größte Sender in den Niederlanden ist. Weil in allen Ecken und Winkeln dieses Sumpflandes immer noch diese gruseligen Pastoren predigen und lehren.«

»Ach, das kann man alles völlig ignorieren, ich spüre nichts mehr von der Religion, absolut nichts mehr.«

»Man braucht nur den Fernseher oder das Radio einzuschalten ...«

»Dann schalte sie gar nicht erst ein. Nein, das ist nicht dein Problem ... damals, seinerzeit ... du bist sonntagsmorgens zum Gottesdienst der Freikirchlich-Reformierten in dem weißen Schweinestall des Protestantenbundes gegangen, und wenn du da um halb zehn rauskamst, bist du zur Groote Kerk gerannt, zu deinem zweiten Gottesdienst, und nachmittags um halb drei bist du wieder zu den Freikirchlern gegangen, um halb fünf warst du dann in der Scheißkirche, aus der sie meinen Vater rausgeworfen haben, und manchmal bist du dann abends um sieben auch noch in den Abendgottesdienst in der Groote Kerk gegangen ... fünf Gottesdienste an einem Sonntag ... unglaublich.«

»Woher weißt du das alles?«, fragte ich vollkommen perplex.

»Ich hatte viele Freunde, sehr viele Freunde, und die haben mir das erzählt.«

»Das haben sie erzählt? Wieso?«

»Weil ich sie danach gefragt habe.«

»Du hast danach gefragt?«

Ich versuchte, sie anzusehen, aber dazu hätte ich mich ganz herumdrehen müssen. Sie hatte nämlich inzwischen den Käfig verlassen, hatte die Tür zugemacht und stand nun hinter mir. Doch wegen des Halsbandes konnte ich meinen Kopf nicht weit genug bewegen.

»Stell dich hier auf die Seite«, sagte ich, »es redet sich so schlecht, wenn man den anderen nicht sehen kann.«

Sie kam in mein Blickfeld, und ich wiederholte meine Frage: »Du hast danach gefragt?«

»Was ist daran so merkwürdig?«

»Nun ja … du hast mich vollkommen ignoriert … nie hast du mit mir gesprochen, und trotzdem hast du deine Freunde dazu aufgefordert, mein Tun und Lassen zu beobachten.«

»Nun übertreib mal nicht. Dein Tun und Lassen. Ich habe nur von dem einen oder anderen gehört, dass du so eine Art Gottesdienstjunkie warst; auch in Oud und Nieuw Huys ter Lugt bist du in die Kirche gegangen, du warst einfach süchtig.«

»Ich kann es nicht fassen, dass du das alles weißt, ich kann es einfach nicht fassen.«

»Ich hatte früher überall Freunde, also hatte ich auch überall Augen.«

»Das stimmt, aber du hast dich damals überhaupt nicht für mich interessiert.«

»Wer sagt das? Du warst noch ein Hosenscheißer, aber vor deinem Blick hatte ich Bammel, und darum … deswegen … ich ließ dich einfach genau beobachten … ich war auf alles vorbereitet … und das zu Recht, wie sich jetzt herausstellt … du bist komplett irre … früher ein Kirchenjunkie, ein Bibelfetischist, und heute … wenn du mich fragst …«

Sie dämpfte ihre Stimme, schaute zu den Furieade-Besuchern, die unaufhörlich und merkwürdig desinteressiert vorbeischlenderten.

»… wenn du mich fragst«, flüsterte sie, »heute stehst du auf SM … deshalb wolltest du in diesen Käfig.«

»Ach ja? Und wer hat mich hier soeben genussvoll angekettet und schon seinerzeit heftig verprügelt?«

»Brüll nicht so rum«, sagte sie, »alle können uns hören.

Wir sind hier am rückständigsten Ort der Erde. Hier gibt es wirklich keinen, der für so was auch nur ein bisschen Verständnis hat.«

»Ach was, davon lesen sie hier doch täglich.«

»Du spinnst.«

»Ich spinne? Die Leute hier lesen jeden Tag in der Bibel. Wenn es ein Buch gibt, in dem fortwährend Menschen geknebelt und gegeißelt werden, ein Buch, das als Handbuch des Sadomasochismus fungieren könnte, dann ist das die Bibel. Markus 5 zum Beispiel: ›Denn er war oft mit Fesseln und Ketten gebunden gewesen …‹ Oder Matthäus, Kapitel 10: ›Hütet euch aber vor den Menschen, denn sie werden euch geißeln in ihren Schulen …‹ Oder Lukas 12, Vers 47: ›Der Knecht aber wird viele Streiche leiden müssen … der aber, der getan hat, was der Streiche wert ist, wird wenig Streiche leiden.‹ Ich meine: der arme Sklave. Er würde so gern geschlagen werden, aber daraus wird nichts. Und im Kapitel 18 bei Matthäus sagt Jesus: ›Und sein Herr ward zornig und überantwortete ihn den Peinigern.‹ Und vor der Kreuzigung, die ultimative SM-Praktik, wird Jesus wiederholt gegeißelt; ihr solltet in eurem Klub mal die Bibel lesen … da könntet ihr vielleicht noch was lernen. Buch der Richter, Kapitel 8, Vers 16: ›Und er nahm die Ältesten der Stadt und Dornen aus der Wüste und Hecken und ließ es die Leute zu Sukkoth fühlen.‹ Habt ihr in eurem Klub schon mal jemanden mit Brennnesseln geschlagen?«

»Leise, nicht so laut.«

»Meinetwegen flüstere ich, aber bedenke, dass hier auch etliche Leute aus Sukkoth vorbeikommen.«

Ehe sie etwas erwidern konnte, löste sich aus der schlendernden Schar eine Gruppe von Männern. Zielgerichtet kamen sie auf den Käfig zu. Einer der Männer, ein recht junger Bursche, sagte: »Sie werden sich nicht an mich erinnern, ich lag noch in den Windeln, als Sie von hier weggegangen sind, aber meinen Vater ... vielleicht erinnern Sie sich an meinen Vater. Scharloo.«

»Presbyter Scharloo«, sagte ich, »natürlich kann ich mich an ihn erinnern.«

»Na, dann können Sie mich ja so in etwa einordnen«, erwiderte der junge Mann. »Ich bin Mitglied des Evangelisierungskomitees Eben Haëzer. Wir möchten Ihnen einige Bibelkurse auf Kassette schenken.«

Er holte einen ganzen Stapel Audiokassetten aus seiner Aktentasche, schaute mich dann im milden Oktobersonnenlicht hilflos an und sagte verdattert: »Sie sind ja gefesselt, Sie können die Kassetten gar nicht nehmen.«

Der Kassettenstapel in seiner rechten Hand schwankte leicht.

»Nein«, erwiderte ich, »die Dame hier hat mich so angekettet, dass ich die Hände nicht frei habe.«

»Was machen wir da?«, fragte er mit jammerndem Unterton.

»Vielleicht ist die Dame ja bereit, die Kassetten in Empfang zu nehmen.«

»Ich«, sagte Machteld, »diesen Scheißdreck? Nie im Leben.«

»Sie hören es«, sagte ich.

»Sie können ruhig du sagen«, antwortete der junge Mann, »äh ... was ... wie machen wir das ...«

»Du kannst den Stapel doch einfach zwischen seinen Beinen auf den Boden stellen«, meinte ein sehr dezent gekleideter anderer Jüngling von Eben Haëzer.

»Natürlich, ich kann den Stapel einfach in den Käfig stellen«, sagte der junge Scharloo.

Er bückte sich, um den Stapel zwischen den Stäben hindurch auf dem Käfigboden zu deponieren, sagte dann zweifelnd: »Wenn ich die Kassetten hier hinlege, nehmen Sie sie dann auch mit?«

»Worauf du dich verlassen kannst«, erwiderte ich. »Bibelkurse auf Kassette, danach lechze ich schon seit Jahren, die lasse ich bestimmt nicht liegen.«

»Dann ist ja gut«, sagte er.

Mit einem warmen evangelischen Lächeln schob er die Kassetten zwischen meine gefesselten Füßen.

»Und dann haben wir hier noch was«, fuhr er fort. »Piet, gib mir mal das Buch.«

Der Angesprochene holte aus einem schwarzen Diplomatenkoffer ein Büchlein mit einem merkwürdigen gelbbraunen Umschlag hervor. Er legte das Kleinod sorgfältig neben die Kassetten. Der Titel des Büchleins lautete: *Ist Satans Fall ein Fehlschlag?*

»Wir fänden es phantastisch«, sagte der junge Scharloo, »wenn Sie mithilfe der Kassetten und des dazugehörigen Buchs den Weg zurück zum Heil finden würden. Das fänden wir wirklich klasse.«

Er machte eine kurze Pause, strahlte mich an und sagte dann, plötzlich besorgt: »Sie haben doch zu Hause ein Gerät, um die Kassetten abzuspielen?«

»Aber natürlich.«

»Dann ist ja gut.«

Der Mann, der mit dem Namen Piet angesprochen worden war, trat vor und sagte: »Ich bin Piet Zevenhuizen, angenehm, mein Vater hat Häuser vermietet, und in dieser Funktion haben Sie ihn vielleicht auch noch kennengelernt, er ist immer auf die Dächer gestiegen, was ihm schließlich auch zum Schicksal wurde … aber was ich sagen wollte: Wenn Sie sich, wenn Sie nachher zu Hause sind, in den tiefsten Sessel fallen lassen, den Sie haben, und den Kopfhörer aufsetzen … Sie haben doch einen Kopfhörer?«

»Den habe ich.«

»Welche Marke, wenn ich fragen darf?«

»Einen von Sennheiser.«

»Den HD 465?«

»Ich glaube, den HD 265.«

»Ist nicht ganz so gut, aber für Sprachaufnahmen reicht er, na, gut jedenfalls, dass Sie einen Kopfhörer haben, das ist die Hauptsache … Sie nehmen also im bequemsten Sessel Platz, setzen den Kopfhörer auf und lassen den Bibelkurs auf sich einwirken. Wenn Sie so vorgehen, dann bin ich … sind wir sehr zuversichtlich, dass Sie wieder zurück auf den richtigen Weg finden, bestimmt, der Satan ist fürchterlich mächtig, er ist unglaublich stark. Er lacht sich schon seit Jahren ins Fäustchen, weil er Sie in seinen Fesseln hat … doch wenn Sie die Heilige Schrift über den Sennheiser auf sich einwirken lassen, dann … dann…«

Er schwieg eine Weile, starrte zur Groote Kerk auf der anderen Seite des Hafenbeckens, holte tief Luft und ließ dann triumphierend über das Hafenbecken erschallen: »Dann schmelzen die Ketten, mit denen Beelzebub dich gefesselt hat, dann zerreißt du die Stricke, dann … dann zerbrichst du die Bande.«

Die vier Mitglieder des Evangelisationskomitees Eben Haëzer verbeugten sich und verschwanden in der Menge.

»Hast du das gehört?«, fragte ich Machteld.

»Aber sicher.«

»Ja, aber hast du auch gehört … Christen … und worüber sprechen sie? Fesseln, Ketten, Stricke, Schlösser.«

»Sie sind unsere besten Kunden«, sagte Machteld gleichgültig.

Eigentlich hatte ich gedacht, dass ein gefesselter Mann in einem Käfig große Aufmerksamkeit erregen würde. Dem war aber gar nicht so. Offenbar fanden die meisten der Furieade-Besucher es ganz normal, dass ich dort, an die Stäbe gefesselt, meinen Samstagnachmittag verbrachte.

»Hörst du dir die Bänder an?«, fragte Machteld voller Abscheu.

»Nein, natürlich nicht, aber das sind sehr gute Maxell-Kassetten, darauf kann ich zu Hause etliche Symphonien aufnehmen.«

»Und das Buch? Wirst du es lesen?«

»Darin würde ich jetzt gern ein wenig blättern.«

»Geht nicht«, sagte Machteld dezidiert, »und das ist auch gut so.«

Ich schaute sie munter an und sagte fröhlich: »Soso, du arbeitest also in so einem Klub. Bestimmt nicht als Sklavin.«

»Nein«, erwiderte sie.

»Der Titel … *Ist Satans Fall ein Fehlschlag?* Wer glaubt denn noch an den Satan? In der Bibel kommt er kaum vor. Wenn es einen allmächtigen Gott gäbe, und auch Engel, dann wäre jedem Engel, der auch nur einen Moment daran denken würde, sich gegen Gott zu erheben, auf der Stelle bewusst, dass er gegen einen allmächtigen Gott nicht die Spur einer Chance hat. Das alles ist so idiotisch, so unglaublich dämlich, so vollkommen unsinnig, und doch gibt es Millionen von Menschen, die glauben, dass da irgendein Wesen herumgeistert, das sich ständig ins Fäustchen lacht und versucht, Gläubige hinters Licht zu führen. Wenn es etwas gibt, das ich nicht verstehe … dieser Glaube, der ist so atemberaubend drollig, so unendlich weit entfernt von der alltäglichen Realität … und dennoch … da, schau nur, die Groote Kerk, sie steht immer noch da, und jeden Sonntag wird dort ernsthaft über einen jüdischen Gott gepredigt, der angeblich seinen Sohn geschickt hat … so eine bescheuerte, lächerliche, unsinnige Geschichte … Hast du mal von Pastor Akermaat gehört?«

»Nein, natürlich nicht«, erwiderte Machteld.

»Tja, der war vom Reformierten Bund und hat hier ein paar Jahre gepredigt. Er war entschieden gegen Frauen im Amt, und eines Tages hat sich dann eine Frau eine ordentliche gestreifte Hose angezogen, ein weißes Hemd mit einem grauen Schlips und ein schwarzes Jackett. Sie hat sich die Haare nach hinten gekämmt, und so als Presbyter verkleidet, hat sie sich zu den übrigen Ältesten in die Bank gesetzt. Mitten in der Predigt hat Akermaat sie plötzlich entdeckt ... er hat den Gottesdienst unterbrochen ... die Frau musste die Kirche verlassen. Wenn man so etwas aber in einer Erzählung schreibt, sagen die Gläubigen, man übertreibe, man karikiere die Wirklichkeit ... obwohl doch ... Alles, was man gehört und gesehen hat, das muss man wohlgemerkt abschwächen, um es einigermaßen glaubhaft wiedergeben zu können. Nimm dies zum Beispiel: Vier Mitglieder des Evangelisationskomitees Eben Haëzer treten an. Sie bringen dir Bibelkurse auf Kassetten und ein gelbbraunes Büchlein mit dem Titel *Ist Satans Fall ein Fehlschlag?*.«

Während ich mir den Titel auf der Zunge zergehen ließ, erklang, noch weit in der Ferne, das blecherne Geräusch eines Fanfarenkorps.

»Was mag das sein?«, fragte ich Machteld. »›Kunst nach Arbeit‹ oder der Spielmannszug?«

»Die haben bestimmt fusioniert.«

»Meinst du?«

Ich versuchte, mich aufzurichten. Allmählich scheuerten die Fesseln an all meinen Gelenken. Auch im Hals verspürte ich einen quälenden Schmerz. Wenn ich, wie Machteld gemeint hatte »auf SM stehen« würde, wäre ich vermutlich vor Wonne ohnmächtig geworden. In Wirklichkeit aber litt ich. Um meinen Schmerz zu mildern, schallte von Weitem feierlich und traurig, erhaben und würdevoll, der Choral »Wir treten zum Beten vor Gott den Gerechten« durch die warme, sonnige Oktoberluft an mein Ohr, gespielt von all dem fusionierten Blech. Leise sang ich mit, musste aber wieder aufhören, weil mir bei der zweiten Zeile die Tränen in die Augen schossen.

»Könntest du mich vielleicht kurz losmachen, damit ich mich ein wenig anders hinsetzen und meine Arme und Beine massieren kann?«

»Kommt gar nicht in Frage.«

»Aber die Kunden in eurem Klub werden doch auch nicht so lange festgebunden?«

»Solange sie wollen, manchmal sehr lange.«

»Unglaublich, dass so eine ehrwürdige Organisation wie Amnesty International den Käfig eines SM-Klubs mietet, inklusive einer Domina.«

»Woher hätten sie sonst einen Käfig kriegen sollen?«

»Und wie sind sie bei euch gelandet?«

»Wir haben Kunden aus allen Kreisen.«

Sie sah mich streng an. Ein seltsames Lächeln verzog ihre Mundwinkel. Sie wollte etwas sagen, doch aus den unaufhörlich vorüberschlendernden Furieade-Besuchern trat in diesem Moment ein auffällig hageres Männlein hervor, das sich kämpferisch vor meinen Käfig stellte und feierlich sagte: »Darf ich Sie einen Augenblick um Ihre wohlwollende Aufmerksamkeit bitten?«

Er sah mich scharf an, streckte sich dann, so gut es ging, holte anschließend, als zöge er eine Waffe, blitzschnell eine kleine Bibel aus der rechten Tasche seines Minijacketts, schlug sie auf, blätterte ein wenig darin herum und begann, leidenschaftlich vorzulesen: »Wenn du deines Bruders Ochsen oder Schaf siehst irregehen, so sollst du dich nicht entziehen von ihnen, sondern sollst sie wieder zu deinem Bruder führen. Wenn aber dein Bruder dir nicht nahe ist und du kennst ihn nicht, so sollst du sie in dein Haus nehmen, dass sie bei dir seien, bis sie dein Bruder suche, und sollst sie ihm dann wiedergeben. Also sollst du tun mit seinem Esel, mit seinem Kleid und mit allem Verlorenen, das dein Bruder verliert und du findest; du kannst dich nicht entziehen. Wenn du deines Bruders Esel oder Ochsen siehst fallen auf dem Wege, so sollst du dich nicht von ihm entziehen, sondern sollst ihm aufhelfen. Ein Weib soll nicht Mannsgewand tragen, und ein Mann soll nicht Weiberkleider antun; denn wer solches tut, der ist dem Herrn, deinem Gott, ein Gräuel. Wenn du auf dem Wege findest ein Vogelnest auf einem Baum oder auf der Erde, mit Jungen oder mit Eiern, und dass die Mutter auf den Jungen oder auf den Eiern sitzt, so sollst du nicht die Mutter mit den Jungen nehmen, sondern sollst die Mutter fliegen lassen und die Jungen nehmen, auf dass dir's wohl gehe und du lange lebest. Wenn du ein neues Haus baust, so mache eine Lehne darum auf deinem Dache, auf dass du nicht Blut auf dein Haus ladest, wenn jemand herabfiele. Du sollst deinen Weinberg nicht mit mancherlei besäen, dass nicht dem Heiligtum verfalle die Fülle, der Same, den du gesät hast, samt dem Ertrage des Weinbergs. Du sollst nicht ackern zugleich mit einem Ochsen und Esel. Du sollst nicht anziehen ein gemengtes Kleid, von Wolle und Leinen zugleich. Du sollst dir Quasten machen an den Zipfeln deines Mantels, mit dem du dich bedeckst.«

Er klappte die Bibel zu und sagte: »Nun können Sie nicht mehr behaupten, Sie hätten es nicht gewusst.«

»Ich werde eine Lehne auf meinem Dach anbringen.«

Das Männlein sah mich schlau an.

»Sie wissen genau, welcher Vers für Sie gedacht war.«

»Warum haben Sie dann den ganzen Absatz vorgelesen?

Sie hätten es doch bei dem betreffenden Vers bewenden lassen können?«

»Weil ich Sie schonen wollte. Die meisten Menschen, die hier vorbeigehen, wissen nicht, dass Sie ... wie gräulich ... sie wissen es nicht, und sie brauchen es auch nicht zu erfahren.«

»Ja, aber die Leute denken jetzt, dass ich keine Lehne auf meinem Dach habe oder dass ich hin und wieder mit einem Ochsen und einem Esel zugleich pflüge.«

»Das denken sie bestimmt nicht«, sagte er beschwichtigend, »machen Sie sich da mal keine Sorgen. Ich wollte es Ihnen, mit so vielen Menschen in der Nähe, nicht unverhüllt ins Gesicht sagen. Sie sollten das zu schätzen wissen.«

»Das weiß ich zu schätzen.«

»Aber hoffentlich haben Sie es auch vernommen.«

Er beugte sich weit zu mir vor, schob sich beinahe zwischen den Stäben hindurch und flüsterte: »Der fünfte Vers, es geht um den fünften Vers.«

»Der mit den Vögeln und Eiern?«

»Nein, nein«, sagte er ärgerlich, »muss ich es denn noch mal vorlesen? Der fünfte Vers. Der mit den Vögeln ist der sechste.«

»Ja, gut, aber gilt das auch? Ich habe einen großen Garten, in dem alle möglichen Vögel nisten. Muss ich wirklich die Küken aus den Nestern nehmen?«

Das Männlein geriet aus der Fassung. Zierliche Schweißtropfen erschienen auf seiner schmalen Stirn. Er schluckte ein paarmal, räusperte sich und sagte dann: »Die Vögel ... die Vögel würde ich ... ich würde die Vögel einfach im Nest lassen.«

»Tja, aber gerade haben Sie vorgelesen, dass ich die Jungen nehmen soll, ›auf dass dir's wohl gehe und du lange lebest‹.«

»Es geht nicht um die Vögel«, sagte er, wobei sich ein weinerlicher, beleidigter Ton in seine Stimme mischte, »es geht um den fünften Vers … den fünften Vers.«

»Was steht doch gleich wieder drin?«

Das Männlein blätterte wieder in seiner Bibel. Er suchte das fünfte Buch Mose, Kapitel 22. Als er es gefunden hatte, sagte er: »Ich werde den Abschnitt noch einmal vorlesen.«

Bei Vers fünf begann seine Stimme zu stocken. Inzwischen waren zahlreiche Volksfestbesucher stehen geblieben, die aufmerksam und neugierig beobachteten, was vor sich ging. Der Schweiß lief dem kleinen Kerl nun in dünnen Strömen übers Gesicht. Er schob die Bibel zwischen den Stäben hindurch und sagte weinerlich: »Dann lesen Sie selbst, Vers fünf.«

Ich las laut vor: »Ein Weib soll nicht Mannsgewand tragen, und ein Mann soll nicht Weiberkleider antun; denn wer solches tut, der ist dem Herrn, deinem Gott, ein Gräuel.«

»Nicht so laut«, jammerte das Männlein.

»Schauen Sie sich doch mal um«, sagte ich, »hier, meine gestrenge Bewacherin. Trägt eine Jeans. Und eine lederne Männerjacke. Fast alle Mädchen und Frauen, die hier vorbeikommen, tragen eine Hose, eine Jeans; sind sie dann …«

Das Männlein riss mir seine Bibel aus der Hand und verschwand zwischen den umstehenden Passanten. Einer von ihnen »fixed me with a seedy eye« und sagte schleppend: »Hüte dich, Nestbeschmutzer, wir beobachten dich genau.« In aller Ruhe ging er daraufhin in Richtung Taanstraat.

Auch die anderen Schaulustigen gingen weiter, und ich sang leise: »Sur la place, chacun passe, chacun vient, chacun va, drôles de gens que ces gens là.« Wirklich unglücklich war ich ganz bestimmt nicht, aber allmählich schmerzte mein ganzer Körper, und darum munterte es mich ein wenig auf, ein Stück aus dieser Wunderoper zu singen. Und ich dachte daran, dass Tschaikowski auch nach dieser Oper verrückt gewesen war und ihren Anfang in seiner *Pique Dame* zitiert hat. Dann sah ich zu meiner Carmencita, meiner Pique Dame, und sie erwiderte meinen Blick, ja, sie lächelte sogar, und ich fragte scherzhaft: »Würdest du mich jetzt vielleicht heiraten wollen?«

»Soweit ich weiß, bist du bereits verheiratet«, sagte sie.

»Und du?«

»Ich habe drei Ehen hinter mir. Als Ehefrau bin ich vollkommen ungeeignet.«

»Wieso?«

»Ich bin nicht nett, ich bin einfach nicht nett.«

»Das wird dir in deinem Beruf gut zustatten kommen.«

»Da geht es nicht um nett oder nicht nett.«

»Nett oder nicht, ich hätte dich dennoch, wenn wir geheiratet hätten, auf Händen getragen«, sagte ich.

»Mir tut deine Frau leid«, erwiderte sie. »Ich stelle es mir schrecklich vor, mit dir verheiratet zu sein. Du schreckst nicht nur vor nichts zurück, du hängst es auch noch an die große Glocke. Aber warum …«

Ehe sie den Satz beenden konnte, löste sich plötzlich ein bereits etwas älterer Mann aus der Menge. Er marschierte auf den Käfig zu und rief: »Wenn Sie es jemals wagen, über meinen Vater zu schreiben, dann finde ich Sie und breche Ihnen persönlich die Knochen.«

»Wer sagt, dass ich über Ihren Vater schreiben möchte? Ich weiß nicht mal, wer Ihr Vater ist.«

»Das ist auch gut so.«

»Nun, worüber regen Sie sich dann auf?«

»Wenn Sie … ich wiederhole … wenn Sie den verdammten Mut haben sollten, auch nur einen Buchstaben über meinen Vater zu schreiben … ich werde Sie finden.«

»Solange ich nicht weiß, wer Ihr Vater ist, kann ich auch nicht sagen, ob ich vielleicht vorhabe, über ihn zu schreiben.«

»Sie brauchen gar nicht zu wissen, wer mein Vater ist. Mehr noch, Gott verhüte, dass Sie es wissen. Ich will Sie nur warnen. Schreiben Sie sich das gut hinter die Ohren, einen Buchstaben nur ... Potzdonner, ich werde Sie finden.«

»Dann sagen Sie mir doch bitte, wer Ihr Vater ist. Solange ich das nicht weiß, könnte ich zufällig über ihn schreiben.«

»Ich habe Sie gewarnt«, zischte er.

»Das schon, aber wovor? Wenn ich wüsste, um wen es sich handelt, könnte ich meinen Stift zerbrechen, wenn ich den Drang verspüre, über ihn zu schreiben. Wenn ich nicht weiß, um wen es sich handelt, hat Ihre Warnung keinen Sinn.«

Der Mann schnaubte laut, wandte sich an seine Gattin, die demütig schräg hinter ihm stand, und sagte: »Was meinst du? Soll ich dem Drecksack sagen, um wen es sich handelt?«

»Nun ja«, sagte sie vorsichtig, »irgendwie ist das ja nicht ganz verkehrt.«

»Was?«

»Das, was er sagt.«

»Was sagt er denn?«

»Dass er, wenn er nicht weiß, dass es um Pa... wenn er nicht weiß, um wen es geht, dass er dann unbeabsichtigterweise über ihn schreiben könnte.«

»Dann breche ich ihm unbeabsichtigterweise beide Beine.«

»Ja, aber ...«

»Kein aber.«

»Trotzdem hat er nicht ganz unrecht.«

»Halt den Mund.«

Er sah mich wieder böse an und sagte grimmig: »Ich habe Sie gewarnt. Und denken Sie daran: Ich werde Sie finden.«

Er zog seine Frau hinter sich her und ging entschlossenen Schritts in Richtung Hoogstraat. Machteld sagte: »Seltsam! Ich wollte gerade sagen: Warum hast du nie über meinen Vater geschrieben. Und genau in dem Augenblick kommt jemand, um dir zu sagen, dass du, wenn du über seinen Vater schreibst … aber gut, trotzdem möchte ich gern wissen: Warum hast du nie über meinen Vater geschrieben?«

»Es ist eine Geschichte ohne Ende«, sagte ich, »ihr seid auf einmal weggezogen. Es fehlte ein dramatisches Ende.«

»Dann denk dir doch eins aus.«

»Ich kann mir nichts ausdenken, ich habe keine Phantasie.«

»Trotzdem könntest du … das war doch nicht nichts, wie man meinen Vater aus der Kirche geschmissen hat.«

»Ja, aber wenn ich das aufschreibe, sagen alle: Er wieder mit seiner calvinistischen Vergangenheit. Die kennen wir inzwischen.«

»Du hast noch nie über jemanden geschrieben, der so merkwürdig, etappenweise, aus der Kirche ausgestoßen wurde.«

»Vielleicht könnte ich eine längere Kurzgeschichte darüber schreiben. Darf ich dann auch über dich schreiben, und über all deine Liebhaber, und über deine heutige Arbeit?«

»Mach ruhig.«

»Allerdings … ich habe immer noch einen unangenehmen Geschmack im Mund, wenn ich an diese Geschichte zurückdenke … mein Vater und ich … wir waren Spanner, ganze Abende lang haben wir in euer Wohnzimmer geschaut.«

»Davon habe ich nie was bemerkt.«

»Nein, natürlich nicht, du warst ja nie zu Hause.«

Aus der neben dem Käfig stehenden Bude von Amnesty International kam das anmutige Mädchen in unsere Richtung.

»Geht es noch?«, fragte die junge Dame besorgt.

»Nein«, erwiderte ich, »mir tut alles weh.«

»Dann mach ihn los«, sagte das Mädchen zu Machteld.

»Wieso?«, brauste sie auf, »was ist schon das bisschen Schmerz, verglichen mit den Qualen der armen Schweine, die aus politischen Gründen oft jahrelang unter den erbärmlichsten Umständen eingesperrt werden?«

»Nun ja, aber er … er ist doch nicht hier, um Schmerzen zu erleiden. Es ging doch nur darum, mit einer spektakulären Aktion die Aufmerksamkeit auf Amnesty International zu lenken.«

»Lass ihn ruhig noch eine Weile sitzen«, sagte Machteld, »ich finde nicht, dass er schon raus darf.«

Sie schaute mich wütend an.

»Halte ruhig noch eine Weile aus … erinnerst du dich noch … an den Konfirmandenunterricht … Verräter.«

»Du wolltest wissen, ob man, wenn man Juden versteckt hatte, die Deutschen belügen durfte.«

»Versuch nicht, mich aus dem Konzept zu bringen.«

»Oh, das versuche ich überhaupt nicht, du wolltest wissen …«

»Daran kann ich mich nicht mehr erinnern, ich weiß nur noch, dass du unbedingt die Antwort herunterrattern musstest, die ich vorher nicht gewusst habe.«

»Und dafür muss ich jetzt büßen?«

»Nicht nur dafür musst du büßen, sondern auch für all die Male, die du mich angesehen hast, als wolltest du mich verschlingen, und das auch im Namen des Grachtenmädchens.«

»Schade, dass du dich nicht mehr an die Frage mit den versteckten Juden erinnerst.«

»Worum ging es denn?«

»Du hast Pastor Hindervoet gefragt, ob man, wenn damals die Deutschen vor der Tür gestanden hätten, auch die Wahrheit hätte sagen müssen, wenn sie von einem wissen wollten, ob man Juden versteckt hat.«

»Und was hat dieser Idiot mit den gruseligen Augen darauf geantwortet?«

»Er hat gesagt, man hätte den Deutschen ehrlich sagen müssen: ›Ja, in meinem Küchenschrank habe ich einen Juden versteckt.‹«

»Jetzt, wo du's sagst … ich erinnere mich sehr undeutlich … ach, was soll's, der Mann war verrückt. Der meinte, man dürfe auch unter solchen Umständen nicht lügen.«

»Darüber war ich damals weniger erstaunt als über den Küchenschrank. Wieso erwähnt der auf einmal den Küchenschrank? Als wäre das der bevorzugte Platz, um Juden zu verstecken.«

»Frau van Diepenburch«, sagte das anmutige Mädchen, »machen Sie ihn jetzt los, ich kann es nicht länger mit ansehen, er hat jetzt lange genug so gesessen.«

»Außerdem interessiert es niemanden«, fügte ich hinzu.

»Darum sind so viele unschuldige Menschen eingesperrt. Weil es fast keinen interessiert«, sagte Machteld verbissen.

Die Turmuhr schlug gemächlich vier Uhr. Die tief stehende Sonne tauchte die Rückseite des Alten Rathauses, des Delftlandhauses, des Hauses von Jan Koppelstok und von einem Dutzend anderer jahrhundertealter Häuser in feurige Glut. Es kam mir so vor, als ob ich, auf dem allgegenwärtigen, aber keineswegs unerträglichen Schmerz treibend, in die Jahre 1775 und 1778 zurückkehren könnte.

Weil man damals nicht nur eine neue Reimfassung der Psalmen, sondern auch eine neue Singweise eingeführt hatte, war in der Stadt ein regelrechter Aufstand ausgebrochen. Schon seit Jahren hatte ich den Wunsch, über diese spektakuläre Rebellion einen historischen Roman zu schreiben. Was mich davon abhielt, war, dass ich es unglaublich schwierig fand, mich in die Zeit hineinzuversetzen. Durch den Schmerz geläutert, starrte ich auf die in der Sonnenglut leuchtenden Fassaden, und ich versuchte mit aller Kraft, mir vorzustellen, wie es damals gewesen sein muss, in einem dieser wunderschönen Häuser zu wohnen und dort mitzuerleben, wie sich die Fischer gegen die Reeder und Regenten erhoben.

Kurz nachdem der vierte Glockenschlag verklungen war, sagte eine Männerstimme hinter mir: »So, das war's.«

»Zerbrich meine Bande«, sagte ich zu Machteld.

Sie befreite mich und meinte dabei spitz: »Ich hätte dich gern noch eine Weile schmoren lassen.«

»Warum?«, fragte ich.

»Keine Ahnung. Offenbar gibt es da noch eine offene Rechnung.«

»Ist sie jetzt beglichen?«

»Noch lange nicht.«

»Ich weiß nicht, was du meinen könntest.«

»Ich auch nicht.«

»Was machst du jetzt?«

»Gleich kommt ein Lieferwagen und holt mich und den Käfig ab. Oh, da ist er schon, tja, ich hoffe, wir sehen uns mal wieder … schau doch mal im Klub vorbei, wir stehen im Telefonbuch, du musst nichts machen, du kannst einfach an der Bar sitzen und was trinken.«

»Mal sehen«, sagte ich wider besseres Wissen, »und wenn du bei mir in der Gegend bist, zögere nicht vorbeizukommen. Du darfst immer Brennnesseln pflücken, um den Bewohnern von Sukkoth eine empfindliche Lektion zu erteilen.«

Ich gab ihr die Hand, wir sahen einander fest in die Augen, und dann ging ich entschlossen weg. Das kam mich nach kurzer Zeit teuer zu stehen. Meine verkrampften Glieder verweigerten den Dienst. Ich ging einfach in die Knie und landete auf der Straße. Zahlreiche Hände halfen mir wieder auf und führten mich zu einem runden Tisch mit einem Reetstuhl auf einer improvisierten Terrasse. An dem Tischchen saßen zwei uralte Männlein, die mich neugierig betrachteten. Vorsichtig massierte ich meine Beine. Eines der Männlein fragte mich: »Du bist doch einer vom Grabmacher?«

»Ja«, brummte ich.

»Ich werde dir mal was über deinen Vater erzählen«, sagte er. »Im November '44 fand hier morgens früh eine große Razzia statt. Die Scheißdeutschen haben jeden Winkel der Stadt nach Männern durchsucht, die arbeiten konnten. Die mussten alle nach Deutschland. Am Ende standen wir alle auf dem Markt. Sollten abtransportiert werden. Wurden bewacht wie eine Gaunerbande. Nun gut, wir stehen da und warten, als auf einmal dein Vater angeradelt kommt. Wie er es geschafft hat, nicht gefunden zu werden ... keine Ahnung ... jedenfalls kam er da angeradelt. Er war auf dem Weg zur Arbeit. Sonst fuhr er immer über den Deich, aber an diesem Tag hat er den Weg über den Markt genommen. Sjaak, hier neben mir, den hatten sie auch geschnappt, der wartete auch dort und kann sich noch genau dran erinnern.«

»Und ob, Stijn«, sagte Sjaak, »sein Vater fuhr mit aufreizender Langsamkeit über den Markt.«

»Wieso?«, fragte ich.

»Er war neugierig«, sagte Sjaak, »er wollte einfach ein wenig dabei zusehen, wie wir abgeführt wurden.«

»Ja, du hättest ihn mal fahren sehen sollen«, sagte der Mann, der mich als Erster angesprochen hatte, »er fuhr ganz langsam, er hatte es überhaupt nicht eilig, er wollte in aller Seelenruhe zugucken. Und er hatte auch noch seinen Spaß dabei, nicht wahr, Sjaak?«

»Und ob, er hockte einfach auf seinem Rad mit den hölzernen Rädern und strahlte vor Vergnügen.«

»Und dann rief Rampenne ...«

»Rampenne?«, fragte ich.

»Ja, den hatten sie ebenfalls geschnappt, der stand da und sollte abtransportiert werden, der war später in Deutschland immer noch unglaublich sauer auf deinen Vater, ich habe ihn oft rumschimpfen hören ... war übrigens bei der Bombardierung von Hamburg genau am falschen Ort ... kriegte bei der Gelegenheit einen Balken an den Kopf. Danach war er stocktaub, und er hat nie wieder ein Wort gesagt ... was ich aber sagen wollte: Da rief Rampenne so einem Scheißdeutschen zu: »Der Kerl da muss auch mit uns mitkommen.« Tja, dieser Scheißdeutsche richtet sogleich seine Knarre auf deinen Vater; dein Vater hält an, und dieser Scheißdeutsche geht zu ihm hin, dein Vater sagt was zu ihm, und der Deutsche, du kannst es glauben oder nicht, der Scheißdeutsche bricht sofort in Lachen aus ... Mensch, was hat dieser Bursche gelacht ... und dann ging er zu zwei anderen Deutschen, zeigte auf deinen Vater, sagte etwas zu den beiden, und dann fingen die zwei auch an zu lachen ... und du wirst es nicht glauben, aber in kürzester Zeit brüllten alle Deutschen vor Lachen ... und dadurch konnten ein paar von uns ... die Deutschen achteten nämlich gar nicht mehr auf uns, die lachten sich einfach nur noch schief ... durch die Gasse bei der Apotheke abhauen … tja, ich leider nicht, und Sjaak auch nicht, wir standen genau im Blickfeld der Deutschen … was ich aber wirklich gerne wissen würde: Was mag dein Vater wohl gesagt haben? Während die Deutschen so schrecklich lachen mussten, dass sie davon Schluckauf bekamen, legte dein Vater die Hand an die Mütze, er salutierte sozusagen … und dann radelte er in aller Seelenruhe weg … tja, dein Vater … aber was hat er nur zu dem Deutschen gesagt … mehr als ein paar Worte Deutsch konnte er doch gar nicht, was kann er also gesagt haben … was kann er gesagt haben … schon seit über fünfzig Jahren zerbreche ich mir darüber den Kopf … was kann er nur gesagt haben?«

»Hat er es dir vielleicht mal gesagt?«, fragte Sjaak mich.

»Nein«, erwiderte ich.

»Demnächst bin ich tot und weiß es immer noch nicht«, sagte Stijn.

»Wir werden es nie erfahren«, sagte Sjaak matt.

»Nein, das kannst du laut sagen, wir werden es nie erfahren. Aber eines steht fest … dein Vater … das war mir einer … radelt einfach in aller Seelenruhe auf seinen hölzernen Felgen auf den Markt, um mal nachzusehen, wer da so alles der Dumme ist … bringt alle Scheißdeutschen zum Lachen und radelt dann gemächlich auf seinen Holzfelgen wieder weg … dein Vater … das war mir einer.«